마운드 위의 절대차

디다트 현대 판타지 장편소설

WISHBOOKS MODERN FANTASY STORY

마운드 위의 절대자 9

디다트 현대 판타지 장편소설

초판 1쇄 찍은 날 | 2019년 9월 23일
초판 1쇄 펴낸 날 | 2019년 9월 30일

지은이 | 디다트
펴낸이 | 예경원

기획 | 위시북스
편집책임 | 이규재
편집 | 위시북스

펴낸곳 | 예원북스
등록번호 | 제396-2012-000132호
등록일자 | 2012. 7. 25
KFN | 제1-470호

주소 | 경기도 고양시 일산동구 호수로 646-24 위너스21II빌딩 206A호 (우)10401
전화 | 031-819-9431 팩스 | 031-817-9432
E-mail | yewonbooks@naver.com

ISBN 979-11-365-0166-0 04810
    979-11-89450-77-9 (set)

디다트 현대 판타지 장편소설

WISHBOOKS MODERN FANTASY STORY

마운드 위의

9 위의

절대자

Wish Books

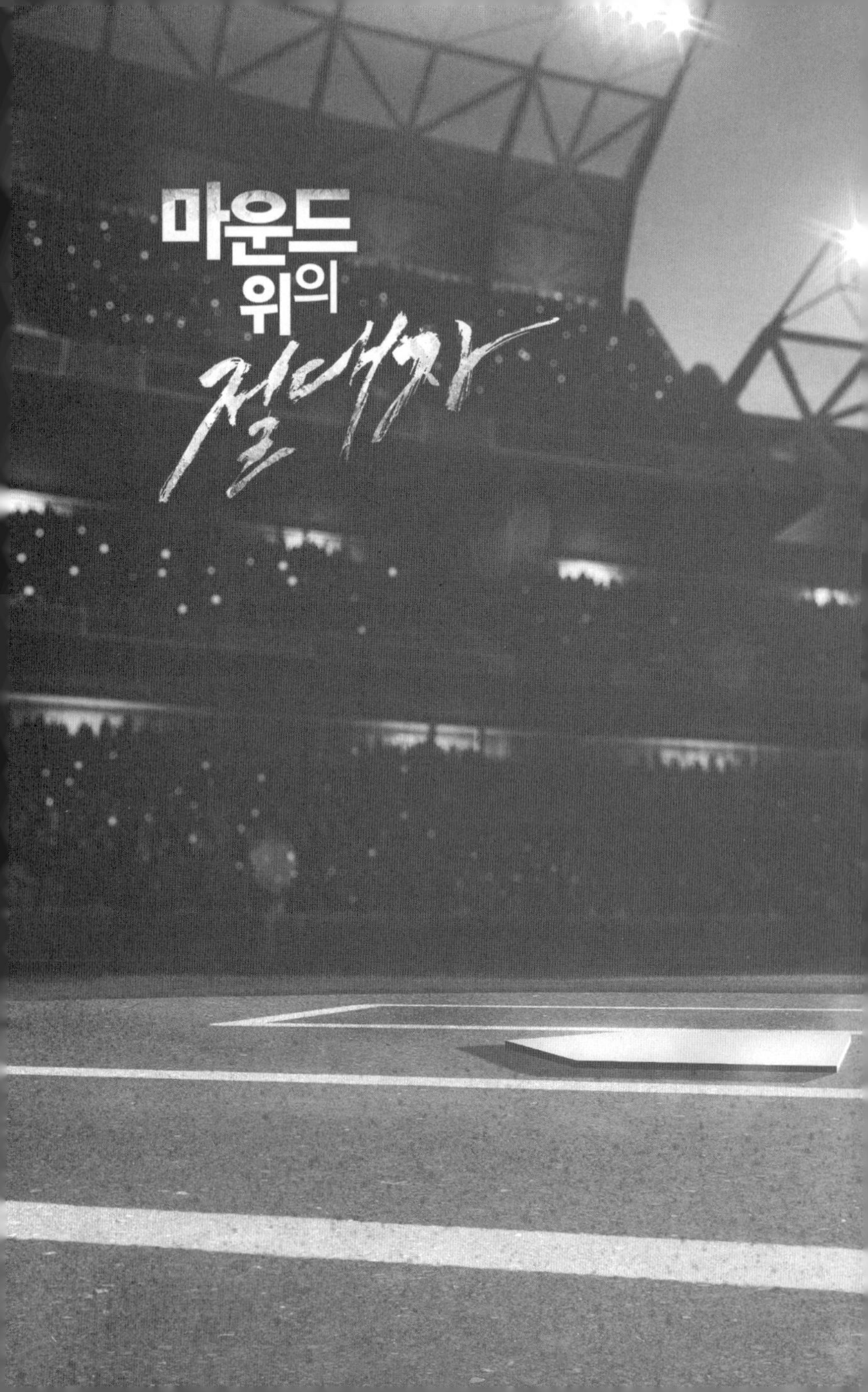
마운드 위의
절대자

CONTENTS

1화
투수들의 무덤

누군가 말했다.

"노히트게임이 행운의 여신이 주는 선물이고, 퍼펙트게임이 야구의 신이 주는 선물이라면, 완봉승은 선수가 상대 팀에게 주는 엿이다."

메이저리그의 지배자, 김진호가 남긴 말이다.

완봉승은 그런 기록이었다. 운이 좋아서 나왔다기보다는 투수가 상대 팀을 압도했을 때 나오는 기록. 운이 아닌 실력이 만들어낸 결과물.

[이진용, 말린스 상대로 완봉승!]
[이진용, 2게임 연속 완봉승!]

그렇기에 이진용이 완봉승을, 그것도 그냥 완봉승이 아닌 2게임 연속 완봉승을 거두었을 때 메이저리그 팬들이 받은 충격은 생각보다 훨씬 클 수밖에 없었다.

-미친! 이거 진짜냐?
-맙소사, 2게임 연속 완봉승이라니?
-심지어 내셔널스랑 말린스 상대로? 그 둘은 작년 시즌 지구 1, 2위 팀이잖아!
-어메이징 호우맨!

이진용의 첫 번째 완봉승을 그저 초심자의 행운쯤으로 치부했던 이들에게는 더더욱 큰 충격이었으며, 심지어 메츠 팬들조차 이진용에 대한 놀라움을 감출 수 없었다.
더욱이 이진용은 지금 메이저리그에서 여전히 알려지지 않은 상태였다.

-그런데 호우맨은 인터뷰 안 해? 2게임 연속 완봉승했는데 인터뷰 기사가 안 뜨네?
-호우맨 인터뷰는 왜 이렇게 없어? 메츠 기자들은 뭐하는 거야? 직무 유기 아니야?

팬이 선수의 경기 외적인 부분을 알기 위해서는 인터뷰를 통한 정보가 있어야 하는데, 그게 없는 탓이었다.

물론 이진용이 두 번째 완봉승을 거두었을 때 메이저리그 팬들은 가만히 있지 않았다. 왜 이진용은 인터뷰를 하지 않는가? 그 질문을 던졌다.

-호우맨이 인터뷰 거절했다는데?
　└왜?
-낯을 많이 가리는 성격이라는데?
　└낯을 많이 가린다고? 마운드에서 호우하는 놈이?
　└차라리 말실수할 것 같아서 인터뷰를 거른다는 게 사실적인 것 같은데?
　└낯을 많이 가리는 선수라서 지나가는 메츠 팬 잡아서 사인해 주는구나. 그렇구나.

　그리고 그 의문에 답이 나왔다.

-오피셜 떴다! 인터뷰 안 하는 이유!
　└이유가 뭔데?
　└고작 완봉승 같은 기록 거둔 거로 인터뷰할 정도로 염치없지 않다는 게 인터뷰 거절 이유라는데?
　└뭐?

　그 답 앞에서 메이저리그 팬들은 더 이상 말문을 이어가지 않았다. 아니, 못했다. 1세기가 넘는 메이저리그 역사 속 어디에서도 존재하지 않았던 이 불가사의한 존재는 상식적인 사고를 불가능하게 했으니까.

오직 한 곳의 야구팬들만이 이런 이진용의 행보 앞에서 말문을 이어갈 수 있었다.

-역시 호우야.
-이래야 우리 호우지.
-호우가 호우했는데 무슨 문제라도?

한국의 야구팬들, 이미 이진용이라는 선수를 겪어본 그들은 그야말로 축제 분위기였다.

-쯧쯧, 호우가 손가락 들었는데 호우 안 하는 거 보소!
-이래서 메이저리그 촌놈들은 안 된다니까.
└ㄹㅇ, 한국에서는 그때 전부 호우했는데.
└아무렴 한국인이라면 호우해야지.

경기가 끝난 후에도 여운은 길었다.

심지어 그 소리는 한국만이 아니라 미국의 중심인 뉴욕에서도 울려 퍼졌다.

"호우!"

뉴욕의 중심에 위치한 메츠의 홈구장 시티 필드, 그곳의 클럽하우스 화장실에서 환호성이 터졌다.

투수는 마운드에서 내려온 후에도 해야 할 것이 많다. 에너지를 보충해야 하고, 마사지도 받아야 하며, 부상은 없는지 체크도 해야 한다. 그리고 마운드에 오르는 동안 하지 못했던 생리 현상들 역시 처리해야 한다.

이진용이 화장실을 방문한 건 그 때문이었다.

-야, 이진용!

그런 이진용의 중대한 행사를 너무나도 당연한 말이지만 김진호는 그냥 두고 보지 않았다.

-구렁이를 낳냐? 빨리 좀 싸! 오늘 경기 복기하고, 다음 경기 준비해야지!

김진호의 독촉을 빙자한 방해에 이진용의 표정은 구겨질 수밖에 없었다.

-진용아, 잘 안 나오냐? 내가 심호흡 좀 도와줘? 응? 호우호우 해줄까?

문제는 무방비 상태나 다름없는 이진용에게 지금 상황을 타개할 방법은 없다는 것.

-진용아 너무 무리해서 싸지 마. 어차피 다음 경기인 쿠어스 필드에서 싸기 싫어도 싸게 될 테니까. 마운드 위에서! 으하하하! 드디어 진용이, 제삿날이 왔구나! 쿠어스 필드에서 홈런 세 방쯤 맞고 질질 우는 모습이 보이는구나, 보여!

'젠장, 저 인간 주둥이 때문에 나오는 것도 들어가게 생겼네.'

인간이 가장 나약해지는 순간은 다름 아니라 똥을 싸고 있는 순간이었으니까.

'어떻게 저 주둥이를 막을 방법이…… 아!'

그때 이진용의 머릿속으로 김진호의 입을 다물게 할 명안이 떠올랐다.

[골드 룰렛 이용권을 사용하셨습니다.]

그 순간 베이스볼 매니저의 알림이 들렸고 그 알림을 캐치한 김진호가 기겁하며 소리쳤다.

-이 새끼가 치사하게!

그 말을 끝으로 김진호가 입을 다문 채 힘차게 돌아가는 룰렛에 귀를 기울였다.

이윽고 룰렛이 멈췄다.

[피지컬이 1상승했습니다.]

그 순간 김진호가 환호성을 내질렀다.

-그래, 이거지! 역시 시바 신이시다. 앞으로 시바 신만 믿겠습니다. 절대 소고기는 먹지 않겠습니다. 내가 말했지? 넌 끝이야! 이제 더 이상 행운은 없다! 시바 신께서 드디어 내 말을 들어주시기 시작했으니까!

반면 이진용의 표정은 구겨졌다.

"끄응……."

그 구겨진 표정 사이로 이진용은 다시 한번 골드 룰렛을 꺼냈다.

[포인트를 소모하셨습니다.]
[골드 룰렛이 활성화됩니다.]

이를 꽉 문 이진용 앞에서 새로운 골드 룰렛이 모습을 드러냈다. 그리고 1만 포인트를 소모해 꺼낸 룰렛이 힘차게 돌아가기 시작했다.

이에 김진호는 여유만만한 모습으로 이진용을 도발했다.

-진용아, 이제 포기해라. 룰렛 돌려봤자 뭐가 나오겠어? 똥이나 나오겠지. 안 그래?

이윽고 룰렛이 멈췄다.

[존(Zone) 스킬을 획득하셨습니다.]

다이아몬드 칸.

수백 개의 황금빛 칸 중 하나밖에 없는 그 칸에 멈추는 순간 이진용은 소리쳤다.

"호우!"

-존? 잠깐, 이거 설마 다이아몬드 칸에 있던 스킬 아니야?

그와 동시에 이진용의 막혀 있던 모든 것이 순식간에 뚫리기 시작했고, 그 사실에 화장실 안으로 고개를 집어넣으려던 김진호가 멈칫했다.

-에이, 진짜…….

본격적으로 쾌변을 시작한 이진용의 모습을 보는 건 죽은 유령에게도 유쾌한 일이 아니었으니까.

다행히도 김진호의 기다림은 길지 않았다.

이십여 분 내내 하지 못했던 것을 단 몇십 초 만에 끝낸 이진용이 세상 모든 걸 가진 표정으로 화장실에서 나오며 김진호 앞에서 자신이 보고 있는 걸 보여줬으니까.

[존(Zone)]
-스킬 등급 : 없음
-스킬 효과 : 스트라이크존을 볼 수 있다.

-시바 신은 무슨, 쓸모없는 시바 새끼.

신을 저버리게 할 정도로 놀라운 스킬이 등장하는 순간이었다.

메츠와 말린스의 4차전, 그 게임의 승자는 메츠였다.

-게임 끝! 메츠가 말린스와의 4연전에서 3승을 챙기며 시티 필드를 박수로 가득 채웁니다!

3승 1패. 메츠 입장에서는 기대했던 것 이상의 시나리오였고, 그 시나리오를 품은 채 메츠가 향한 다음 장소는 LA에 위치한 다저스타디움이었다.

[다저스 대 메츠! 지구 1위 간의 격돌!]

메이저리그를 대표하는 팀 중 하나인 다저스와 최근 다시금 기세가 가파르게 오르기 시작한 메츠의 대결.
더욱이 그 두 팀의 대결은 그저 단순한 팀 대 팀의 대결이 아니었다.

[1차전 클레이튼 커쇼 대 제이콥 디그롬!]
[2차전 리치 힐 대 노아 신더가드!]
[3차전 오타니 쇼헤이 대 맷 하비!]

두 팀의 1, 2, 3선발이 정면으로 붙는 빅 매치, 그것도 그냥 선발이 아니라 현재 메이저리그를 대표하는 투수들이 총출동하여 충돌하는 매치업은 메츠와 다저스 팬이 아닌 메이저리그 팬들조차 그 경기를 기다리게 만들었다.

-이번 매치업 진짜 끝내주네.

-이번 경기는 무조건 봐야지.

-다저스가 전력으로는 우수하지만, 최근 메츠 기세를 보면 승부는 아무도 모르겠지.

-분명한 건 끝내주는 투수전이 된다는 거겠지.

당연히 모든 메이저리그 팬들이 손에 땀을 쥔 채 그 두 팀이 3일 동안 치를 전쟁을 기다렸다.

심지어 메츠 선수단조차도 결사항전의 기세를 품은 채 다저스와의 전쟁을 준비했으며, 다저스와의 시리즈에 출전하지 않는 이진용도 다저스의 전력분석 데이터를 읽을 정도였다.

-뭘 그렇게 봐? 어차피 개박살 날 텐데.

오직 한 명, 김진호만은 달랐다.

"개박살이요?"

-응.

"무슨 의미죠?"

-무슨 의미이긴, 다저스 상대로 메츠가 개박살이 난다는 의미이지.

김진호는 이 경기가 결코 손에 땀을 쥐는 경기가 되지 않으리라 확신했다.

그 말에 당연히 이진용은 의구심을 품었다.

"제가 보기엔 해볼 만한데요?"

분명 다저스의 전력은 월드시리즈 무대를 노리는 게 당연할 정도로 훌륭했지만, 메츠의 현재 기세도 결코 나쁘지 않았으니까.

더욱이 메츠 역시 다저스를 상대로 최고의 우완 파이어볼러 세 명을 내놓았다. 100마일을 던질 줄 아는 투수 세 명이 연달아 나온다는 것, 그것만큼 무시무시한 일이 또 있을까?

'최소한 일방적인 게임은 안 나올 거야.'

물론 질 수는 있다.

그러나 김진호가 한 말대로 박살이 날 것 같진 않았다.

-내가 말했잖아? 디그롬, 신더가드, 하비. 이 세 명은 제2의 김진호가 될 수 있다고.

심지어 김진호는 말했었다. 그 세 명은 제2의 김진호가 될 수 있는 자질을 가진 선수들이라고.

"그랬죠."

-그게 무슨 의미이겠냐?

"속 좁고, 말 많고, 추잡하지만 야구는 잘하는 선수가 될 수 있겠다, 그런 의미 아닌가요?"

-에이, 진짜.

"장난이에요, 장난."

그건 이진용에게 있어서는 이루 말할 수 없는 극찬이었다. 김진호는 이진용이 본 모든 투수 중에서 가장 위대하고 훌륭한 투수였으니까.

솔직히 말하면 그 말을 들었을 때 이진용은 그 셋에 대한 감탄보다는 부러움, 그리고 질투마저 느꼈을 정도였다.

"칭찬이잖아요?"

-칭찬은 칭찬이지.

그러나 김진호는 그저 그 셋을 칭찬하기 위해 그런 표현을 쓴 게 절대 아니었다.

-하지만 반대로 말하면 걔네들은 제2의 김진호가 못 된다는 의미야.

"아."

정말 그들이 자신에 버금가는 선수였다면 그런 표현을 쓸 이유가 없었을 테니까.

-심지어 이번 엔트리에서 콜린스 감독은 조 존스를 백업 포수로 배정해 두었지.

"그랬죠. 조 존스의 볼배합에 셋 모두 그다지 만족하는 분위기가 아니었으니까."

말을 하던 이진용은 조 존스가 자신을 제외한 다른 투수들과 호흡을 맞췄을 때를 떠올렸다.

경기 중에 큰 문제가 터진 적은 없었다. 그러나 경기 후 분위기는 별로 좋지 못했다.

'사실 좋을 수가 없지. 조 성격을 생각하면……'

조 존스, 그는 다른 이를 다독이고 설득할 수 있는 성격의 소유자가 아니었으니까.

그런 상황에서 메츠의 코칭스태프들이 무리해서 조 존스와 다른 투수들을 배터리로 조합할 이유는 없었다.

특히 다저스 같은 팀을 상대로는 문제가 생길 여지 자체를 남겨두지 않는 게 당연지사.

그렇기에 김진호는 분명하게 말할 수 있었다.

"하지만 조가 포수가 아니라고 해도 과연 그 세 명이 쉽게 무너질까요?"

-그럼 이번 시리즈를 잘 봐야겠네. 빠른 공을 던질 수 있는 투수와 던질 줄 아는 투수의 차이점을 볼 수 있을 테니까.

그리고 그런 김진호의 말은 곧바로 현실이 됐다.

참패였다.

-게임 끝! 다저스가 7 대 2로 승리를 가져가며 메츠와의 시리즈를 전부 쓸어갑니다!

변명은커녕 무엇을 반성해야 할지조차 감이 잡히지 않을 정도로 참담한 패배.

-생각보다 일방적인 시리즈가 됐군요. 메츠 입장에서는 이렇다 할 싸움조차 하지 못한 시리즈였어요. 특히 메츠가 기대했던 세 선발투수들이 전부 무너진 게 컸습니다.

그 참담한 패배의 중심에는 메츠의 알파이자 오메가라고 할 수 있었던 세 투수의 부진이 있었다.

5이닝 5실점, 4이닝 6실점, 5이닝 5실점. 100마일짜리 패스트볼을 던질 줄 아는 강속구 투수들에게는 어울리지 않는 성적표였다. 그래서 더 뼈아픈 패배가 될 수밖에 없었다.

"대체 왜 그 셋이 무너진 거지?"

"그 셋이 이렇게 무너질 줄이야……."

믿음이 클수록 실망도 크며, 기대가 클수록 패배했을 때의 상처도 큰 법이기에.

하지만 메츠에게 뼈아픈 상처를 치료할 여유 같은 건 없었다. 그들은 프로였고, 프로답게 다음 경기를 팬들에게 보여줄 의무가 있었으니까.

"젠장, 이런 상황에서 쿠어스 필드라니……."

"제 발로 무덤에 걸어가는 기분이야."

문제는 메츠의 다음 상대가 콜로라도 로키스, 투수들의 무덤이라고 불리는 쿠어스 필드라는 것.

때문에 메츠 선수들은 다음 경기에 대한 기대감을 품는 대신 동정심을 품었다.

"리도 안 됐어, 이런 상황에서 쿠어스 필드라니."

"첫 시즌, 그것도 4월에 쿠어스 필드 신고식을 치르다니, 재수가 없는 거지."

"어쩌겠어? 타자들이 터져주기를 바라는 수밖에."

이 처참한 분위기 속에서 쿠어스 필드의 마운드에 처음으로 올라서게 되는 이진용에 대한 동정심을.

그렇게 메츠가 쿠어스 필드가 있는 콜로라도로 향했다.

쿠어스 필드.

콜로라도 로키스의 홈구장인 이곳에 대한 설명은 하나로 충분하다. 투수들의 무덤!

당연한 말이지만 쿠어스 필드에 그런 악명이 붙은 이유는 여러 가지가 있었다.

일단 쿠어스 필드에서는 다른 구장에서는 홈런이 되지 않는 공이 홈런이 됐다. 그건 쉽게 비유하자면 학교에서는 정답이라고 배운 것이 수능에서는 오답 처리가 되는 것과 비슷했다.

어찌할 방법도 없다. 그저 미치는 수밖에.

더욱이 이건 앞서 말했듯이 악명이 붙은 이유 중 하나에 불과했다.

-다저스타디움에서 개박살이 난 상태에서 쿠어스 필드 원정이라니, 지옥이 따로 없군.

-그런데 왜 쿠어스 필드를 그렇게 두려워하는 거야? 홈런이 많이 나와서?

└홈런이 많이 나오는 건 오히려 별거 아닐 수도 있지. 정말 무서운 건 호흡이 쉽지 않다는 거야.

쿠어스 필드가 투수들의 무덤인 또 다른 이유는 다름 아니라 호흡. 고지대에 위치한 쿠어스 필드는 너무나도 당연하게 저지대에 있을 때보다 호흡이 힘들었다.

당연히 쿠어스 필드는 다른 구장보다 체력 소모는 빨랐고, 반대로 회복은 느려졌다. 다른 구장에서는 신경조차 안 쓰는 산소 호흡기를 쿠어스 필드에서는 서로 쓰기 위해 순번을 정해야 할 정도이니 무슨 설명이 더 필요할까?

-그리고 패스트볼이 밋밋해지지.
└그렇지. 회전수가 감소하니까.

또한 쿠어스 필드에서는 투수들의 시작이자, 기본이라고 할 수 있는 패스트볼의 회전수가 감소하면서 구위와 무브먼트가 약해졌다.

타자의 비거리가 늘어나는 상황에서 구위는 약해진다? 그건 정말이지 악몽과도 같은 일이었다.

심지어 여기서 끝이 아니다.

-그리고 쿠어스 필드는 외야가 엄청 넓다고. 쿠어스 필드가 무서운 건 홈런이 많은 게 아니라, 홈런도 많기 때문이야. 쿠어스 필드에서는 2루타, 3루타 가리지 않고 쏟아지니까.

이런 쿠어스 필드의 특성을 염두에 두고 설계 당시부터 외야를 넓게 만든 탓에 쿠어스 필드는 외야 수비가 가장 힘든 야구장 중 한 곳이 되어버렸다.

고지대에 위치한 탓에 빠르게 소모되는 체력과 집중력, 다른 구장보다 더 쭉쭉 날아가는 타구 그리고 드넓은 외야. 제대로 된 외야수의 활약을 기대할 수 없는 쿠어스 필드에서는 홈런은 물론 2루타와 3루타가 쏟아질 수밖에 없었다.

-선발투수들이 시즌 일정 받으면 가장 먼저 로키스 원정 날짜부터 계산한다는 게 괜히 나온 말이 아니지.

-로키스 투수들은 시즌 일정 받으면 가장 먼저 원정 경기 몇 번 뛰는지부터 계산하고.

그야말로 투수들의 무덤이란 표현이 어울리는 곳.

1회 말, 이진용이 그 무덤 위에 올라섰다.

-이 지옥에 다시 오게 될 줄이야.

마운드에 올라선 이진용의 귀로 김진호의 목소리가 들렸다.

-특히 빠른 공을 무기로 쓰는 투수들에게는 지옥도 이런 지옥이 없지. 생지옥이랄까? 물론 구속이 느린 투수들이 유리하다는 건 아니야. 160킬로미터짜리 공을 던지는 놈들이 맞아 나가는데, 140짜리 던지는 애들이 무사할 리가 없잖아?

거듭된 김진호의 목소리는 말하고 있었다.

-괜히 투수들의 무덤이 아니야. 아무렴, 무덤이지. 예의상 홈런이라도 맞아줘야 하는 무덤.

하나만 맞아달라고.

-아! 홈런 보고 싶다!

제발 하나만.

-진용아, 나 홈런 너무 보고 싶다.

그 간절한 김진호의 기도 앞에서 이진용은 비릿한 미소 사이로 매몰찬 한 마디를 뱉었다.

"존."

그 말과 함께 이진용의 눈매가 가늘어졌다.

그 가늘어진 눈매 사이로 이진용이 이제는 타석에 선 타자를 그리고 포수와 주심을 바라봤다. 그런 이진용의 눈동자 속에는 그 어느 때보다 강렬한 기대감이 존재하고 있었다.

'대체 어떻게 보일까?'

이제부터 자신이 보게 될 신세계에 대한 기대감이.

"플레이 볼!"

그때 주심의 목소리가 이진용의 귓가를 맴돌았다.

[퀄리티 스타트가 적용 중입니다.]

베이스볼 매니저의 알림도 들렸다.

이제는 게임을 시작해야 할 때.

'어?'

-응?

그러나 이진용이 보는 세상에는 그 어떤 변화도 없었다.

"존? 존? 존!"

이진용의 거듭된 나지막한 외침에도 이진용이 보는 세상에는 이렇다 할 변화가 없었다.

그 사실에 김진호가 양손을 번쩍 들며 소리쳤다.

-버그다! 버그야! 그래, 드디어 이런 날이 오는구나! 으하하! 신이시여 감사합니다! 아, 그런데 어느 신이 들어준 거지? 알라? 시바? 누구지? 아무럼 어때.

"어, 이게 아닌데……."

당황하는 이진용, 그런 그에게 주심이 이제는 피칭을 하라는 사인을 줬고, 결국 이진용이 입술을 깨문 채 투구 자세를 취했다. 그렇게 게임이 시작됐다.

쿠어스 필드에서는 빠른 패스트볼을 주무기로 쓰는 투수들이 제힘을 발휘하지 못한다. 달리 말하면 빠른 패스트볼보다는 정교한 컨트롤과 완급 조절, 다양한 변화구를 이용하는 피칭은 나름 효과적이라는 의미.

당연히 이진용은 그 쿠어스 필드 무대에서 오른손을 주무기로 이용한 피칭을 준비했다.

타자의 스트라이크존 경계면, 그곳도 그냥 경계면이 아니라 타자 입장에서는 악질적이라는 생각이 들 정도로 구석진 곳만을 노렸고, 그런 이진용의 피칭에 로키스의 타자들은 땅볼로 아웃카운트를 내줄 수밖에 없었다.

"아웃!"

[455포인트를 획득하셨습니다.]

[삼자범퇴로 이닝을 마무리하셨습니다. 보너스 포인트가 지급됩니다.]

[현재 2이닝 무실점 중입니다.]

-리! 그가 2회 말에도 삼자범퇴로 이닝을 마무리합니다! 이것으로 여섯 타자 연속 범타에 성공합니다!

-대단하네요, 정말 아티스트란 표현이 부족하지 않을 정도로 훌륭한 컨트롤이네요.

그렇게 2회까지 단 한 명의 출루도 허락하지 않은 채 마운드를 내려오는 이진용의 모습에 로키스 타자들은 혀를 내둘렀다.

"아예 작정하고 땅볼 잡는 피칭만 하네."

"컨트롤이 장난이 아니야. 까다로운 코스에만 아주 제대로 찔러 넣고 있어."

"투심하고 체인지업, 스플리터를 절묘하게 섞어 쓰고 있어. 볼배합이 예측이 되지 않을 정도로."

물론 로키스 타자들의 눈빛에 겁에 질린 기색 같은 건 눈곱만큼도 없었다.

"뭐, 그래 봤자 하나만 걸리면 끝이지."

"그렇지. 배트에 맞는다는 사실이 지옥인 곳이니까."

오히려 반대, 로키스 타자들에게는 지금 상황은 일상과도 같은 일이었다.

쿠어스 필드를 찾아오는 투수들은 투수들의 무덤인 곳에서 살아남기 위한 방법으로 대개 비슷한 선택을 했다.

삼진을 잡는 피칭을 하거나, 땅볼을 유도하는 피칭 또는 어떻게든 뜬공을 최대한 억제하기 위한 피칭을 했고, 당연히 로키스 타자들은 그런 투수들을 상대로 점수를 얻어내고, 승리를 뜯어내는 방법을 그 어느 구단보다 잘 알고 있었다.

'일단 공이 눈에 익으면 그때부터는 끝이다.'

'오늘 리의 구속은 80마일대 후반. 안타도 필요 없다. 적당히만 맞아도 홈런이다.'

그렇기에 로키스 타자들은 서두르지 않은 채 확실하게 사냥을 할 수 있는 때를 기다렸다.

'좋은 피칭이지만, 로키스 타선은 이런 피칭으로 잡을 수 있는 타선이 아니다.'

'고작 피칭 스타일 하나로 벗어날 수 있었다면 쿠어스 필드가 투수들의 무덤이라고 불리는 일은 없었겠지.'

그 사실은 메츠 선수단 역시 알고 있었다.

그리고 이진용도 알고 있었다.

"리의 표정이 좋지 못하군."

"쿠어스 필드잖아?"

"하긴, 쿠어스 필드에서 웃으면 그게 이상한 일이겠지."

그렇기에 이진용이 평소와 다르게 굳은 표정으로 더그아웃으로 오는 모습에 큰 의문을 제기하는 이는 없었다.

제아무리 이진용이라고 해도 쿠어스 필드에서는 모든 것을 쏟아내고, 집중할 수밖에 없을 테니까. 매 순간마다 고뇌할 수밖에 없을 테니까.

실제로 이진용은 고뇌하고 있었다.

'진짜 버그인가?'

그 고뇌 속에서 이진용이 자신의 상태창을 활성화했다.

[이진용(투수)]

-최대 체력 : 129

-최대 구속 : 148

-보유 구종 : 포심 패스트볼(S), 투심 패스트볼(S), 스플릿 핑거 패스트볼(S), 컷 패스트볼(B), 체인지업(S), 슬라이더(S), 커브(A).

-보유 스킬 : 심기일전(C), 일일특급(C), 라이징 패스트볼(A), 마법의 1이닝, 무쇠팔(B), 리볼버, 컨트롤 마스터(S), 철인, 에이스, 철마(A), 전력투구, 마구(E), 스위칭(B), 수호신

그렇게 활성화한 상태창 어디에도 이진용이 새롭게 습득한 존 스킬은 보이지 않았다.

-몇 번을 봐도 똑같다니까. 버그야, 버그. 원래 게임하다 보면 그렇잖아? 버그 좀 걸리고, 그러다가 계정 정지되고…….

그런 이진용의 심정에 김진호가 염장을 질렀다.

그러나 이진용은 그런 김진호에게 짜증조차 내지 못한 채 능력치 창을 말없이 바라만 봤다.

실제로 지금 이진용이 처한 상황은 꽤 심각한 상황이었다.

룰렛을 통해 습득한 스킬이 활성화되지 않는다는 건, 앞으로도 이런 일이 또 일어나도 이상할 게 없다는 의미. 더 나아가 정말 이것이 버그 같은 문제로 생긴 일이라면 다른 스킬들도 쓰지 못할 가능성도 있었다.

-진용아.

그런 이진용의 표정에 김진호 역시 더 이상 이진용을 자극하지 않았다.

-너무 걱정하지 마. 응? 별문제 아닐 거다. 날 믿어.

오히려 이진용을 위로하기 시작했다.

그 위로 속에서 툭 말을 던졌다.

-어쩌면 타자 스킬이었을 수도 있잖아? 응? 안 그래? 뭐, 안 그럴 수도 있지만.

그 말에 이진용이 놀란 표정을 지은 채 김진호를 바라봤다. 그와 동시에 이진용이 자신의 눈앞에 있는 상태창을 바꾸었다.

"리! 뭐해? 타격 준비해야지!"

그리고 곧바로 3회 초의 시작을 알리는 타격코치의 목소리가 들렸다.

하지만 이진용의 귀에는 그 목소리는 들리지 않았다.

[이진용(타자)]

-피지컬 : 34

-밸런스 : 58

-선구안 : 78

-보유 스킬 : 매의 눈(A), 핀치 히터, 클러치 히터, 라스트 찬스(F), 존

"오, 마이 존."

자신의 상태창에 분명하게 존재하는 스킬만이 보일 뿐.

3회 초 메츠의 공격은 8번 타순부터 시작됐다.

당연히 9번 타자인 이진용은 3회 초가 시작됨과 동시에 더 그아웃이 아닌 대기 타석에서 경기를 봤다.

특별한 일은 없었다.

"스윙, 스트라이크 아웃!"

선두타자로 나온 8번 타자는 큼지막한 한 방을 노리다가 헛스윙으로 삼진을 헌납했고, 짜증 섞인 눈빛으로 마운드 위의 투수를 노려본 후에 혀를 차며 더그아웃으로 향했다.

앞서 말했듯이 특별한 일이 아니었다. 투수가 타자로 나오는 내셔널리그에서는 투수를 뒤에 둔 8번 타자가 큰 것 한 방을 노리는 건 매우 상식적인 일이었으니까.

하물며 쿠어스 필드라면 어느 정도 장타력이 있는 8번 타자가 충분히 홈런을 만들어낼 수 있었다.

"스윙은 좋았다. 타이밍만 맞추면 되겠어."

때문에 메츠의 벤치 역시 삼진으로 물러나는 타자를 향해 오히려 격려를 보냈다. 그와 동시에 쿠어스 필드에 만연했던

긴장감이 풀리기 시작했다.

이 역시 특별한 일이 아니었다.

"선두타자 잡았으니 됐다."

"호우맨 잡으면 2아웃……. 3회는 쉽게 가겠군."

1사 상황에서 올라오는 9번 타자가 투수인 상황에서 긴장감이 있다면 그게 이상한 일일 터.

더욱이 이진용이 타격에 재능이 있는 건 맞지만, 말 그대로 재능이 있을 뿐이었다. 그저 재능만 있을 뿐 쌓아온 결과가 없는 타자를 두려워할 정도로 메이저리그는 수준 낮은 곳이 아니었으니까. 하물며 장타력이 없는 이진용을 로키스가 두려워할 이유는 어디에도 없었다.

그렇기에 로키스의 배터리는 이진용을 앞에 두고 딱히 특별한 사인을 주고받지도 않았다. 이진용이 타석에 서기만을 기다렸고, 주심 역시 자신의 볼주머니에 볼이 가득한 것을 확인하고는 자리를 지켰다.

그리고 그렇게 포수와 주심이 모인 곳을 향해 이진용이 걸음을 내디뎠다.

특별할 것 없는 광경.

[존(Zone) 스킬이 활성화됩니다.]

"우와……."

-우와…….

그러나 이진용이 타석에 서는 순간 그의 눈앞에 펼쳐진 건 신세계였다.

3회 초 1사 상황.

"스트라이크, 아우우웃!"

그리고 타석에 선 이진용의 성적표는 루킹 삼진이었다.

투수가 던진 투구수는 5구. 이상한 일은 아니었다, 9번 타자로 나온 투수가 최고 94마일까지 나온 패스트볼을 멀뚱히 지켜보다가 삼진을 당했다는 사실에 의문을 품을 메이저리그 팬은 단 한 명도 없을 테니까.

-야, 뭐하는 거야?

하지만 김진호의 시점에서는 달랐다.

-왜 멀뚱히 공을 보기만 해?

그가 아는 이진용은 어떤 식으로든 내야로 공을 굴리기 위해 배트를 휘두르는 타자였으니까. 그 누구도 아닌 김진호 본인이 그렇게 하라고 가르쳤으니까.

그렇기에 김진호가 아는 이진용은 헛스윙 삼진을 당할지언정 루킹 삼진을 당하지는 않는 타자였다.

-존도 보이는데?

심지어 조금 전 이진용이 본 풍경은 신세계라는 표현이 부족함이 없는 풍경이었다. 스트라이크존, 야구를 존재케 하는 그 세상을 육안으로 확인했다.

솔직히 말해서 김진호조차 그 광경에 전율하느라, 이진용이 루킹 삼진을 당하는 것은 물론 이진용의 볼카운트조차 제대로 인지하지 못했을 정도였다.

주심의 삼진 아웃 콜을 들은 후에야 이진용이 삼진을 당했다는 것을 깨달았을 정도.

그런 김진호의 물음에 이진용은 대답했다.

"어쩔 수 없었어요."

-어쩔 수 없었다고?

"그렇잖아요? 로또에 당첨된 사람이 바로 로또 가지고 은행에 가는 거 보셨어요?"

-무슨 소리야? 당연히 로또에 당첨되면 당첨금 받으러 은행에 가야지, 뭘 하는데?

"뭘 하긴요, 일단 진짜 이 로또가 당첨된 게 맞는지 확인부터 해야지."

나지막이 말하던 이진용이 고개를 돌려 조금 전 자신이 있던 타석을 바라봤다.

'확인은 끝났다. 내가 본 건…… 진짜다.'

그러자 이진용의 입가에 어렴풋하게 걸려 있던 미소가 크게 번지기 시작했다. 마치 배트맨 영화 속에 나오는 조커처럼 기쁨을 넘어 광기마저 풍기는 미소.

그 미소 사이로 이진용이 말했다.

"아무래도 준비 좀 해둬야겠네요."

-무슨 준비?

"인터뷰 준비요."

스트라이크존.

야구라는 스포츠를 존재케 하는 요소다.

때문에 야구의 모든 것은 이 스트라이크존 안에서 이루어졌으며, 그렇기에 모든 야구선수들은 이 스트라이크존을 정복하기 위한 노력을 거듭했다.

그럼에도 불구하고 스트라이크존을 정복한 이는 없었다.

이유는 간단했다. 스트라이크존은 타자마다 그리고 경기마다 심지어 시즌마다 바뀌기 때문이다.

일단 타자마다 스트라이크존이 달랐다. 타자의 신장 그리고 타격폼이 제각각인 상황에서 완벽하게 똑같은 스트라이크존을 줄 수 있을 리 없었으니까.

또한, 주심마다 스트라이크존 역시 달랐다. 바깥쪽 공에 후한 판정을 주는 주심이 있는 반면, 낮은 공에 후한 판정을 주는 주심이 있고, 그냥 판정이 짠 주심도 있었다.

심지어 메이저리그 사무국은 메이저리그 흥행을 위해 스트라이크존을 바꾸고는 했다.

투고타저의 시대, 투수가 유리한 시대에서는 좀 더 스트라이크존을 좁히라는 요구를 했고 반대로 타고투저의 시대에서는 스트라이크존을 넓히라는 요구를 했다.

이렇게 항시 바뀌는 스트라이크존을 정복한다는 건 사실상 불가능한 이야기였다.

그리고 그건 이진용 역시 마찬가지였다.

타석에 섰을 때 그의 눈에는 스트라이크존이 보였다. 하지만 그건 어디까지나 이진용의 스트라이크존일 뿐, 다른 타자들과 동일하게 적용할 수 있는 스트라이크존이 아니었다.

'오늘 주심은 몸쪽 낮은 공 그리고 몸쪽 높은 공에 판정이 후했어.'

단지 참고를 할 수 있을 뿐.

'쉽게 말하면 어지간한 몸쪽은 전부 스트라이크라, 이거군.'

그리고 그 참고를 하는 이가 이진용이라는 것뿐.

그것뿐이었다.

'그럼 안 던져줄 이유가 없네.'

그리고 그것뿐이면 충분했다.

-무슨 이딴 게임이 있어? 게임에서 맵핵이 제공되는 게 말이 돼?

이진용, 그가 쿠어스 필드를 타자들의 무덤으로 만들기 위해 필요한 것은.

언제나 그렇다. 조용하면 사고가 터지고는 한다.

1 대 0, 메츠의 1점 차 리드로 조용한 경기가 진행 중이던 쿠어스 필드에 사고가 터진 것은 5회 말이었다.

"스트라이크, 아우우웃!"

5회 말, 마운드에 있는 오른손 피칭을 하는 이진용이 마지막 아웃카운트를 루킹 삼진으로 잡는 순간.

"호우!"

그리고 언제나 그렇듯 이진용이 환호성을 내지르는 순간, 삼진을 당한 로키스의 8번 타자 제리 베이는 주심을 향해 소리쳤다.

"젠장, 이게 무슨 스트라이크야! 몸에 맞을 뻔한 공이잖아!"

그 소리에 그라운드의 분위기가 삽시간에 얼어붙었다.

"빌어먹을 눈알이 있으면 똑바로 봐! 이게 어떻게 스트라이크인지! 제대로 판정을 하라고!"

제리 베이가 한 마디를 넘어 두 마디째를 내뱉자 주심의 눈매가 싸늘하게 식었다.

넘지 말아야 할 선을 밟은 상태.

하지만 로키스 선수들 중에 제리 베이를 말리기 위해 당장 나서는 이들은 없었다.

'베이 말이 틀린 건 없지. 오늘 주심 판정은 쓰레기였어.'

'저런 몸쪽 공에 스트라이크 콜을 하면 타자보고 뭘 치라는 거야?'

모두가 제리 베이의 심정에 동의하고 있었으니까.

말 그대로였다. 이 순간 로키스의 모든 타자들의 심정은 제리 베이의 심정과 다를 바 없었다. 모두가 제리 베이와 똑같이 주심의 스트라이크 판정에 대한 불만을 품고 있었다.

'젠장, 저 호우맨 상대로 아직 안타 하나도 뽑지 못하다니……'

'이런 식으로 가다가는 오늘 말도 안 되는 걸 당할지도 몰라.'

그리고 오늘 이곳에서, 투수들의 무덤에서 마운드 위의 자그마한 투수를 상대로 말도 안 되는 꼴을 당할지도 모른다는 불안감 역시 품고 있었다.

사실 정확히 말하면 후자의 것이 컸다. 현재 로키스 타자들은 이진용을 상대로 두 번 출루에 성공했지만, 그것은 모두 볼넷으로 인한 출루에 불과했다. 5이닝 내내 안타 하나를 얻어 내지 못했다는 이야기다.

'저 새끼 오늘 왼손은 한 번도 안 꺼냈어.'

심지어 그 과정에서 이진용은 단 한 번도 왼손 피칭을, 최고 99마일을 찍는 좌완 파이어볼러의 모습을 보여주지 않은 상태였다. 로키스 타자들이 불만을 넘어 불안을 느끼는 것이 당연한 상태.

그런 상태였기에 로키스 선수들은 제리 베이의 말에 시원함을 느끼고 있었다. 당연히 그 누구도 먼저 나서서 제리 베이를 말리지 못했다.

"이딴 식으로 판정을 하니까 심판 대신 로봇을 쓰라는 말이 나오는 거야!"

결국 제리 베이가 선을 넘었고, 그가 선을 넘는 순간 주심도 선을 넘었다.

"퇴장!"

"뭐?"

제리 베이에 대한 퇴장 선언이 나왔다.

"자, 잠깐!"

그제야 로키스 선수들이 앞다투어 나와 제리 베이를 말리기 시작했고, 코치가 나와 주심에게 다가가 항의를 시작했다.

메츠의 더그아웃 분위기도 어수선해지기 시작했다.

"퇴장이라니, 베이 녀석 무슨 소리를 한 거야?"

"두 마디 넘어갔을 때 말렸어야지."

"주심하고는 대화가 길어져서 좋을 게 없는데, 저건 안 말린 쪽도 잘못이 크네."

그 어수선함 속에서 오로지 한 명만이 조용히 제 할 일을 했다.

"호……."

이진용.

"우……."

그만이 더그아웃 한구석에 마련된 산소 호흡기를 이용해 자신의 부족한 산소를 채우며 다음을 기약하고 있었다.

-역시 너도 사람은 사람인 모양이구나. 쿠어스 필드에서는 숨이 차는 걸 보면.

그 모습에 김진호가 실소를 머금었다.

그런 김진호의 말에 이진용이 잠시 산소 호흡기를 뺀 후에 나지막이 말했다.

"별로 숨 안 차는데요?"

그리고 다시 산소 호흡기를 차며 숨을 들이마시고 내뱉는 이진용.

"호…… 우…….."

그 대답에 김진호가 인상을 찌푸리며 반문했다.

-뭔 개소리야? 숨이 차니까 호흡기 쓰는 거잖아? 숨도 안 차는데 왜 그걸 써?

그 반문에 이진용이 다시금 산소 호흡기를 치운 후에 대답했다.

"미리 해두는 거예요. 호우하다가 숨이 차는 바람에 호우 안 나오면 안 되잖아요."

-뭐?

정말 상상조차 하지 못한 대답에 김진호는 더 이상 말을 이어갈 수조차 없었다.

물론 그 사실을 알 리 없는 메츠 선수들의 눈에 비친 이진용의 모습은 김진호가 보는 것과 전혀 달랐다.

'리가 전력을 다해 점수를 막아주고 있다.'

이진용은 지금 지쳐 있다고.

'하긴, 쿠어스 필드에서 5이닝 무실점 피칭을 하는데 여유가 있을 리가 없지.'

쿠어스 필드라는 투수들의 무덤 위에서 점차 지치는 건 너무나도 당연한 일이라고.

'리를 위해서라도 우리가 점수를 더 내야지.'

그런 이진용의 부담감을 조금이라도 덜어내 주기 위해서는 1 대 0인 점수 차를 더 벌릴 필요가 있다고.

그 사실을 느낀 메츠 선수단이 달아오르기 시작했다.

"분위기는 넘어왔다!"

그런 분위기 속에서 메츠의 리더, 데이비드 라이트가 기다렸다는 듯이 기름을 끼얹었다.

"6회를 빅이닝으로 만들고, 연패를 끊는다!"

"오!"

"그래, 연패는 연승으로 되갚자고!"

"리에게 승리를 안겨주자고!"

쿠어스 필드에서 팀의 승리를 위해 전력을 다하는 투수를 위해 목소리를 높이기 시작했다.

-이건 또 뭐야?

진실을 아는 김진호로서는 정말 어처구니가 없는 광경.

"호…… 우…….."

그 광경 속에서 이진용의 숨소리가 흘렀다.

그렇게 6회 초가 시작됐다.

1 대 0, 메츠의 1점 차 리드와 함께 시작된 6회 초.

-6회 초가 시작됐습니다. 점수는 0 대 1로 메츠가 1점 차 리드를 하고 있습니다. 오늘 양 팀은 합쳐서 안타 3개, 볼넷 3개만을 기록하고 있는 중입니다.

-쿠어스 필드에 어울리지 않는 스코어군요.

그것은 쿠어스 필드가 가진 악명, 투수들의 무덤이란 별명에 어울리지 않는 점수 차였다.

당연히 쿠어스 필드는 그 사실을 용납하지 않았다.

-타구가 쭉쭉 뻗습니다! 아! 펜스에 맞고 떨어집니다!

쿠어스 필드에서 본격적인 장타가 나오기 시작했고, 결국에 쿠어스 필드는 보여줬다.

-큽니다, 타구가 무척 큽니다.

-넘어가겠군요.

-넘어갔습니다! 쓰리런 홈런! 메츠가 로키스를 큼지막하게 따돌리는 쓰리런 홈런을 날립니다!

홈런, 쿠어스 필드의 명물이라고 할 수 있는 놈이 나왔다. 메츠가 점수 차를 4점 차로 만드는 3점 홈런을 낸 것이다.

하지만 쿠어스 필드는 그 사실에도 만족하지 못했다.

못할 수밖에 없었다. 고작 홈런 하나에 만족했다면 투수들의 무덤이란 별명은 붙을 일도 없었을 테니까.

-아!

-넘어갔네요.

결국 6회 초에 두 번째 홈런이 나왔다.

-조 존스, 그가 투런 홈런으로 오늘 경기에 쐐기나 다름없는 점수를 뽑아냅니다.

두 번째 홈런의 주인공은 조 존스였다.

-이번 시즌 조 존스의 폼이 무척 좋군요. 과거의 조 존스를 떠올리게 하는 홈런이었습니다.

완벽, 그 자체.
쿠어스 필드가 아니었어도, 심지어 그곳이 타자들의 무덤이라는 AT&T파크였었어도 타구를 보자마자 외야수가 공을 쫓는 것을 포기할 정도로 완벽한 홈런이었다.
6 대 0.
메츠가 삽시간에 로키스를 멀찌감치 따돌리는 데 성공하는 순간이었다.
그런 6회 초 2사 상황에 9번 타자로 나온 이진용이 다시금 루킹 삼진을 당했을 때 그 사실에 큰 의미를 두는 이는 없었다. 아니, 오히려 몇몇 메츠 팬들은 생각했다.

-리, 루킹 삼진이네?
-잘됐네. 괜히 문제 생기는 것보단 차라리 삼진당하는 게 낫지.

-그래, 6점 차인데 괜히 출루했다가 힘 빼고 6회 말에 맞을 바에는 안전하게 가야지.

-아무렴, 투수가 공만 잘 던지면 되지.

차라리 다행이라고. 괜히 이진용이 타석에서 무리하다가 문제가 생기는 것보단 삼진으로 물러나는 게 낫다고.

하지만 이진용이 루킹 삼진을 당한 이유는 결코 그런 이유 때문이 아니었다.

"몸쪽이 작아지니, 바깥쪽이 커지네."

이진용이 보는 세계가 다시 한번 변했다는 것.

"아, 그럼 어쩔 수 없네. 바깥쪽도 후벼 파주는 수밖에."

-에이, 진짜! 로키스 놈들은 괜히 주심 자극해서 존을 넓히고 지랄이야!

그렇게 6회 말이 시작됐다.

조 존스, 그의 홈런이 나오는 순간 로키스 더그아웃에는 오로지 패색만으로 칠이 되어 있었다.

'졌다.'

'졌네.'

제아무리 쿠어스 필드라고 해도 남은 4이닝 동안 6점이란 점수를 뒤집기는 쉽지 않았으니까.

무엇보다 로키스 선수단을 힘들게 하는 건 그들이 그것을 위해 무너뜨려야 하는 투수의 존재였다.

"스트라이크, 아우우웃!"

주심의 삼진 아웃콜과 함께 타석에서 물러나는 자그마한 선수. 그 선수를 바라보는 로키스 선수들은 모두가 약속이라도 한 듯 한숨을 내뱉었다.

'쉽게 이길 줄 알았는데.'

솔직히 말해서 로키스 타자들은 메츠와의 시리즈를 쉽게 생각했다.

그리 생각할 수밖에 없었다. 다저스를 상대로 그냥 패배를 넘어 무참한 패배를 당한 채 쿠어스 필드를 방문하는 메츠 선수단에게 승리의 여신이 미소를 짓더라도 그 미소를 볼 여유조차 있을 리 만무했으니까.

'이 정도일 줄이야.'

더 나아가 이진용에 대해서도 그다지 좋은 평가를 하지 않았다. 2게임은 운이 좋았다고. 양손투수라는 특이성이 통했을 뿐이라고.

아니, 저평가를 떠나서 쿠어스 필드 아닌가?

투수들의 무덤, 그곳에서 이진용은 잘해봐야 6이닝까지 마운드를 지키는 것이 전부라고 생각했다. 이진용이란 이름이 쿠어스 필드를 장식하는 묘비에 새겨지리란 사실을 믿어 의심치 않았다.

그러나 오늘 로키스 타자들 앞에 등장한 이진용은 그들이 생각하는 것 이상으로 강했다.

'주심 판정이 아무리 지랄 맞았더라도 그렇게까지 몸쪽으로 제대로 던질 줄이야.'

분명 주심이 몸쪽 공에 후한 판정을 준 건 맞지만, 그렇다고 해도 그토록 몸쪽을 제대로 던질 수 있는 투수는 메이저리그에서도 많지 않았으니까.

몸쪽 공을 던지기 위해서는 뛰어난 컨트롤은 물론 그 컨트롤을 완벽하게 발휘할 정신력과 담력을 가져야 했으니까.

그런데 이진용이 그런 투수였을 줄이야?

'심지어 왼손은 꺼내지도 않았으니……'

결정적으로 로키스 타자들을 가장 참담하게 만드는 건 오늘 경기에서 이진용은 단 한 번도 자신의 왼손을 꺼내지 않았다는 사실이었다.

이진용은 패스트볼의 무덤에서 가장 빠른 패스트볼을 봉인하고 있었다. 그 사실이 로키스 타자들에게는 그 무엇보다 뼈저린 것이었다.

물론 로키스 타자들은 생각했다.

'그래도 이제부터는 오른손만으로는 불가능할 거야.'

이제까지는 오른손만으로 버텼지만, 이제부터는 왼손을 꺼낼 것이라고.

'지더라도 쉽게 질 수는 없지. 남은 두 경기를 위해서라도.'

오늘 경기는 패배하더라도, 앞으로 쿠어스 필드에서 두 경기나 남은 만큼 쉽게 지진 않겠다고.

'그래, 쿠어스 필드에서 실점 없는 투수를 용납할 순 없지.'

더 나아가 이진용에게 쿠어스 필드에서 무실점 피칭이란 훈장은 절대 줄 수 없다고.

그런 그들 앞에 이진용이 등장했다.

"어? 야, 저거 봐! 저거!"

"응? 글러브가 바뀌었잖아?"

"잠깐! 저거 양손투수 글러브가 아니잖아?"

"……우완투수용이야."

우완투수용 글러브를 옆구리에 낀 채.

컨트롤이 좋은 투수들이 이닝 초반에 볼을 연거푸 던지거나, 볼넷을 내주는 경우가 종종 있다.

그 사실에 야구를 볼 줄 아는 팬들은 큰 의문을 가지지 않는다. 그 투수가 주심의 스트라이크존을 파악하려고 한다는 것을 알고 있었으니까.

투수는 그런 식으로 스트라이크존을 파악했다. 주심이 볼을 주는 코스가 어디인지, 스트라이크를 주는 코스가 어디인지 그 경계면을 찾기 위해 공을 던지고는 했다.

그건 타자에게 있어서도 기회였다. 타자 역시 투수가 던지는 공에 대한 판정을 보고 자신의 스트라이크존을 가늠할 수 있으니까.

그렇다면 과연 투수가 이미 스트라이크존을 알고 있는 상태에서 피칭을 하면 어떻게 될까? 그 의문에 대한 답을 이진용이 마운드 위에서 보여주고 있었다.

펑!

"스트라이크, 아우웃!"

8회 말, 이진용이 자신의 마지막 아웃카운트를 루킹 삼진으로 잡아냈다.

-리! 그가 8회 말 마지막 아웃카운트를 열다섯 번째 삼진으로 잡아냅니다!

더불어 오늘 경기 열다섯 번째 삼진이었다.

-완벽하네요. 정말 완벽한 컨트롤이에요.

6회와 7회 그리고 8회.

이진용은 마주하는 타자들의 바깥쪽 코스를, 이제는 주심이 잡아주기 시작한 그 코스를 집요하게 물고 늘어졌다.

당연히 주심의 스트라이크존이 달라졌다는 것을, 바깥쪽마저 잡아주기 시작했다는 사실을 알 리 없는 데다가, 글러브 체인지라는 도발에 넘어온 타자들은 그런 이진용의 피칭 앞에서 제힘을 쓸 수 없었다.

그건 싸움이라기보다는 폭력에 가까웠다. 당한 로키스 타자들 입장에서는 분노마저 상실할 정도로 일방적인 폭력.

심지어 이진용의 폭력은 거기서 끝이 아니었다.

"호우!"

이진용의 환호성이 투수들의 무덤 위를 가득 채웠다.

"퍼킹 호우맨!"

"어떻게 된 놈이 쿠어스 필드에서 8회 내내 저렇게 소리를 칠 수 있는 거지?"

"저 새끼는 숨도 안 차나?"

쿠어스 필드, 그저 공을 던지는 것만으로도 숨이 차서 산소 호흡기를 끼고 살아야 하는 그곳에서 듣는 이의 고막이 터질 듯한 이진용의 환호성은 이제 짜증을 넘어 불가사의하게 느껴질 정도.

물론 정말 중요한 건 그게 아니었다.

-8이닝 3볼넷 15탈삼진. 예, 맞습니다. 현재 리는 노히트게임 페이스를 유지 중입니다.

노히트노런.

정말 중요한 건 이진용이 그 어디도 아닌 쿠어스 필드, 투수들의 무덤에서 타자들의 장송곡을 부를 준비를 하고 있다는 사실이었다.

-만약 리가 오늘 노히트게임에 성공한다면 1996년 노모 히

데오 선수 이후 쿠어스 필드에서 노히트게임을 기록한 두 번째 투수가 됩니다.

쿠어스 필드가 개장한 이후 오로지 단 한 명의 투수에게만 허락했던 기록이 깨질지도 모르는 상황이 온 것이다.

그 사실 앞에서 로키스 선수들은 물론 메츠 선수들조차 놀랄 수밖에 없었다.

'쿠어스에서 노히트라니? 그것도 양손투수인데 오른손만으로?'

'잠깐, 여기서 노히트게임을 하면 3게임 연속 완봉승인가?'

'27이닝 무실점…… 맙소사.'

2게임 연속 완봉승을 거둔 후에 쿠어스 필드에서 노히트게임을 준비 중인 투수가 있을 순 있다.

그러나 그 투수가 설마 이진용일 줄이야?

당연히 이진용이 더그아웃에 들어왔을 때 메츠의 모든 이들이 이진용을 지켜봤다. 놀람, 존경, 감탄, 의심…… 복잡한 감정들이 섞인 눈이 이진용을 향하기 시작했다.

그런 그들 앞에서 이진용은 말없이 벤치에 앉은 후에 산소 호흡기를 끼고 숨을 고르기 시작했다.

'아.'

그러자 복잡했던 감정들이 하나로 통일됐다.

모두가 감동하기 시작했다. 이미 말도 안 되는 것을 이룩한 순간, 더 대단한 것을 이룩하기 위해 자신이 할 수 있는 최선을 다하기 위해, 마지막까지 전력을 다하기 위해 산소 호흡기를 입에 댄 채 산소 공급을 하는 이진용의 모습은 그야말로 프로, 그 자체였으니까.

'대단하다.'

'프로, 그 자체로군.'

'실력은 물론 정신적으로 정말 위대한 선수구나.'

그 감동에 몇몇 선수들, 감수성이 풍부한 선수들은 저도 모르게 눈가가 젖을 정도.

물론 김진호는 알았다.

-그래, 인터뷰하다가 숨차면 안 되겠지. 열심히 처마셔라. 폐 터지게 마셔라!

이진용이 산소 호흡기를 입에 댄 이유가 무엇인지.

그런 김진호의 말에 이진용이 산소 호흡기를 입에 댄 채 짙은 미소를 지었다.

2화
또 히트다, 히트!

투수의 중요한 기록이 걸린 게임, 그 게임에서 8회 말이나 9회 초에 점수가 나오는 일은 거의 없다. 남아 있는 모든 집중력을 써야 할 곳이 타석이 아닌 그라운드라는 것을, 타자가 아닌 야수가 됐을 때임을 알고 있었으니까.

메츠의 9회 초도 그랬다.

"아웃!"

메츠의 9회 초는 무기력한 삼자범퇴로 끝이 났다.

투수는 고작 7개의 공만으로 메츠의 타선을 처치했다.

그럼에도 그 사실에 의미를 두는 이는 메츠에도, 로키스에도, 그 지금 이 경기를 두고 쉴 새 없이 이야기를 하는 온라인 어디에도 없었다.

그들은 그저 기다릴 뿐이었다. 이진용, 그가 올라오길.

-호우맨 올라왔다.

-노히트 도전!

그리고 그런 모두의 기다림 속에서 이진용이 옆구리에 글러브를 낀 채 모자를 고쳐 쓰며 마운드로 향하기 시작했다.

9회 말이 시작됐다.

메이저리그는 언제나 역사적인 순간을 좋아했다.

1996년 9월 17일 쿠어스 필드에서도 그랬다. 1995년에 개장하고 고작 한 시즌을 치렀을 무렵, 일본에서 온 노모 히데오가 쿠어스 필드에서 역사적인 순간을 만들었다.

9이닝 4볼넷 8탈삼진, 노모 히데오는 쿠어스 필드에서 최초로 노히트게임을 달성한 투수가 됐다.

그 이후로 2018년에 이르기까지, 20년이 넘는 세월 동안 그 누구도 쿠어스 필드에서 노히트게임을 완성하지 못했다.

-쳇.

심지어 그중에는 메이저리그의 지배자라 불리던 김진호 역시 포함되어 있었다.

-내가 거기서 안타만 안 맞았어도 노히트게임을 한 번……아니, 두 번은 했을 텐데.

완봉승 2번, 그것이 김진호가 쿠어스 필드에서 이룩한 최고의 성과였으니까.

9회 말, 이진용이 올라서고자 하는 그런 무대였다.

노모 히데오 이후 메이저리그의 그 어떤 투수도 이룩하지 못했던 것을 이룩할 수 있는 무대. 심지어 김진호조차 이룩하지 못한 것을 이룩할 수 있는 무대.

그런 무대를 앞에 둔 이진용이 나지막한 목소리로 말했다.

"제가 여기서 노히트에 성공하면 성불하시는 거 아니죠?"

-뭔 개소리야?

"그렇잖아요? 김진호 선수가 살아생전 하지 못한 걸 제가 하는 건데, 대개 귀신들은 그러면 성불하잖아요?"

그 질문에 김진호는 대답 대신 이진용을 향해 가운뎃손가락을 들었다.

이진용이 씨익 웃었다.

당연한 말이지만 그 광경은 메이저리그 방송을 통해 세상 곳곳으로 중계되었다.

물론 사람들은 이진용이 무슨 말을 했는지는 알 도리가 없었다. 이진용이 무언가를 중얼거리다가 마운드에 올라섰고, 미소를 지었다는 것만 봤을 뿐.

-웃어?

-웃네?

-웃잖아?

그건 보는 이에게 있어 놀람을 넘어 섬뜩한 일이었다.

오늘을 포함해 메이저리그에 선발로 등판한 횟수가 세 번에 불과할 뿐인 젊은 투수. 그런 투수가 쿠어스 필드에서 노히트 게임을 앞에 둔 9회 말 마운드 위에서 미소를 짓는다?

-여기서 웃음이 나올 수 있는 거냐?

└또라이가 아닌 이상 웃음이 나올 리가…….

└그럼 저건 뭔데?

└또라이 아닐까?

상식으로 이해할 수 없는 일.

그러나 그보다 더 놀라운 일은 따로 있었다. 마운드에 올라선 이진용, 그가 왼손에 글러브를 낀 채 오른손으로 공을 쥐었으니까.

그 모습을 본 이들은 확신했다.

"오른손만으로 노히트게임을 마무리 지을 생각이다."

이진용이 단순한 노히트게임이 아닌, 보다 역사적인 노히트 게임을 만들 생각으로 마운드에 섰음을.

이진용, 그 이름을 듣는 순간 메이저리그의 팬과 선수들이 관계자들이 떠올리는 단어는 두 가지였다.

스위치 피처 그리고 퍼킹 호우맨.

달리 말하면 메이저리그에서 이진용의 존재는 특별하지만

괴상하고, 이상한 존재였다. 그 누구도 이진용을 대단하고, 위대하며, 위엄이 넘치는 존재로 여기지 않았다.

그런 그들에게 이진용은 자신이 어떤 투수인지 분명하게 보여줬다.

-공이 떴습니다.

일단 그는 증명했다.

자신이 그저 양손으로 공을 던질 수 있는 투수가 아니라, 한 손만으로도 메이저리그의 타자들을 상대할 수 있는 진짜 투수임을.

-하지만 높게 뜨진 않았습니다. 공이 내야를 벗어나지 못합니다.

그것도 1회부터 9회까지, 투수가 책임질 수 있는 이닝을 오로지 오른손 하나만으로도 소화할 수 있음을.

-리, 그가 직접 콜을 합니다. 리가 위치를 잡습니다.

더 나아가 그 과정에서 단 하나의 안타를 내주지 않을 수도 있음을.

-리가 공을 잡았습니다! 게임 끝!

심지어 그 모든 것을 투수들의 무덤이라고 불리는 곳에서 해낼 수 있음을.

-리! 그가 쿠어스 필드 역사상 두 번째이자, 이번 시즌 최초로 노히트게임을 달성했습니다.

[노히트노런에 성공하셨습니다. 보너스 포인트가 지급됩니다.]
[완봉승에 성공하셨습니다. 보너스 포인트가 지급됩니다.]
[메이저리그 최초로 노히트노런에 성공하셨습니다. 다이아몬드 룰렛 이용권이 지급됩니다.]
[현재 누적 포인트는 35,991포인트입니다.]

이진용, 그가 쿠어스 필드의 지배자가 되는 순간.
그 사실을 이진용이 경기를 보는 모두에게 알렸다.
"호-우!"
그 무엇보다 확실한 방법으로.
노히트게임.
메이저리그에서도 보기 힘든 기록, 심지어 쿠어스 필드에서는 야구장이 생긴 이래 역사상 단 한 번밖에 없었던 유일무이했던 기록.
"기어코 해냈군!"

"쿠어스에서 노히트라니!"

그 기록의 새로운 주인공이 생겼다는 사실에 메이저리그 기자들은 가만히 있을 수 없었다.

모두가 그 역사적 결과의 주인공인 이진용과의 인터뷰를 위해서, 이번에는 정말 그에게 질문을 던지고 답을 얻어내기 위해 이진용을 쫓았다.

동시에 그들은 생각했다.

'당연히 이번에는 인터뷰를 하겠지.'

'노히트를 했는데 인터뷰를 안 하겠어?'

앞서 두 번의 완봉승을 거뒀을 때는 인터뷰를 사양했던 이진용이 이번만큼은 인터뷰를 해주리라고.

즉, 오늘 인터뷰는 기자들이 이진용에게 공식적으로 질문을 던질 수 있는 최초의 순간이었다. 당연히 평소보다 훨씬 더 많은 기자들이 이진용에게 질문을 던지기 위해 라커룸에 몰려들었다.

그렇게 몰려든 기자들의 기세는 삼엄하기 그지없었다.

'오늘도 인터뷰를 안 하면 뒤집어엎겠어.'

'설마 여기서도 물러나진 않겠지.'

기자에게 있어 선수의 기사를 쓰지 못한다는 건 직무 유기와도 같은 일이었으니까.

그런데 오늘 같은 날마저 인터뷰를 할 수 없다? 그건 자신의 무능함을 증명하는 꼴. 당연히 무능함을 증명하기 싫은 기자들은 어떻게든 인터뷰를 할 속셈이었다.

기세가 삼엄한 건 그런 이유 때문이었다.

그야말로 굶은 하이에나들, 그런 하이에나 무리와 같은 기자들에게 이진용은 말했다.

"다들 예상하셨겠지만, 저는 고작 노히트게임을 기록한 것을 가지고 인터뷰를 할 정도로 염치없는 선수가 아닙니다. 그러니 오늘 인터뷰는 없습니다."

굶주림에 이성을 잃기 직전인 하이에나들에게 오늘 밥은 없고, 다음을 기약하라는 것과 다를 바 없는 짓을 했다.

"아, 장난입니다, 장난. 잠시 후에 인터뷰 타임을 가지겠습니다. 그때 질문을 받도록 하겠습니다."

곧바로 이진용이 장난을 쳤음을 밝혔지만, 그건 누가 보더라도 때늦은 말이었다. 애초에 장난을 쳐서는 안 되는 분위기였으니까.

당연히 기자들은 당장에라도 라커룸을 뒤집어엎고자 했다.

"……라고 이진용 선수가 말했습니다."

통역사가 이영예만 아니었다면.

'어이구, 쟤는 뭐야?'

'저게 통역사라고?'

'저 통역사 상대로 뒤집어엎으려고 하면 내가 뭐지겠지?'

이영예만 아니었다면 이미 고성이 오가고, 무언가 폭력적인 사태가 일어났을 것이다.

달리 말하면 이진용의 장난에 큰 소란은 없었다. 이진용의 말에 모두가 고개를 끄덕이고, 점잖게 인터뷰 때를 기다리며 라커룸을 빠져나갈 뿐.

그 광경에 이진용이 감탄하며 이영예에게 엄지를 치켜들며 말했다.

"역시 영예 씨입니다. 영예 씨의 친절함에 메이저리그 기자들도 감동하는군요."

그 칭찬이 이영예가 미소를 지으며 대답했다.

"미국 사람들이 원래 친절합니다. 전 미국에서 살면서 단 한 번도 불친절함을 느낀 적이 없었죠."

그런 그 둘의 대화를 듣던 김진호도 말했다.

-왜 내 주변에는 이상한 또라이들밖에 없는 걸까?

마치 기자회견을 방불케 할 정도로 많은 기자들이 모인 곳에서 이진용의 인터뷰가 시작됐을 때, 메이저리그의 여러 팬들역시 그 인터뷰에 관심을 기울였다.

-드디어 인터뷰하네.
-완봉승은 인터뷰하기 뭐하다고 말하더니, 진짜 노히트게임을 해버릴 줄이야. 그것도 쿠어스 필드에서.

완봉승은 인터뷰할 가치가 없다고 말한 투수의 인터뷰였기에 더더욱 관심이 클 수밖에 없었다.

한국야구팬들은 그야말로 축제 분위기였다.

-이 맛에 호우하는구나!
-엔젤스 새끼들 진짜 작년 시즌 끝내줬겠네. 이런 이호우를 자기들만 물고 빨았단 말이야?
-메이저리그에서 이런 활약을 하는 한국 투수를 다시 보게 될 줄이야.
└김진호 이후 처음이지.
└김진호가 이걸 보면 얼마나 뿌듯해했을까?
└김진호가 살아 있었으면 이진용에게 칭찬을 아끼지 않았을 거야.
└한국 야구의 전설들이 서로에게 덕담을 주고받으며, 한국 야구의 미래를 밝혀줬겠지.
└상상만 해도 아름답네.

김진호 이후 다시는 볼 수 없으리라 생각했던 광경은 이제 기쁜 수준을 아득히 넘었으니까.
더 나아가 한국야구팬들은 기대했다.

-그보다 역시 이호우라면 그거지?
└당연히 방송사고 나올 듯!
└이호우라면 역시 방송사고이지!
└방송사고 안 치면 그건 호우가 아니지!

이진용이 메이저리그 방송사에 길이 남을 법한 어마어마한 사고를 쳐주기를.

그러나 사고는 없었다. 이진용의 인터뷰는 이제까지 그가 보여준 행보와 다르게 매우 정상적으로 이루어졌다.

아니, 정상적인 정도가 아니었다.

"오늘 어떤 피칭을 준비하셨습니까?"

"쿠어스 필드는 장타가 잘 나오는 곳입니다. 그리고 로키스 타자들은 쿠어스 필드에서 장타를 칠 줄 아는 타자들이죠. 높은 공이든, 낮은 공이든 전부 펜스를 넘길 수 있는 기량과 기술을 가지고 있습니다. 때문에 상하 공략보다는 몸쪽과 바깥쪽, 좌우 공략에 초점을 맞추는 피칭을 했습니다."

"오늘 왼손 피칭을 하지 않은 이유는 무엇입니까?"

"앞서 말했듯이 로키스 타자들은 펜스를 넘길 줄 아는 기량과 기술을 가지고 있습니다. 그런 그들을 상대로 그저 구속만으로 승부하는 건 위험했습니다."

"오늘 타석에서는 성적이 썩 좋지 못했습니다. 그 이유는 무엇입니까?"

"다른 곳에 정신이 팔려서 그랬습니다. 반성하겠습니다."

이진용의 대답은 과연 그가 이제까지 기행을 일삼았던 선수였는지 착각이 들 정도.

-뭐야? 또라이 아니었어?

-얘 호우만 할 줄 아는 놈 아니었음?

-다른 애 아니야?

이진용이 인터뷰 자리에서 호우만을 외치리란 사람들의 예상이 산산조각이 나는 순간이었다.

때문에 인터뷰가 후반에 이르렀을 때 더 이상 사고가 일어나리라 생각하는 사람은 단 한 명도 없었다.

-슬슬 저지르겠군.

물론 귀신 한 명은 예상하고 있었다. 이진용이 이대로 오늘 인터뷰를 그냥 마무리 지을 리가 절대 없다는 사실을.

"앞으로의 각오와 이번 시즌의 목표에 대해서 말씀해 주시죠."

그때 기자 한 명이 질문을 던졌다.

군이 대답을 들어도 큰 의미가 없는 질문, 이제는 인터뷰를 마무리하기 위한 질문이었고, 그 질문에 이진용은 답했다.

"목표는 팀의 우승입니다."

모두가 대답할 수 있는 케케묵은 대답에 기자들 중 몇 명은 실소를 머금었다.

때문에 기자 중 한 명이 슬그머니 끼어들었다.

"개인적인 목표는 없습니까? 경쟁자로 보고 있는 선수가 있다든지, 예를 들면 다저스의 오타니 쇼헤이 같은 선수 말입니다."

이진용으로부터 꽤 괜찮은 기삿거리를 얻어내기 위해 그를 자극할 만한 질문을 던졌다.

그 질문에 이진용은 웃으며 대답했다.

"딱히 개인적인 목표는 없습니다. 경쟁자로 생각하는 선수도 없습니다."

겸손과 예의로 가득 찬 대답. 그 대답에 질문을 던진 기자가 재차 이진용을 자극하기 위해 말을 이어갔다.

"여긴 메이저리그입니다. 굳이 그라운드 안에서는 겸손하지 않아도 됩니다."

"예?"

"말 그대로입니다. 포부를 밝혀주시죠. 그래야 팬들이 당신을 응원할 겁니다. 노히트 피처 아닙니까? 더 이상 겸손하지 않고, 진심을 말해도 됩니다."

이진용의 입에서 어떻게든 경쟁자의 이름을, 사이영상이라는 단어를 끄집어내고 싶은 모양.

그런 기자의 의도에 이영예를 통해 통역을 들은 이진용이 조금 당황한 듯 되물었다.

"제 대답이 겸손하다고요?"

"예, 당신 대답이 겸손하다고 했습니다."

"제대로 전달하셨나요?"

"개인적인 목표는 없다, 경쟁자로 생각하는 선수도 없다, 그리 말씀하셨잖습니까?"

"그렇죠, 내 경쟁자가 될 만한 선수는 메이저리그에 없다, 당연히 목표로 잡을 것도 없다, 어차피 다 내가 씹어 먹을 테니까, 그런 의미로 말했죠. 이게 메이저리그에서는 겸손한 대답인가요? 이야, 메이저리그 장난 아니네."

그 대답에 처음으로 이영예의 표정이 일그러졌다.

반대로 김진호의 입가에는 미소가 그어졌다.

이윽고 이영예가 기자들을 향해 이진용의 대답을 다시 통역해 주었다.

"경쟁자로 생각하는 선수는 없습니다. 저는 메이저리그를 지배하기 위해 왔으니까요."

기자들의 표정이 굳어지는 순간이었다.

모난 것은 언제나 사건을 만든다.

이진용의 인터뷰도 그랬다.

노히트게임, 그 놀라운 기록한 이진용이 기자들 앞에서 밝힌 사실은 기사를 통해 메이저리그 전체에 퍼졌다.

[이진용, 메이저리그의 지배자가 되겠다!]
[메이저리그 루키의 메이저리그 정복 선언!]
[경쟁자는 없다! 내가 최고다!]

그렇게 퍼진 기사는 이제까지 이진용과 관련된 기사들보다 곱절이나 많았다.

더불어 이진용에 대한 기사들은 누가 보더라도 이진용이 욕을 먹을 수밖에 없는 타이틀을 달고 있었다. 기자들은 감히 메이저리그를 정복하겠다고 한 이 건방진 루키를 그냥 놔둘 생각이 없었다.

-역시 또라이였어.

-미친놈, 고작 3게임 던진 놈이 저런 소리를 지껄여?

-고작 노히트게임 한 번 했다고 콧대가 하늘을 찌르는군.

메이저리그 팬들의 반응도 마찬가지였다.

무수히 많은 메이저리그 팬들이 이진용의 건방진 행동에 쓴소리와 불쾌함을 표현했다.

동시에 메이저리그 팬들은 이진용을 통해 오래전 그처럼 건방졌던 투수를 떠올릴 수 있었다.

-그러고 보니 김진호랑 같은 나라에서 왔지?

김진호.

20년 전 메이저리그를 지배하겠다고 말했고, 정말 메이저리그를 지배했던 투수.

-그러고 보니 등번호도 똑같이 1번이네?

-완전히 리틀 김진호로군.

└리틀 김진호, 딱 어울리네. 김진호처럼 또라이에다가 건방지고, 실력은 끝내주고, 거기에 김진호보다 작잖아?

그렇게 사람들이 잠시 잊고 있던 김진호의 이름을 꺼내며 이진용과 비교하기 시작했다.

"에이, 진짜."

그리고 그런 세간의 반응을 스마트폰을 통해 확인한 이진용은 스마트폰을 그대로 내던지며 불쾌함을 드러냈다.

-갑자기 왜?

"김진호 선수도 봤잖아요."

-뭘?

"나보고 팬들이 붙인 별명이요!"

-또라이? 허접쓰레기 개뽀록 투수? 호우빗? 퍼킹 호우맨? 어느 별명을 말하는 거야?

김진호의 물음에 이진용이 재차 분노하며 소리쳤다.

"리틀 김진호요, 리틀 김진호!"

-뭐?

"그냥 차라리 욕을 먹는 게 낫지, 리틀 김진호라니…… 아, 진짜 이거 확 변호사 고용해서 명예훼손으로 고소해 버려야지."

그 말에 김진호는 어처구니가 없다는 표정을 잠시 지은 후에 그대로 폭발했다.

-야! 내가 어때서!

김진호의 폭발에 이진용은 대답하지 않았다.

"아! 기분도 꿀꿀한데 룰렛이나 돌려야지!"

[다이아몬드 룰렛 이용권을 사용하셨습니다.]

곧바로 오늘 쿠어스 필드에서 얻은 수확 중 가장 큰 것을 꺼내 들었다.

-이번만큼은 그냥 못 넘어가.

하지만 김진호의 반응은 평소와 달랐다.

-오늘 결판을 내자!

정말 이진용과 결판을 내기 위해 단단히 각오를 한 모양.

-누가 더 못생긴 새끼인…… 응? 이거 뭐야?

그러나 그런 김진호의 각오는 다이아몬드 룰렛, 그곳을 채우고 있는 다섯 개의 아이템을 보는 순간 무너졌다.

[파이어볼러]

[볼 마스터]

[스킬 마스터]

[파이어볼러]

[슬러거(F)]

다이아몬드 룰렛을 채운 다섯 개, 개중에서 네 개가 이진용에게 있어 가장 필요한 것들이었으니까.

-파이어볼러가 2개?

심지어 5칸 중 2칸은 파이어볼러였다.

"우와…… 이거 실화인가?"

이진용조차도 너무 놀란 나머지 말문이 막혀 제 말을 하지 못할 정도.

-씨발 진짜! 당첨 확률 80퍼센트가 무슨 룰렛이야! 사기지!

그런 김진호의 외침이 끝나기 무섭게 다이아몬드 룰렛이 힘차게 돌아가기 시작했다.

-어? 어!

그 순간 다급해진 김진호가 소리쳤다.

-슬러거! 슬러거 나와라! 제발! 신이시여, 슬러거 나오게 해주세요!

그리고 이내 룰렛이 멈췄다.

[슬러거(F)를 획득하셨습니다.]

이진용이 달성한 노히트게임의 여운이 남아 있는 무대 위에서 시작된 메츠와 로키스의 2차전.

-또 넘어갔습니다!

그 2차전은 쿠어스 필드가 왜 투수들의 무덤인지 보여주는 무대였다. 무려 7개의 홈런이 터지며, 마운드 위의 투수들을 일곱 번이나 고개 숙이게 만들었다.

그야말로 홈런쇼!

그 쇼의 중심에는 조 존스가 있었다.

-조 존스! 그가 오늘만 무려 3개의 홈런을 기록했습니다.

-드디어 조 존스가 예전의 영광을 되찾으려는 모양이군요.

3연타석 홈런.

보고도 믿기 힘든 결과물을 안고 더그아웃으로 들어오는 그를 메츠의 선수단은 열렬하게 환영했다.

"조!"

"끝내주는 홈런이었어!"

하지만 그 무리에 이진용은 없었다.

이진용, 그는 더그아웃이 아니라 라커룸에서 보고 있었으니까. 심지어 이진용은 TV조차 보고 있지 않았다.

[슬러거]

-스킬 랭크 : F

-스킬 효과 : 슬러거 모드를 활성화하면 다음과 같은 효과가 적용됩니다.

-밸런스 -10

-피지컬 +10

-배트 스피드 10퍼센트 증가.

이진용의 눈에 비친 건 자신이 어제 다이아몬드 룰렛에서 획득한 스킬, 슬러거 스킬의 스킬 정보였다.

당연한 말이지만 슬러거 스킬을 바라보는 이진용의 표정은 썩 좋지 못했다.

좋을 수가 없었다.

'아, 빌어먹을.'

걸릴 수 있는 것 중 가장 쓸모없는 것이 나왔으니까.

'파이어볼러가 2개나 떴는데.'

심지어 개중에는 구속을 올려주는 파이어볼러가 2칸이나 자리 잡고 있었다.

'내 100마일······.'

현재 왼손으로 던지는 최고 구속은 99마일, 그 구속을 꿈의 숫자로 만들 수 있는 기회가 날아간 셈.

그게 아니더라도 스킬 마스터나, 볼 마스터 모두 이진용의 전력을 극대화해 줄 수 있는 요소들이었다. 아니, 오히려 전력 강화 측면에서 보자면 구속 증가보다 그 두 가지가 훨씬 유용했다. 그런데 그 모든 걸 거르고 슬러거 스킬이 나왔다?

-후후후, 드디어 신이 내 편이 되신 모양이군.

김진호의 말대로 신이 김진호의 편을 들지 않고서는 있을 수 없는 일.

-너 잠든 사이에 단군왕검 님께 기도한 보람이 있었어. 역시 한국인이라면 단군을 믿어야지!

김진호의 그 득의양양한 모습에 이진용은 대답 대신 두 손으로 자신의 얼굴을 세수하듯 문질렀다.

'결국 어제 나온 것 중에 쓸 만한 건 B랭크짜리 스킬업밖에

없네.'

그런 이진용의 눈앞에 어제 얻은 나머지 수확들이 아른거렸다.

다이아몬드 룰렛 이후 이진용은 모은 포인트로 골드 룰렛을 3번 돌렸다. 그렇게 돌린 골드 룰렛에서 얻은 건 피지컬 상승 두 번과 스킬업(B) 하나.

'일단 아껴야지.'

물론 이진용은 그렇게 얻은 스킬업(B)을 사용하지 않은 상태였다. 룰렛에서 스킬업을 얻을 가능성이 낮아진 상황에서 훗날 나올지도 모르는 쓸모 있는 스킬을 위해 스킬업 아이템을 쟁여둘 속셈이었다.

-진용아, 그냥 확 질러 버려.

그런 이진용에게 김진호가 당연히 부채질을 했다.

-응? 그렇잖아? 너도 홈런 한 번 맞아…… 아니, 쳐봐야지. 호우-우움런 쳐봐야지? 그냥 스킬업 슬러거에 쓰자고. 더군다나 다음 경기 다이아몬드백스랑 하잖아? 걔네들 홈구장인 체이스 필드도 쿠어스 필드 다음으로 홈런 잘 나오는 곳이야. 아주 공이 뻥뻥 날아가. 홈런 쳐맞기 딱 좋은 곳…… 아니, 치기 좋은 곳이라고!

그 말에 이진용이 어처구니가 없다는 표정으로 김진호를 바라보며 소리쳤다.

"제가 미쳤다고 스킬업을 슬러거 스킬에 씁니까? 홈런 타자가 될 수 있는 것도 아닌데?"

-진용아, 꼭 홈런 타자가 될 필요는 없어. 생각해 봐, 이 스

킬은 홈런을 치게 해주는 게 아니라 장타력을 올려주는 스킬이라고. 그리고 네가 가장 부족한 건 장타력이고. 너도 알겠지만, 장타력을 가진 타자와 그렇지 못한 타자는 전혀 달라.

말을 하는 김진호는 어느 때보다 진지한 표정이었다.

-하물며 다른 투수는 몰라도 완투를 목표로 하는 넌 스스로가 제대로 된 타자가 되어야 해. 네가 점수를 내는 게 중요한 게 아니라, 네가 최소한 타선에 해를 끼쳐서는 안 된다고. 그리고 너 스스로가 해결사가 될 수 있으면 최고잖아? 점수 못 내서 11회까지 던지고 싶어?

더불어 김진호가 하는 말은 이진용조차 고개를 끄덕일 수밖에 없을 정도로 타당했다.

-그리고 까놓고 말해서 투수로서 너는 이미 훌륭해. 그래, 이제는 인정한다. 넌 제2의 김진호다. 김진호가 리틀 김진호로 인정해 준다. 그런 의미에서 이제는 투수에 투자하는 것보단 타자에 투자하는 게 훨씬 낫지 않을까?

3경기 완봉승은 그저 운이 좋아서 나온 기록이 아니다. 이진용, 그의 기량이 메이저리그에서도 충분히 통한다는 명명백백한 증거이지.

반면 타석에서 이진용은 개막전에 끝내기 안타를 치긴 했지만 그건 다시는 오지 않을 해프닝과 같았다.

좀 더 냉정하게 보면 그 상황은 정말 쓸 선수가 없어서 이진용을 내보낸 것이었지, 이진용이 다른 타자들을 대신할 정도로 뛰어난 타자라서 그런 게 아니었다.

-잊지 마. 여기 메이저리그다. 시즌 초반에야 여기 애들이 널 모르니까 당하는 거지 당장 5월쯤 되면 이제 투수들이 널 제대로 공략하기 시작할 거야. 막말로 너 몸쪽에 들어오는 95마일짜리 패스트볼 대놓고 던진다고 해서 그거 안타로 만들 자신 있어?

더욱이 지금 이진용이 있는 이곳은 메이저리그, 한국과는 비교할 수 없는 괴물들이 넘치는 무대.

-하물며 너 에이스 되는 게 목표잖아? 에이스가 되면 당연히 상대 팀 에이스랑 붙어야 해. 이제까지처럼 4선발, 5선발이 아니라 잭 그레인키, 클레이튼 커쇼, 맥스 슈어저 같은 괴물들을 상대하게 된다고. 그런 그들을 상대로 안타를 낸다?

결정적으로 이진용의 목표는 그저 메이저리그에서 적당한 선수로 남는 게 아니었다.

이미 기자들에게 말했다.

메이저리그를 지배하기 위해 왔다고.

그런 관점에서 본다면 타자로 제 몫을 하기 위한 투자는 선택이 아닌 필수였다.

-무엇보다 이 스킬은 다이아몬드 스킬이야. 다른 것도 아니고 다이아몬드 스킬. 이런 스킬에 스킬업을 써야지, 뭐에 쓸래?

이런 김진호의 말 앞에서 이진용은 단 한마디도 반박할 수 없었다.

그때 김진호가 쐐기를 박았다.

-진용아, 날 믿어라. 이 슬러거 스킬이 너에게 큰 도움을 줄

거야. 내가 설마 너 망하라고 이러겠냐?

그 말에 이진용은 결단을 내릴 수 있었다.

[슬러거(F)의 스킬 랭크가 B랭크로 상승했습니다.]

이진용의 결단, 그것을 본 김진호가 방긋 웃으며 말했다.

-홈런 같은 소리하네.

"예?"

갑작스럽게 달라진 목소리에 이진용이 놀란 표정을 지었다.

-메이저리그가 우습냐? 고작 이거 하나로 홈런은 무슨! 네가 홈런을 치면 내 손에 장을 지진다!

그 말에 이진용의 표정이 구겨졌다.

김진호, 그가 연승을 거두는 순간이었다.

[메츠, 쿠어스 필드에서 3연승을 거두다!]

다저스와의 경기에서 치른 치명적인 3연패, 그 연패 이후 쿠어스 필드를 방문한 메츠는 3연승으로 패배를 되갚았다.

물론 메츠에 승리의 여운을 음미할 시간은 없었다.

[메츠, 이제는 다이아몬드백스다!]

쿠어스 필드를 떠난 메츠는 하루의 휴식일을 가진 뒤 애리조나 다이아몬드백스와의 전쟁을 위해 그들의 홈구장인 체이스 필드를 방문해야 했으니까.

-이번 시즌 일정 누가 짠 거야?
-원정 10연전은 그렇다고 쳐도, 다저스, 로키스, 다이아몬드백스는 너무한 거 아님?

그야말로 지옥의 원정 10연전.
하지만 긍정적인 요소는 분명 존재했다.

-그래도 경기 자체는 해볼 만하지 않음?
-할 만하지. 일단 2선발부터 붙으니까 그레인키는 피했잖아?

일단 다이아몬드백스의 에이스이자, 내셔널리그의 최고 에이스 투수 중 한 명인 잭 그레인키와의 매치업을 피할 수 있었다.
동시에 메츠에는 그가 있었다.

-여기에 리가 3연전 마지막 경기에 나오니까.
-노히트 피처가 4선발인 팀은 메이저리그에 우리밖에 없지.

노히트 피처, 이진용.

그가 다이아몬드백스와의 시리즈 마지막에 4선발투수로 나온다는 사실에 많은 전문가들 역시 메츠의 우세를 점쳤다.

이진용 같은 투수가 4선발로 나온다는 것은 지금 상황에서는 체급이 다른 복서끼리 붙이는 것과 비슷했으니까.

때문에도 김진호의 예상도 전문가들과 똑같았다.

-메츠의 기세가 좋아. 이대로 가면 연승도 충분히 가능하겠어. 최소한 위닝 시리즈는 가져갈 거야. 야구 귀신이 한 말이니까 믿어도 좋아.

김진호 역시 메츠의 우세를 점쳤다.

그런 모두의 예상이 무너지는 데에는 이틀이면 충분했다.

[다이아몬드백스, 메츠 상대로 2연승!]

다이아몬드백스와 메츠의 3연전, 그 경기의 1차전과 2차전 승자는 다이아몬드백스였다.

여기까지는 이상한 일이 아니었다. 야구란 것이 이길 수도 있고 질 수도 있는 스포츠이니까.

문제는 경기 내용이었다.

[메츠, 2게임 연속 무득점!]
[메츠 타선, 이대로 괜찮은가?]

2게임 연속 영봉패. 18이닝 무득점.

한 시즌 동안 경험하기 힘든 패배였다.

-아니, 쿠어스 필드에서 뻥뻥 치던 놈들이 왜 이래? 체이스 필드도 타자 친화 구장이잖아!

-그냥 못하면 처음부터 못하던가, 빌어먹을!

더욱이 체이스 필드는 쿠어스 필드에 버금갈 정도로 타자 친화 구장으로 유명한 곳이었다. 그런 곳에서 18이닝 무득점을 치렀다는 건, 기량 부족을 떠나 귀신에게 홀렸다고 볼 수밖에 없는 일.

"무난히 이긴다면서요?"

-야, 나라고 다 맞추냐? 다 맞추면 내가 야구 때려치우고 토토를 해서 부자가 됐겠지. 아니, 그렇다고는 해도 2게임 연속 연봉패를 당할 줄은 몰랐는데……. 이 팀은 진짜 어메이징하네.

메츠의 위닝 시리즈를 자신했던 김진호조차도 이 결과물 앞에서 어이가 없을 정도였다.

-뭐, 어쩌겠어. 이럴 때도 있는 거지. 그리고 내 팀도 아닌데 뭐. 안 그러냐, 진용아?

물론 가장 어이가 없는 건 이런 분위기 속에서 등판을 하게 된 이진용이었다. 팀의 타선이 꽉 막히며 연패를 당한 상황에서 마운드에 오르는 것만큼 투수에게 부담스러운 일도 없으니까.

"뭐 방법이 없을까요?"

-방법은 있지.

"있어요?"

그런 이진용에게 김진호는 진심 어린 조언을 해주었다.

-네가 슬러거 스킬 이용해서 홈런 치고 완봉하면 돼.

"너무 좋은 조언이라서 욕이 나올 정도네요. 씨발."

이진용이 싸늘한 표정으로 김진호를 바라보았고, 그 표정에 김진호가 주먹을 불끈 쥐며 말했다.

-진용아 넌 할 수 있어. 내가 어제도 신께 기도했다. 너 홈런 맞게…… 아니, 홈런 치게 해달라고. 아, 요즘 자꾸 단어가 헷갈리네. 나도 죽을 때가 된 모양이다.

그 말에 이진용은 대답 대신 가운뎃손가락을 뻗었다.

그렇게 하루가 지나갔고, 날이 밝았다.

이진용, 그가 마운드에 올랐다.

노히트게임.

투수가 가질 수 있는 멋진 훈장. 심지어 쿠어스 필드 역사상 두 번째로 노히트게임을 달성한 이진용을 맞이하기 위해 다이아몬드백스는 만반의 준비를 했다. 그를 공략하기 위해 쿠어스 필드에서 이진용이 보여준 피칭을 낱낱이 분석한 것이다.

그런 다이아몬드백스 타자들을 상대로 이진용은 보여줬다.

펑!

"맙소사, 99마일이 찍혔어!"

"퍼킹 호우맨, 아주 작정하고 왼손으로만 던지는군."

최고 구속 99마일까지 나오는 좌완 피칭, 오로지 그것만을 보여줬다. 이진용의 오른손만을 집중 분석한 다이아몬드백스에 재해와도 같은 일이었다.

심지어 이진용의 빠른 공은 노아 신더가드나, 맷 하비의 빠른 공과 달랐다.

배웠으니까.

'역시 빠른 공만 무작정 던지는 것보단 적재적소에 던지는 게 중요하다.'

빠른 공을 던질 수 있는 것과 던질 줄 아는 것의 차이점이 무엇인지.

그것 외에도 이진용은 김진호로부터 메이저리그에서 살아남는 무수히 많은 방법을 이미 완벽하게 습득한 상태였다.

-리가 2회에도 무실점으로 이닝을 마친 채 마운드를 내려갑니다.

-아직 경기 초반이지만 좋은 피칭이네요. 패스트볼과 슬라이더, 두 가지를 절묘하게 섞으면서도 승부를 빠르게 가져가고 있습니다. 무엇보다 빠른 공을 적당히 아끼고 있군요.

그런 그를 다이아몬드백스가 고작 2이닝 만에 무너뜨리는 건 쉽지 않은 일이었다.

"좌완은 강속구를 던질 수 있다기에 하비나, 신더가드처럼 윽박지를 줄 알았는데 전혀 달라."

"적당한 90마일 초중반대 패스트볼과 슬라이더로 카운트를 잡은 후에 더 빠른 공을 결정구로 삼고 있어."

"빠른 공, 더 빠른 공을 무기로 쓸 줄 아는 놈이야."

더 나아가 다이아몬드백스 타자들은 앞으로 남은 7이닝 동안 이진용을 상대로 점수를 뽑아내는 게 쉽지 않음을 인정했다.

그렇기에 다이아몬드백스 타자들은 직감했다.

"오늘 경기 1점 차로 끝날지 몰라."

"1점도 줘서는 안 돼."

"홈런을 훔치는 한이 있더라도 절대."

오늘 경기는 결코 많은 점수가 나오지 않으리란 것을.

그렇게 3회 초가 시작됐다.

메츠의 선두타자는 9번인 이진용이었다.

좋은 타자가 되기 위해서 가장 필요한 건 선택과 집중이다. 애매한 마음가짐…… 예를 들면 일단 타석에 선 다음에 투수의 공을 보고 칠지 말지 고민해 보자, 같은 마음은 버려야 한다.

물론 그렇게 해도 칠 수 있는 타자들은 있다.

메이저리그에는 좀 과장하면 눈 감고도 홈런을 칠 수 있는 타자들이 있었다. 단지 그 정도 능력을 가진 타자들의 몸값은 1년에 천만 달러를 가뿐히 넘긴다는 것.

그렇기에 그보다 적은, 백만 달러 남짓한 그저 그런 연봉을 받는 타자들은 확실하게 해야 한다. 타석에 서는 순간, 그 타석을 다음을 위한 거름으로 삼을 것인지 아니면 승부를 할 것인지.

'일단 간부터 봐야겠지.'

이진용은 이번 타석을 타산지석으로 삼을 생각이었다. 이유는 여러 가지가 있었지만, 가장 큰 이유는 역시 그것.

'이놈이 어떤 놈인지.'

새롭게 입수한 슬러거 스킬이 과연 어떤 영향을 미치는지 알아보고자 한다는 것.

"슬러거."

[밸런스가 14포인트 감소했습니다.]
[피지컬이 14포인트 상승했습니다.]
[배트 스피드가 18퍼센트 상승했습니다.]

그런 이진용의 중얼거림에 베이스볼 매니저가 곧바로 스킬 적용을 알려줬다.

그뿐이었다. 이진용은 이번 타석에서 그 이상 무언가를 할 생각이 없었다.

'초구에 스윙으로 감을 잡아보자.'

헛스윙이 되더라도, 범타가 나오더라도 개의치 않고 초구에 스윙을 하는 것으로 타이밍을 가늠해 볼 생각이었다.

당연히 마운드 위의 투수가 공을 던지는 순간, 이진용은 자신이 준비한 바를 그대로 실행했다.

배트를 휘둘렀다.

빠악!

그러자 벼락과도 같은 소리 한 줄기가 그라운드를 가르며 우익수 방면으로 힘차게 날아갔다.

'어?'

'어!'

그건 모두의 예상을 벗어나는 타구였다.

특히 그 공을 잡아야 하는 다이아몬드백스의 우익수, 콜의 머릿속에는 비상등이 켜졌다.

'좆 됐다.'

그도 그럴 것이 다이아몬드백스의 모든 외야수들은 이진용이 타석에 서는 순간 평소보다 더 내려와 있었다.

이제까지 제대로 된 장타를 보여준 적 없고, 보여줄 것 같지도 않은 이진용이 펜스 근처에 닿는 공을 칠 가능성이 없다는 판단에서 나온 수비 시프트였다.

-안타! 우익수 펜스에 깊게 꽂히는 안타입니다!

그 상황 속에서 우익수를 넘은 뒤 펜스 깊숙한 곳에 꽂히는 안타는 비수와 같았다.

"젠장!"

이미 우익수가 공을 잡으러 갔을 때 이진용은 2루를 밟고, 3루를 향해 질주 중이었다.

그렇게 3루에 도착한 이진용의 귀로 베이스볼 매니저의 목소리가 들렸다.

[655포인트를 획득하셨습니다.]
[3루타를 쳤습니다. 보너스 포인트가 지급됩니다.]

[최초로 3루타를 기록하셨습니다. 골드 룰렛 이용권이 지급됩니다.]

[메이저리그 최초로 3루타를 기록하셨습니다. 골드 룰렛 이용권이 지급됩니다.]

그 목소리에 이진용은 환호성을 내지르는 대신 숨을 골랐다.

"호우, 호우, 호우……."

홈에서 3루까지 멈춤 없는 질주 앞에서는 제아무리 호우로 다져진 이진용의 폐도 지칠 수밖에 없었으니까.

그렇게 숨을 돌린 후에야 이진용이 고개를 돌려 자신의 타구가 날아갔던 방향을 바라봤다.

그 순간 이진용의 눈빛은 사냥에 성공한 맹수가 아니라, 사냥감을 발견한 맹수처럼 빛나고 있었다.

'느낌 왔다. 클러치 히터랑 라스트 찬스 스킬을 사용해서 피지컬을 강화하면…… 정말 홈런 나올지도?'

반대로 김진호는 초조하게 흔들리는 눈빛을 품은 채 나지막하게 말했다.

-에이, 설마. 아니겠지…….

3회 초 메츠가 절호의 득점 찬스를 얻는 순간이었다.

선두타자로 나온 메츠의 9번 타자 이진용이 3루타를 치는 순간 체이스 필드의 분위기는 커피숍에서 막 받은 커피를 그대로 쏟은 듯한 분위기였다.

열기는 뜨거운데, 분위기는 차가워지는 상황.

-리 선수가 오늘 경기에서 시즌 첫 3루타를 기록했습니다.

-좋은 타격이었어요. 좀 더 공을 뒤에 두고 쳤다면 펜스도 충분히 넘었을 것 같군요.

-리 선수의 3루타 덕분에 메츠가 이번 이닝 절호의 득점 찬스를 맞이했습니다. 그리고 이번 시즌 경험하기 힘든 득점 찬스이기도 합니다.

-그렇죠. 투수가 선두타자로 나와 3루타를 친 상황은 경험하기 힘든 상황이니까요.

그런 상황 속에서 메츠의 공격이 다시 시작됐다.

그리고 그렇게 시작된 공격에서 메츠는 그들의 별명에 어울리는 결과를 만들었다.

-삼진!

-너무 적극적으로 휘둘렀어요. 이 삼진은 크네요.

이진용의 뒤를 이어 올라온 타자가 헛스윙 삼진으로 아웃을 당했다.

-공이 높게 뜹니다. 공이 내야를 벗어나지 못합니다. 3루수가 콜을 외칩니다. 잡았습니다. 투아웃!

그 후에 올라온 타자는 내야 뜬공으로 물러났다.

그렇게 만들어진 2사 3루 상황에서 올라온 타자.

　-아! 큽니다! 타구가 총알처럼 날아갑니다. 어? 어! 맙소사!
잡았습니다!

　-놀라운 수비네요!

그 타자는 외야 플라이로 물러났다.

　-A.J 폴락! 그가 다시 한번 골드 글러브에 어울리는 수비를
보여줬습니다.

다이아몬드백스의 중견수인 A.J 폴락. 2015시즌 골드 글러
브 수상에 빛나는 그의 놀랍기 그지없는, 메이저리그이기에
볼 수 있는 끝내주는 다이빙 캐치가 메츠가 맞이한 절호의 득
점 기회를 참담한 꼴로 만들었다.

　"맙소사, 이게 말이 돼?"

　"선두타자가 3루타를, 심지어 투수가 쳤는데 1점도 못 올린
다고?"

　"어메이징 메츠네. 정말 어메이징이야."

　어메이징.

메츠가 왜 그런 별명으로 불리는지 경기를 통해서 완벽하게
증명하는 이닝이었다.

"헐."

그 광경 앞에서는 당연히 안타가 나왔다고 생각하고 홈을 향해 질주했던 이진용조차도 얼빠진 표정을 지을 수밖에 없었다.

'아니, 나 3루타 쳤는데?'

안타도 필요 없었다. 고작 희생 플라이 하나, 외야수가 하품을 하면서도 잡을 수 있는 공 하나면 득점이 나올 수 있는 상황이었다.

-쿵쿵!

그런 이진용 뒤에서 김진호의 쿵쿵거리는 소리가 들렸다.

-냄새가 난다.

이윽고 나온 김진호의 목소리에 이진용이 김진호를 지그시 바라보며 눈빛으로 질문했다.

'무슨 냄새가 나요?'

그 의문 어린 이진용의 눈빛에 김진호가 미소를 지으며 대답했다.

-오늘 메츠 타자들이 한 점도 못 내고 9회 말에 올라온 투수가 끝내기 안타 맞고 눈물 콧물 질질 흘리면서 엉엉 우는 냄새가 난다.

저주와도 같은 말.

그러나 그 말에 이진용은 반문하지 못했다. 지금 이 순간 이진용도 분명하게 느끼고 있으니까.

앞서 두 경기에서 메츠가 영봉패를 당한 것이 단순히 실력의 문제가 아니라는 것을.

'설마, 아니겠지.'

그런 상황에서 3회 말이 시작됐다.

야구에는 진리가 하나 있다.

위기 뒤에는 기회, 기회 뒤에는 위기가 온다.

-와, 무사 3루에서 점수가 안 나올 수도 있구나.

-어메이징 메츠만 보여줄 수 있는 어메이징한 경기지.

└그러니까 오늘도 어메이징하게 질 듯.

때문에 3회 말이 시작되었을 때 다이아몬드백스와 메츠의 경기를 보는 대부분의 이들은 다이아몬드백스에 승기가 왔다고, 승리의 여신이 메츠를 외면하고 있다고 생각했다.

더욱이 조금 전 무사 3루 상황은 단순한 상황이 아니었다.

-그보다 호우맨 멘탈 날아가겠네.

-그렇겠지. 3루에 나갔는데 타자들이, 심지어 1번부터 3번까지가 삽질만 했으니까.

-차라리 3루타를 안 치는 게 나았을 듯.

다른 타자도 아닌 타자로 나온 투수가 3루타를 친 상황이었다. 선발투수가 스스로 꽉 막힌 타선에 숨통을 제대로 트이게 해준 상황이었다.

그런데 그런 상황에 대해 그 어떤 보답도 받지 못했다? 투수 입장에서는 부담감을 넘어 짜증과 분노마저 느껴도 이상할 게 없는 상황.

-타자들도 죽어가지.
-전부 호우맨 눈치 보겠네.
-이럴 때 보면 야구가 참 잔인하단 말이야.

당연히 타자들 역시 부담감과 미안함을 품을 수밖에 없었다. 그건 곧 멘탈 게임에서 투타 모두가 멘탈이 흔들릴 수밖에 없다는 의미.

그 사실을 다이아몬드백스의 선수단이 모를 리 없었다.

"이런 상황에서는 투수도, 야수도 흔들릴 수밖에 없지."

"이번이 기회야. 이번에 저 빌어먹을 투수 놈을 무너뜨리자고."

그렇기에 다이아몬드백스의 타자들은 자신했다.

"메이저리그에서 이제까지 실점이 없었지? 그럼 오늘 실점하는 게 뭔지 보여주자고."

이제까지 이진용을 상대했던 세 팀이 실패했던 것을 해낼 자신이.

"어? 저 녀석?"

"오른손이다! 놈이 오른손을 꺼냈어!"

심지어 그런 다이아몬드백스 선수들 앞에서 이진용은 왼손에 글러브를 낀 채 마운드에 올랐다.

'그래, 오른손만 꺼내길 기다렸다.'

'하루 종일 공략을 준비한 보람이 있겠군.'

이진용의 오른손을 철저하게 분석한 다이아몬드백스 타자들에게 오른손을 꺼낸 이진용의 모습은 자신이 친 올가미를 향해 걸어오는 사냥감의 모습과 같았다.

다이아몬드백스 타자들의 눈빛이 사냥감을 노리는 맹수의 눈빛처럼 빛나기 시작했다. 그런 그들의 시선은 마운드로 향하는 모든 이들이 느낄 수 있을 정도로 노골적이었다.

그 시선에 김진호가 씨익 웃으며 말했다.

-진용아, 네 오른손이 만만한가 보다. 뭐, 내 오른손에 비하면 만만하긴 하지.

그 말에 대답은 필요 없었다.

대답은 이진용의 오른손으로 충분했으니까.

그렇게 이진용은 오른손으로 다이아몬드백스 타자들의 시선을 향해 말했다.

펑!

"스트라이크!"

펑!

"스트라이크!"

펑!

"스트라이크!"

로키스 타자들이 투수들의 무덤인 쿠어스 필드에서 단 하나의 안타도 뽑아내지 못한 자신의 오른손을 상대로 안타를 뽑아낼 자신이 있냐고.

　"아우우웃!"

　이진용의 그 말에 다이아몬드백스 타자들은 그 어떤 대답도 하지 못했고, 꿀 먹은 벙어리가 된 그들에게 이진용은 소리쳤다.

　"호우!"

　체이스 필드에서 치러지는 다이아몬드백스 대 메츠의 3연전 마지막 경기는 한 단어로 정리할 수 있었다.

　-아웃!

　-병살타가 나왔네요.

　-0 대 0, 팽팽한 승부가 이어집니다.

　투수전.

　6회 말이 끝날 때까지 두 팀은 점수를 내지 못한 채 숨 막히는 승부를 이어가고 있었다.

　-리 선수, 정말 대단하군요.

　그 중심에는 이진용이 있었다.

　-6이닝 무실점, 이것으로 리는 자신의 무실점 이닝을 33이

닝으로 늘립니다.

6회 말이 끝난 현재 6이닝 무실점.

피안타는 2개에 불과하며 삼진은 무려 9개를 잡아내는, 내용마저 끝내주는 피칭이었다.

-33이닝 무실점, 정말 대단하군요. 아직 이르긴 하지만, 과거 불독이라고 불리었던 다저스의 영웅 오렐 허사이져의 59이닝 무실점 기록을 노리기에 충분한 자격이 있을 듯하네요.

그런 피칭을 보여준 이진용을 향해 체이스 필드를 찾은 다이아몬드백스 팬들은 이제는 놀란 수준을 넘어 기겁한 듯한 표정을 지은 채 똑같은 말을 할 수밖에 없었다.

"퍼킹 호우맨!"

자신들을 상대로 압도적인 피칭을 하는 이에 대한 분노를 토하는 것, 그것이 다이아몬드백스 팬들이 할 수 있는 전부였다.

-대단하네. 양손으로 이렇게 완벽하게 피칭하는 투수는 메이저리그 역사에도 없었잖아?

-투구수도 완벽해. 6이닝 동안 고작 72구만 던졌어.

-리의 기록을 보니까 한국에서는 11이닝도 던졌더라고. 체력도 검증된 선수라는 말이지.

온라인 세상에서도 이진용의 피칭에 대한 감탄이 줄을 이었다. 물론 현실을 직시하는 이들도 있었다.

-하지만 아직 승리투수 조건은 갖추지 못했지.
-메츠 타자들 상황을 보면, 진짜 이러다가는 리가 오늘 10회에도 나오겠는데?
-선발투수가 10회에 나오는 게 좋은 건 아니지.

이진용이 끝내주는 피칭에 어울리는 대우를 받지 못하고 있다는 것, 그건 분명한 현실이었으니까.

그리고 그 현실은 메츠의 더그아웃을, 개중에서도 타자들의 어깨를 무겁게 짓누르고 있었다.

'오늘 경기 왜 이렇게 안 풀리는 거지?'

솔직히 메츠 타자들은 지금 상황 자체를 이성적으로, 합리적으로 분석할 수조차 없었다.

'이걸로 24이닝 무득점이다. 다음 이닝에 점수를 못 내면 25이닝 무득점이야.'

그 누구도 24이닝 무득점이란 결과물을 상식적으로 풀이할 수 있을 리 만무했으니까.

때문에 몇몇은 이런 생각도 했다.

"귀신이라도 들린 거 아닐까?"

"우리 팀에 귀신이 붙은 걸지도 몰라. 그게 아니면 이렇게까지 경기가 꼬일 리가 없잖아?"

"분명 아주 빌어먹을 귀신일 거야."

귀신이라도 붙은 게 아니라면 이런 일은 일어날 수 없다고.

그런 상황에서 맞이한 7회 초는 메츠에 있어 잊을 수 없는 이닝이 되었다.

1사 상황에서 타자가 2루타를 치는 것은 야구에서 흔히 나오는 일이었다. 이어서 연속 안타가 나오며 1사 1, 3루 상황이 만들어지는 것 역시 언제든 나올 수 있는 일이었다.

그다음 타자가 삼진을 당해서 2사 1, 3루 상황이 되는 것도, 그 후에 투수 교체가 이루어지고 어려운 타자를 상대로 볼넷으로 거르면서 2사 만루 상황이 나오는 것 역시 야구를 보다 보면 언제든 볼 수 있는 상황이었다.

-잡았습니다! 다이아몬드백스가 2사 만루 상황 위기를 삼진으로 이겨냅니다!

그리고 그렇게 만들어진 2사 만루 상황에서 투수의 호투로 점수가 나오지 않는 것 역시 충분히 있을 수 있는 일이었다. 이 내용 자체는 분명 이상할 게 없었다. 특별할 것도 없었다.

그 처음 2루타를 친 선수가 오늘 3타수 3안타를 치며 6이닝 무실점 피칭을 펼치며 그 누구보다 1점이 절실한 선발투수만 아니었다면.

"헐."

때문에 이진용, 그는 자신의 눈앞에서 일어난 광경을 제대로 받아들이지 못한 듯 명한 표정으로 그라운드를 바라만 봤다.

'지금 내가 꿈을 꾸는 건가?'

타자로 나올 일 없는 한국에서는 단 한 번도 경험해 보지 못한 충격이었기에, 그 충격의 여파는 더 컸다.

-호우맨 표정 봤음?

└거의 정신이 반쯤 나간 듯.

└정신 나가겠지. 투수가 지금 3타수 3안타 치고 있는데, 점수가 한 점도 안 나오는데.

└심지어 3루에만 두 번 감.

└호우맨 어서 와, 메츠 같은 어메이징한 팀은 처음이지?

그렇게 놀란 표정을 짓는 이진용에게 김진호가 말했다.

-거봐 내가 말했잖아? 냄새가 난다고.

그 말에 이진용을 바라보며 나지막이 말했다.

"제가 끝내기 안타 맞고 우는 냄새요?"

말을 뱉는 이진용의 목소리에는 독기가 가득했다.

그 목소리에 김진호가 놀란 듯 손을 내저으며 대답했다.

-그건 장난이었어. 지금 나는 냄새는 그런 냄새가 아니야. 지금 나는 냄새는…….

그러고는 진지한 표정을 지은 채 이진용에게 다가와 말했다.

-홈런 맞은 투수가 마운드에서 오줌 지리는 냄새야. 호우우 움런 맞는 냄새.

"닥쳐요."

말과 함께 히죽 미소를 짓는 김진호의 모습에 이진용은 당장에라도 뭐 하나쯤은 물어뜯어야 직성이 풀릴 살쾡이와 같은 표정을 지은 채로 더그아웃으로 들어왔다.

그렇게 이진용이 들어온 더그아웃은 고요했다. 모든 이들이 이진용의 눈을 피한 채, 심지어 일부는 죄를 고하듯 고개를 숙인 채 이진용을 맞이했다.

'리를 볼 낯이 없다.'

'리는 저렇게 치는데, 타자인 우리가 못 치다니……'

3타수 3안타, 그것도 3루타와 2루타를 친 채 3루에서 타자들의 무능함을 본 투수 앞에서 고개를 들 만큼 염치도 없고, 눈치도 없고 뻔뻔한 타자는 메츠에 오직 한 명밖에 없었으니까.

"리."

그 유일한 한 명인 조 존스가 이진용에게 다가와 말했다.

"아무래도 네가 홈런을 쳐서 경기를 끝내는 수밖에 없을 것 같다."

"뭐?"

그 말에 이진용이 눈살을 찌푸렸다.

"그게 무슨 소리야?"

"말 그대로다. 지금 점수가 안 나오는 건 이미 기술적인 문제를 벗어났다. 타자들의 득점이 나올 가능성이 낮아. 이런 상황에서 그나마 득점을 올릴 수 있는 가장 확률 높은 방법은 네가 홈런을 치는 수밖에."

조 존스의 말에 김진호가 혀를 차며 말했다.

-조, 이 새끼가 드디어 미쳤구나. 진용아, 이런 또라이 새끼 이야기 듣지 마! 너도 그러다 또라이 된다!

김진호의 말대로였다.

조 존스의 말은 누가 보더라도 정신이 나갔다고 볼 수밖에 없는 소리였다. 또라이가 아니고서는 할 수 없고, 또라이가 아니고서는 귀 기울일 리가 없는 소리.

"진심으로 하는 소리야?"

그렇기에 이진용은 조 존스의 말에 귀를 기울였다.

"조, 네가 보기에 내가 홈런을 칠 수 있을 것 같아?"

-응?

"오늘 네 타격감은 좋아. 3타수 3안타, 그것도 1루타와 2루타, 3루타가 골고루 나왔지. 무엇보다 네 스윙은 저번하고 달라. 배트에 힘이 실리기 시작했다. 장타가 나오는 이유도 그 때문이다. 이유 없이 장타가 나오는 일은 없으니까."

-어?

"더욱이 지금 홈런만 나오면 히트 포 더 사이클이 완성되는 만큼, 마운드 위의 투수는 널 상대할 때 홈런을 의식할 수밖에 없는 상황이다. 하지만 너도 알겠지만, 홈런을 맞지 않으려고 피칭을 하는 건 투수가 가장 피해야 하는 피칭이지. 하물며 체이스 필드는 쿠어스 필드만큼 홈런이 잘 나오는 구장. 무슨 일이 생겨도 이상할 건 없지."

그 말과 함께 조 존스가 체이스 필드의 펜스를 바라보며 말했다.

"좀 더 공을 뒤에 두고 친다는 느낌으로 타격을 시도해 봐. 킴이 홈런으로 자신의 완봉승을 지켰던 것처럼."

그 조언과 함께 조 존스가 포수 마스크를 쓰며 포수석을 향해 천천히 걸어갔다.

그 모습을 보던 김진호가 황급히 말했다.

-진용아, 저런 또라이 새끼 말을 믿는 거 아니지? 네가 홈런이라니, 말이 안 되잖아?

그러나 그런 김진호의 말에 이진용은 대답하지 않았다.

"홈런이라……"

잽싸게 글러브와 모자를 챙긴 채 마운드로 향할 준비를 할 뿐.

그렇게 모든 것을 챙기고 마운드를 향하던 이진용이 김진호를 향해 다시금 물었다.

"홈런 맞는 냄새가 난다고 했죠?"

-응?

그 물음에 김진호가 당황한 표정을 지으며 대답했다.

-어, 그게…… 곰곰이 생각해 보니까 아무래도 저기 관중이 먹는 핫도그 냄새랑 헷갈린 것 같아.

"에이, 천하의 김진호 선수가 그런 걸 헷갈리겠어요? 메이저리그에서 11년 동안 지배자로 군림하셨는데? 안 그래요?"

-그, 그렇긴 하지.

"그럼 홈런 나오겠네요? 그 누구도 아닌 메이저리그의 지배자 김진호 선수가 자신 있게 냄새를 맡았다고 했으니까."

-그, 그렇겠지.

"그런데도 홈런이 안 나오면 김진호 선수 명성에 누가 되는 일이겠군요."

김진호는 대답 대신 입을 꽉 다물었다.

그런 김진호에게 이진용이 눈웃음을 지으며 말했다.

"그럼 어쩔 수 없네요, 위대한 메이저리그의 지배자 김진호 선수 명성을 위해서 나라도 치는 수밖에. 응원해 주실 거죠?"

-으, 응…….

그 대답과 함께 김진호가 하늘을 바라보며 혼잣말을 중얼거렸다.

-신이시여, 여기서 그냥 성불시켜 주시면 안 됩니까?

김진호는 언제나 경고했다.

-메이저리그에서 등판을 하다 보면 가장 위험한 때는 7회가 됐을 무렵이야. 다른 누구도 아닌 메이저리그 타자들이 네 공에 익숙해졌을 무렵.

메이저리그 무대에서 절대 방심하지 말라고.

-분명히 말하지만, 메이저리그 타자들은 괴물이다. 진짜 괴물. 그들을 오로지 힘만으로, 기술만으로 잡는 건 네가 105마일짜리 공을 던지지 않는 이상 불가능해.

또한 아무리 빠른 공을 던질 수 있고, 좋은 구질을 가지고 있어도 그것만으로는 부족하다고.

-그러니까 정말 그들을 잡고 싶으면 그런 보이는 것이 아닌 것이 필요해.

정말 이기고 싶으면 보이지 않는 것을 품으라고.

-그래, 내가 그래서 항상 강조하는 거야. 굶주림, 똑같은 맹수가 싸우면 결국 더 배고픈 놈이 악착같이 변할 수밖에 없으니까. 메이저리그에서는 그 차이가 결국 승자와 패자를 가르는 거다. 7이닝 무실점을 했다, 승리투수 조건을 갖췄다, 삼진도 10개를 잡았다, 절대 거기서 만족하지 마.

배고픔을 느끼라고.

-남은 타자들을 전부 삼진으로 잡아버리겠다, 그렇게 생각해. 다시는 놈들이 널 보기 싫게, 네가 꿈에 나오면 그날이 악몽이 되어버리게. 물론 너 같이 못생긴 개뽀록 땅딸보 투수가 꿈에 나오는 것 자체가 악몽이긴 하겠지만, 더 심한 악몽을 심어줘.

김진호가 처음 이진용을 만난 순간부터 그에게 배고픔과 갈증을 느끼라고 요구했던 이유였으며, 그 조언을 거듭하는 이유였다.

이진용은 그런 김진호의 가르침에 완벽하게 부응하는 피칭을 했다.

7회 말 그리고 8회 말, 이진용은 그저 점수를 주지 않으려는, 이닝만 소화하고자 하는 그저 그런 피칭 따위는 하지 않았다.

'투구수는 넉넉하다. 심기일전, 리볼버, 마구 사용 횟수도 넉

넉하다.'

오히려 반대, 그는 페이스를 바꾸었다.

'그럼 남은 타자 전부 삼진으로 잡아 죽여야지.'

페이스를 더 빠르게 올렸다.

몸도, 정신도 더 뜨겁게 만들었다. 그렇게 뜨거워진 상태에서 투수가 타자에게 할 수 있는 가장 확실한 폭력을, 삼진이란 폭력만을 행사했다.

물론 막연한 폭력이 아니었다.

이미 메이저리그의 실력자들이 분석해서 만든 데이터를 기반으로, 실시간으로 수집되는 정보를 통해 적재적소에 가장 치명적인 폭력을 행사했다.

김진호, 그가 만들어낸 이진용이란 투수는 그런 투수였다.

펑!

투수와 타자, 먹고 먹히는 그 관계를 무색하게 만들다 못해 야구를 너무나도 불공평하고 일방적인 폭력의 장으로 만드는 괴물 같은 투수.

"스윙 스트라이크, 아우우우웃!"

그렇게 이진용이 8회 말, 마운드 위에서 다이아몬드백스 타자들을 삼진으로 잡았다.

-리! 그가 다시 한번 8회 말을 삼진으로 돌려세웁니다.

-다섯 타자 연속 탈삼진, 대단하네요. 오히려 경기 후반에 더 날카로운 피칭을 하는군요.

그 사실 앞에서 다이아몬드백스의 타자들은 그저 놀란 눈으로 이진용을 바라볼 뿐이었다.

'대체 어디서 이런 괴물이?'

'메이저리그가 처음인 애송이 루키인데, 어떻게 이런 피칭을 할 수 있는 거지?'

'정말 이번 시즌이 메이저리그 처음인 게 맞는 건가?'

그리고 메츠의 선수단과 코칭스태프 역시 마찬가지였다. 그저 선발의 한 자리를 차지해 줬으면 충분했을 투수의 존재에 모두가 말문이 멎을 수밖에 없었다.

개중에서도 콜린스 감독이 느끼는 충격은 상상 이상이었다.

'내가 본 투수 중 최고다.'

지금 이 순간 콜린스의 눈에 비친 이진용은 그가 본 투수 중 가장 완벽했으니까.

그건 대단한 일이었다. 그가 메이저리그의 세계에 처음 선수로 발을 들인 것이 1971년, 지도자로 생활을 시작한 건 1993년, 그 기나긴 세월 동안 그가 본 투수들 중에는 그야말로 역사에 길이 남을 투수들이 잔뜩 있었으니까.

그런 투수들 중에 최고라는 건, 메이저리그 역사에서 최고라는 것과 같았다.

'4선발에 둘 투수가 아니다.'

당연히 콜린스 감독은 이진용 같은 투수를 4선발에 두는 것은 엄청난 손해라는 것을 알았다. 그 어떤 투수를 상대로도 승리를 뜯어낼 투수에게 가장 어울리는 무대는 1선발, 에이스의 자리였으니까.

하지만 이진용의 눈에 그런 이들의 시선은 보이지 않았다.

보이는 건 오롯이 하나.

'9회에 끝장을 낸다.'

승리를 위해 필요한 점수, 바로 그것뿐.

9회 초 메츠의 타순은 8번부터 시작됐다.

여기서 메츠는 당연한 말이지만 대타 작전을 썼다.

-메츠가 대타로 페르난데스를 내보냅니다.

승부수를 건 것이다.

그런 그 승부수는 적중했다.

"볼!"

-볼넷! 페르난데스가 볼넷을 얻어냅니다!

선두타자 볼넷.

그런 상황에서 타석에 이진용이 서자, 그라운드의 분위기가 달라지기 시작했다.

"나왔다."

"호우맨이 드디어 나왔다."

신기한 일이었다. 투수가 타자가 되어 타석에 서는데 분위기가 달라지는 경우는 거의 없으니까.

하지만 지금은 그런 경우와 달랐다.

-리는 오늘 3타수 3안타, 매우 좋은 타격감을 기록 중입니다. 첫 타석에서 3루타를 기록했고 두 번째에서 안타를 기록 그리고 세 번째 타석에서 2루타를 기록했습니다.

다른 정도가 아니었다.

-예, 그렇습니다. 이제 리가 이번 타석에서 홈런을 친다면 히트 포 더 사이클, 메이저리그 역사에서도 찾아보기 힘든 주인공이 됩니다.

지금 타석에 서는 타자는 투수 이진용이 아니라 히트 포 더 사이클에 도전하는 도전자였으니까.

그건 사실 말도 안 되는 일이었다.

-만약 리가 히트 포 더 사이클에 성공하면 그는 20세기 이후 처음으로 히트 포 더 사이클을 달성한 투수로 기록됩니다.

일단 그런 기록 자체가 없었다.

지명타자 제도가 생기기 전까지는 모든 투수가 타석에 섰지만, 그런 투수들 중에서 히트 포 더 사이클, 한국에서는 흔히 사이클링 히트라고 부르는 것을 이룩한 투수는 20세기 내에는 존재치 않았다.

존재하는 것이 이상한 일이기도 했다.

-라이브볼 시대 이후에는 최초의 기록이군요.
-예, 최초의 기록이죠.

대개 타순에 배치될 때 9번에 배치되는 투수의 특성상 4번 이상의 타격 기회를 받는 것조차 드물뿐더러, 그 모든 기회에서 1루타와 2루타 그리고 3루타와 홈런을 기록한다는 건 누가 보더라도 불가능한 일이었으니까.

당장 매일매일 타석에 서는 메이저리그 수준급 타자들 중에서도 히트 포 더 사이클이란 기록을 커리어에 둔 선수는 손에 꼽을 정도 아닌가?

그런데 그것을 투수가 이룩한다?

누가 봐도 있을 수 없는 일.

'홈런은 절대 안 돼.'

당연히 다이아몬드백스의 마운드를 지키고 있는 투수, 알버트는 그런 말도 안 되는 기록의 희생양이 되고픈 생각이 없었다.

'그러니까 무조건 잡겠어.'

그렇다고 해서 도망치고자 할 생각도 없었다. 이곳은 메이저리그, 오로지 도전자들만이 존재하는 곳, 도망자 따위가 있어서는 안 되는 곳이었으니까.

다이아몬드백스 벤치 역시 마찬가지였다.

'알버트, 승부해라.'

벤치에서도 알버트에게 승부를 요구했다.

다른 곳도 아니고 자신들의 홈구장에서 대기록의 희생양이 되는 것이 무섭다고 피하는 것은, 오히려 그들이 하는 야구를 보는 이들에 대한 모욕이었으니까.

그리고 그건 이진용도 마찬가지였다.

애매한 승부가 아니라, 자신이 칠 수 있는 공을 홈런으로 만들기 위한 스윙을 준비했다.

그렇게 타석에 선 이진용의 귓속으로 베이스볼 매니저의 알림이 들렸다.

[클러치 히터 효과가 발동합니다.]

그 소리에 이진용이 대답했다.

"라스트 찬스."

그리고 이진용은 모든 전력을 토해냈다.

"슬러거."

그 상태에서 곧바로 이진용이 고개를 슬쩍 돌린 후에 뒤에 있는 김진호에게 신호를 보냈다.

-젠장.

그러자 김진호가 이 세상에서 가장 불쌍한 표정을 지은 채 소리쳤다.

-이진용 파이팅! 홈런 하나 날려라!

김진호의 응원 속에서 게임이 시작됐다.

누군가 말했다.

"홈런을 잘 치는 법을 알고 싶으면 홈런을 가장 안 맞는 투수한테 물어보는 게 최선이지."

이 세상에서 홈런을 치는 가장 확실한 방법은 홈런을 가장 잘 치는 타자가 아니라 홈런을 가장 안 맞는 투수가 알고 있다고.

"이유? 홈런을 잘 치는 타자들의 노하우란 건 그 인간들에게만 적용되는 거거든. 그렇잖아? 배리 본즈가 홈런 치는 방법을 가르쳐 주면 따라 할 수 있는 선수가 얼마나 되겠어? 하지만 홈런을 안 맞는 투수는 다르지. 투수는 모든 타자를 상대로 그 노하우를 발휘하는 거니까."

충분히 가능한 이야기였기에, 그렇기에 그는 자신 있게 말했다.

"그런 관점에서 보면 홈런 잘 치는 법은 내가 누구보다 잘 안다고 할 수 있겠지. 그럼 방법이 뭘까?"

자신이야말로 홈런을 잘 치는 법을 누구보다 잘 알고 있다고.

그런 사내의 말에 그 누구도 의문을 제기하지 않았다. 그 사내는 다름 아닌 김진호, 메이저리그의 지배자였으니까.

오히려 사람들은 그런 김진호에게 진심으로 물었다.

홈런을 잘 치는 방법이 무엇이냐고.

김진호는 기꺼이 그 물음에 답해줬다.

"간단해. 일단 투수가 홈런을 의식하게 만들 것. 사실 그건 투수가 딜레마에 빠지는 거거든. 투수는 홈런을 맞든 말든 스트라이크존 안에 자신 있게 공을 던져야 해. 그런데 홈런을 의식하고 던진다? 자멸하는 꼴이지. 그러다가 볼카운트가 몰리면? 도망친다? 도망칠 거였으면 진작 도망쳤겠지. 거기까지 온 놈은 절대 도망 못 쳐. 결국 스트라이크를 잡으러 가다가 꽈앙! 사고가 일어나는 거지."

그 말은 생각보다 많은 선수들에게 영향을 줬다.

투수들은 그 말을 금과옥조로 삼아 스스로를 챙겼고, 타자들은 그 말을 노리고 멋진 아치를 만들어냈다.

펑!

"볼!"

-아! 쓰리볼!

-너무 바깥쪽 승부를 고집했어요. 공이 살짝 빠졌어요.

그리고 지금 한 명의 선수가 김진호가 한 그 말을 가슴에 품은 채 실천하고 있었다.

'드디어 3볼이 나왔군.'

이진용.

타석에 선 그는 김진호가 한 말을 명심했다.

홈런을 피하고자 하는 투수를 상대로 과감한 승부가 아니라, 긴 승부를 했다. 공을 고르고, 고르며 투수를 코너에 몰아붙였다.

'풀카운트.'

그렇게 기어코 풀카운트를 얻어냈다.

'이제부터 정말 죽겠군.'

물론 그게 시작이었다.

풀카운트 상황, 이 상황에서 이진용은 홈런을 칠 수 있는 공이 오기 전까지 투수의 공을 걷어낼 속셈이었다.

그건 줄타기를 하는 것과 같았다. 삐끗하는 순간 범타가 나오거나, 헛스윙이 나오면서 결국 아웃을 당할 테니까.

하지만 반대로 그 정도 각오는 필요했다.

다른 무엇도 아닌 홈런을, 그 어떤 방해도 없이 루와 루 사이를 뛸 수 있는 특혜를 받기 위해서는.

딱!

-파울!

-리 선수, 용케 커트했군요.

그렇게 이진용은 아슬아슬한 승부를 거듭했다.

그런 승부 속에서 이진용은 결국에는 증명했다.

'왔다.'

김진호의 말이 맞았음을. 그는 정말 위대한 투수였음을.

빠악!

우측 담장을 향해 날아가는 한 줄기의 뇌성으로 그것을 증명했다.

언제나 그렇다.

홈런은 나오는 순간에는 공이 펜스를 넘기도 전에 타자는 그것이 홈런이 됐음을 직감한다.

이진용의 홈런도 마찬가지였다. 그는 치는 순간…… 아니, 공이 배트에 닿기 직전에 분명하게 직감했다.

'넘어갔다.'

자신이 있는 힘껏 잡아당겨 때린 공이 체이스 필드의 우측 담장을 분명하게 넘어가리란 사실을.

'아.'

그제야 이진용은 깨달을 수 있었다.

홈런을 직감하는 순간 타자에게는 얼마 안 되지만 무언가를 사고할 시간이 있다는 것을.

'어떻게 세리머니를 해야 할까?'

그리고 이 순간 이 홈런에 대한 기쁨을 어떤 식으로 표현해야 할지 고민한다는 것을.

배트를 힘차게 던질까?

아니면 배트를 쥔 채 고고하게 공을 지켜만 볼까?

아니면 양손을 번쩍 들어 자신의 홈런에 대한 기쁨을 가장 확실하게 표현할까?

'이 배트는 당연히 박물관에 가겠지?'

그런 생각이 이내 오늘 히트 포 더 사이클을 기록한 배트의 미래까지 닿는 순간 이진용은 감히 배트를 내던질 수 없었다.

'고맙다.'

자신의 말도 안 되는 기록을 함께해 준 고마운 동료를 바닥에 내동댕이치는 대신 이진용은 그대로 배트를 쥔 채 입맞춤을 한 후에 조심스럽게 자신의 근처에 내려놓았다.

그 후에야 이진용은 그 누구도 방해할 수 없는 달리기를 시작했다.

당연한 말이지만 이진용이 보여준 그 장면은 그 누구도 예상하지 못한 장면이었다.

분명 이진용이 홈런을 치는 순간 무언가를 하리라고는 예상했다. 이진용이 자신의 첫 홈런 그리고 메이저리그 역사에 두 번 다시 나오지 않을 것 같은 대기록에 대한 기쁨을 격렬하게 표현하리라 생각했다.

-저 또라이 새끼 지금 뭐하는 거임?
-배트 플립하는 새끼들은 수도 없이 봤지만, 배트에 입 맞추는 새끼는 처음 본다.

그러나 배트에 입을 맞춘 후에 그것을 얌전히 바닥에 내려놓은 후 조용히 베이스 러닝을 시작하는 장면은 감히 그 누구도 상상하지 못한 것이었다.

해설자도, 캐스터도, 선수도, 코치도, 기자도, 관중도. 모두가 이진용의 행동에 그대로 굳어버렸다. 체이스 필드가 그 어느 때보다 고요해졌다.

그 고요함 속에서 베이스 러닝을 마친 이진용이 이내 홈베이스를 밟았다.

[첫 홈런을 기록했습니다. 플래티넘 룰렛 이용권이 지급됩니다.]

[메이저리그 첫 홈런을 기록했습니다. 플래티넘 룰렛 이용권이 지급됩니다.]

[히트 포 더 사이클을 기록했습니다. 플래티넘 룰렛 이용권이 지급됩니다.]

[최초로 히트 포 더 사이클을 기록했습니다. 다이아몬드 룰렛 이용권이 지급됩니다.]

[메이저리그 첫 히트 포 더 사이클을 기록했습니다. 다이아몬드 룰렛 이용권이 지급됩니다.]

그러자 베이스볼 매니저의 알림이, 쉴 새 없는 알림이 이진용에게 그가 기록한 것이 꿈이 아닌 현실임을 알려줬다.

그 사실에 이진용은 환호를 내지르는 대신 고이 놓아둔 배트를 챙긴 후에 더그아웃으로 들어왔다.

그렇게 들어온 더그아웃의 분위기는 기묘했다.

본래 메이저리그 첫 홈런을 친 선수에게는 더그아웃에 있는 모두가 그 선수를 무시하는 전통이 있다.

그리고 현재 메츠는 그 전통을 자연스레 했다.

문제는 그 전통대로라면 적당한 타이밍에 이진용에게 다가가 축하를 해야 하는데, 그 타이밍을 그 누구도 잡지 못한다는 점이었다.

'어떻게 하지? 축하해 줘야 하나?'

'지금 해야 하나? 좀 더 나중에?'

이진용이 만들어낸 홈런은 메츠 선수단에게도 충격적일 수밖에 없었기에.

"헤이, 리!"

그때 정신을 차린 몇몇 선수들이 이진용에게 다가가 축하 인사를 건네기 시작했다.

"홈런 축하한다."

"끝내주는 홈런이었어."

"대단해, 타자도 하기 힘든 걸 해내다니!"

그러자 곧바로 고요했던 메츠 분위기에 열기가 치솟기 시작했다. 모두가 앞다투어 이진용이 만들어낸 이 말도 안 되는 기록에 칭찬을 더해주기 이진용에게 다가왔다.

그렇게 다가오는 선수들에게 이진용이 싸늘하게 가라앉은 눈빛으로 말했다.

"축하는 됐고, 경기에 집중하자고. 9회 말이 남았으니까."

어느 때보다 차갑게 말을 뱉는 이진용의 눈빛에 더 이상 홈런에 취한 기색 따위는 조금도 없었다. 어떻게든 승리로 채워질 수 없는 배고픔을 조금이라도 달래려는 괴물만이 있을 뿐.

그 모습에 김진호가 고개를 끄덕이며 말했다.

-그래, 아직 끝나지 않았어. 9회 말에 진용이가 역전 쓰리런 홈런 맞고 질 수도 있잖아!

이진용이 히트 포 더 사이클을 달성하는 순간, 너무나도 당연하게도 그에 대한 기사가 쏟아지기 시작했다.

[리, 히트 포 더 사이클 달성!]
[리, 20세기 이후 최초의 히트 포 더 사이클을 달성한 투수가 되다!]
[노히트게임과 히트 포더 사이클, 더블 히트 기록!]

기념비적인 수준을 넘어 그야말로 새로운 역사가 쓰여진 역사적인 순간.

-맙소사, 투수가 히트 포 더 사이클이라니?
-미친, 진짜 말도 안 돼!
-엔젤스 병신들 이호우 타자 시켰으면 20승은 더 했을 듯.
-오타니가 이도류라고? 우리 호우는 좌완, 우완, 좌타자 삼도류다!
-호우타준족 투수 이진용!
-도쿄 올림픽 조금만 기다려라, 우리 호우가 다 씹어 먹어줄 테니까!
-사이영상에 MVP를 싸 먹어 보세요!

당연히 야구와 관련된 모든 세상이 이 말도 안 되는 사건에 깊게 빠진 채 허우적거리기 시작했다.

그렇게 허우적거리는 이들에게 9회 초 메츠가 추가 득점을 하지 못한 채 이닝을 종료했다는 사실은 당연히 눈에 들어오지 않았다.

"기사 더 뽑아내!"

"아니, 이 경기 안 보는 새끼들이 기사를 쏟아내고 지랄이야."

"야, 인터뷰 날짜 어떻게든 잡아!"

기자들은 그야말로 미칠 지경이었고, 경기를 중계하는 해설자들조차 경기 내용이 아니라 이진용이 만들어낸 기록이 얼마나 대단한 기록이며, 지금 이 순간이 얼마나 역사적인 순간인지 그것을 설명하기만 할 뿐이었다.

-응?

-어?

그런 그들의 정신을 차리게 한 건 9회 말 시작과 함께 마운드로 올라오는 자그마한 투수 한 명이었다.

-리가 여기서 왜 나와?

└아니, 못 나올 건 없지 않음?

└그렇긴 한데…….

이진용, 그의 등장에 체이스 필드의 분위기는 더 이상 차갑거나, 뜨거운 차원의 것이 아니게 됐다.

"아……."

-와…….

비현실적인 것을 봤을 때의 경악. 미지를 조우했을 때의 공포. 그러한 감정들만이 가득 차 있을 뿐.

심지어 이 상황 속에서 이진용의 얼굴에는 만족감이나, 미소 같은 건 없었다.

-야, 뭐가 그렇게 불만이야?

만족하지 못했으니까.

"못 했잖아요."

-뭘?

"그거요."

그거라는 말에 김진호가 고개를 갸웃하며 혹시나 하는 심정을 뱉었다.

-호우?

그 말에 이진용은 대답 대신 고개를 끄덕였고, 그것을 본 김진호는 이내 피식 웃었다.

-미친 또라이 새끼.

말을 뱉는 김진호는 이 순간 한 가지는 확신할 수 있었다.

-그래, 이런 경기 날 호우는 해야지.

이진용이 오늘 경기에서 만족감을 느낄 일은 없다는 것을.

오늘 경기가 그에게는 끝이 아닌 오히려 시작이라는 것을.

그 확신을 품은 김진호가 이진용의 뒤에서, 이진용이 보는 풍경과 똑같은 풍경을 바라보며 말했다.

-죽여 버려.

"Yes, sir!"

이진용, 그가 그렇게 메이저리그에 역사에 다시 오지 않을 전설을 썼다.

차별은 어디에서나 존재한다.

차별을 막는 법을 만들고, 차별 반대 운동을 하더라도 학력과 출신, 인종에 따른 차별 대우는 분명 존재한다.

메이저리그도 마찬가지다. 아니, 프로스포츠 무대야말로 차별이 어느 곳보다 심한 곳이라고 할 수 있을 것이다.

똑같은 활약을 해도 동양인 선수보다는 백인이나 흑인 선수가 더 좋은 평가를 받으며, 출신 대학이 어디인지, 심지어 부모가 유명 스포츠 선수라는 이유로 성적이 낮음에도 기회를 받는 경우가 있으니까.

물론 그것을 어떻게 할 수는 없다.

메이저리그 역시 그 사실을 부정하거나 바꿀 수 없었다. 대신 그들은 한 가지만큼은 모든 이들에게 공평하게 했다.

영웅이 되기에 충분한 결과를 보여준 이에게 그에 어울리는 대우를 해주는 것.

그렇기에 메이저리그는 이진용이 만들어낸 기록에 기꺼이 상응하는 대우를 했다.

[리, 히트 포 더 사이클을 기록하다!]
[리, 메이저리그의 새로운 역사를 쓰다!]
[동양에서 온 위대한 투수!]

그 고고하기 그지없는 메이저리그가 기꺼이 이진용의 독무대가 되어주었고, 자신들이 할 수 있는 모든 방법을 동원해 이진용만을 오롯하게 빛내주기 시작했다.

메이저리그와 관련된 온갖 매체들이 이진용을 전면에 노출했고, 메이저리그가 나서서 이진용을 위대한 선수로 만들어주었다.

이진용, 그의 입장에서는 말 그대로 눈 깜짝할 사이에 세상이 바뀐 것과 같은 상황이었다.

하루아침도 아니고, 경기가 끝나는 순간 이진용의 이름은 할리우드 유명 배우만큼 유명해졌으니까.

그런 상황에서 제정신을 차릴 수 있을 리 만무.

그럼에도 이진용은 정신을 놓지 않았다.

"호우, 호우……."

심호흡을 내뱉으며 당장에라도 날아갈 것 같은 정신을 간신히 붙잡은 채 스스로에게 말했다.

"진용아, 들뜨지 마라. 아직 끝난 게 아니다. 정신 차려."

이진용, 그에게는 정말 중요한 것이 있었으니까.

"그래, 정신 차리고 룰렛 돌려야지."

룰렛.

-씨발.

그 단어가 등장하는 순간 잠자코 이진용을 보던 김진호의
입에서 반사적으로 욕지거리가 튀어나왔다.

-그런 건 잊지도 않네. 빌어먹을.

"어떻게 잊겠어요? 김진호 선수를 엿 먹……."

그 순간 이진용의 대답을 김진호가 단칼에 자르며 소리쳤다.

-야! 너 지금 나 엿 먹일 수 있는 기회인데, 그렇게 말하려고
그랬지?

그 모습에 이진용이 놀라며 말했다.

"예? 제가요?"

-지금 엿 먹…… 여기서 말 멈췄잖아!

"아니, 사람 말은 끝까지 들으셔야죠."

-끝까지?

"예. 김진호 선수를 엿 먹일 수 있는 아주 좋은 기회인데, 라
고 말하려 했다고요. 아주 좋은."

그 말에 김진호가 콱 입을 다물었다.

또 한 번 이진용에게 놀림거리가 된 사실에 대한 울분이 얼
굴 위로 그대로 드러났다.

-쳇.

그러나 그런 김진호의 표정은 오래 가지 않았다.

-인터뷰 내용 때문에 봐준다.

말을 하는 김진호는 이내 실소를 머금었다.

그 미소를 머금은 채 이진용이 오늘 경기를 마치고 모든 기자들이 모여든 인터뷰 룸에서 한 인터뷰 내용을 떠올렸다.

메이저리그 역사상 최고의 투수는 김진호 선수라고 생각하며, 그를 넘을 수 있도록 최선을 다하겠다.

이진용은 인터뷰 자리에서 김진호를 언급했다.

그리고 김진호가 말한 그대로 말했다.

자신이 생각하는 최고의 투수는 김진호이며, 그를 뛰어넘기 위해 메이저리그에 왔다고.

-그래, 그래야지. 아무렴.

김진호 입장에서는 미소가 절로 지어질 수밖에 없는 인터뷰 내용이었다.

그런 김진호의 모습에 이진용도 미소를 지었다.

"기뻐해 주시니 다행이네요. 전 김진호 선수가 그 인터뷰를 되게 싫어하실 줄 알았거든요."

이진용의 그 말에 김진호가 고개를 갸웃했다.

-싫어해? 내가 왜?

"그렇잖아요?"

-뭐가 그런데?

"김진호 선수를 짓밟고 올라서겠다는 말을 에둘러서 말한 건데."

-뭐?

"뛰어넘는 거랑 밟고 올라서는 거랑 크게 다를 거 없잖아요? 안 그래요?"

그 말에 김진호가 다시 입을 꾹 다문 채 이진용을 노려봤다.

그러나 이진용은 그런 김진호를 상대하는 대신 눈을 돌린 채 룰렛을 돌릴 준비를 했다.

그 모습에 김진호가 혀를 내둘렀다.

-아오, 이 얄미운 새끼.

곧바로 김진호가 하늘을 향해 소리쳤다.

-신이시여, 보셨습니까? 이 배은망덕한 새끼 키워봤자 아무런 보람도 없다니까요! 그러니까 이번에는 제발 엿 좀 먹여주세요.

그 말에 이진용이 미소를 지으며 말했다.

"그 말을 들으니 오늘은 파이어볼러 3개쯤 나올 것 같네요. 그래, 이 기세로 105마일 한 번 던져봅시다."

그리고 룰렛이 돌아갔다.

잠시 후.

김진호, 그는 놀란 표정을 지은 채 자신의 눈앞에서 멈춘 다이아몬드 룰렛을 바라보고 있었다.

-헐.

그런 김진호의 표정은 살아생전은 물론 사후에 지은 그 어떤 표정과도 비교할 수 없을 정도로 놀란 기색이 역력했다. 말문이 막히는 게 너무나도 당연해 보일 지경.

그런 김진호의 입에서 간신히 말이 나왔다.

-이게 말이 돼?

놀람을 넘어 경악에 가까운 목소리.

그 말과 함께 김진호가 이진용을 바라봤다. 그러고는 이진용을 향해 조심스럽게 말했다.

-진용아 지금 내가 헛것을 보는 게 아니지? 응?

그 목소리에 이진용은 대답 대신 두 손으로 자신의 얼굴을 세수하듯 쓰다듬으며 말했다.

"망했다."

말을 뱉는 이진용의 얼굴은 귀신처럼 하얗게 질려 있었다.

그제야 김진호가 정신을 차린 듯 두 손을 머리 위로 번쩍 뜨며 소리쳤다.

-호우!

그것은 증거였다.

이진용, 그가 룰렛에서 얻은 소득이 아주 좋지 못하다는 증거.

아니, 사실 결과물이 아주 안 좋은 건 아니었다.

이진용은 다이아몬드백스와의 경기에서 총 일곱 개의 룰렛 이용권을 얻었다.

최초의 3루타를 기록하면서 2개의 골드 룰렛 이용권을 얻었고, 최초의 홈런을 기록하면서 2개의 플래티넘 룰렛 이용권을 얻었으며, 최초로 사이클링 히트를 기록하면서 2개의 다이아몬드 룰렛 이용권을 얻었고, 마지막으로 퀄리티 스타트 달성을 동한 랜덤 보상으로 골드 룰렛 이용권을 얻었다.

그리고 순서대로 룰렛을 돌렸다.

일단 골드 룰렛부터 돌렸다.

[체력이 1상승했습니다.]
[피지컬이 1상승했습니다.]
[피지컬이 1상승했습니다.]

대박은 없었지만 나쁠 것도 없었다.

[구질 향상 물약(A)을 획득하셨습니다.]
[볼 마스터를 획득하셨습니다.]

플래티넘 룰렛에서는 충분히 대박이라도 해도 될 만한 것들이 나왔다.

때문에 이진용은 믿어 의심치 않았다. 남은 다이아몬드 룰렛 이용권 2장에서 파이어볼러가 한 번은 나오리란 사실을.

심지어 다이아몬드 룰렛을 활성화했을 때 파이어볼러가 보란 듯이 자리 잡고 있었다.

[이닝 이터(E)를 획득했습니다.]

[멀티 히트(E)를 획득했습니다.]

그러나 그렇게 돌아간 룰렛에서 파이어볼러가 나오는 일은 없었다.

-이제야 좀 게임이 밸런스 있게 돌아가네. 그래, 이랬어야지.

당연히 이진용은 그토록 바라던 것을 다음으로 기약해야 했다.

-어떻게 하냐? 100마일 못 던지겠네?

100마일, 그 로망을 이룰 수 있는 기회를.

그 실망감에 시무룩해진 이진용에게 김진호가 다가와 위로를 건넸다.

-진용아, 그래도 너무 실망하지 마. 응? 언젠가는 던지겠지. 나야 뭐 고등학생 때 던졌지만. 으하하하!

하등 도움이 되지 않는 위로.

"에이씨이!"

-왜 화를 내고 그래? 난 진실을 말한 것밖에 없는데? 안 그러냐?

그 위로에 이진용의 앙칼진 반응을 보낼 무렵.

호우!

이진용의 스마트폰이 이진용을 대신해 힘차게 환호성을 내지르기 시작했다.

그 환호성에 김진호가 미소를 지었다.

-저것 봐, 폰도 널 위로하잖아? 호우! 호우!

"에이씨이 진짜."

짜증과 함께 스마트폰을 든 이진용, 그 앞에서 김진호가 공을 던지는 자세를 취하며 말했다.

-캬, 전광판에 100마일 찍히면 기분 끝내주는데, 아 정말 끝내주는데, 이거 뭐 어떻게 말해줄 수가 없네. 나는 아는데, 진용이는 모르잖아?

이진용이 기세를 탄 김진호의 조롱을 외면한 채 폰 위에 뜬 수신을 터치하며 말했다.

"예, 영예 씨."

통화 상대는 다름 아닌 이영예, 그와 몇 마디 대화를 나눈 이진용의 표정이 점차 굳어지기 시작했다.

"네, 네."

이윽고 이진용이 놀란 표정을 지으며 소리쳤다.

"네?"

그 표정에 그 어느 때보다 기뻐 보이던 김진호의 표정도 점차 굳어지기 시작했다.

-왜 갑자기 분위기 싸해지는 것 같지?

메이저리그는 언제나 젊은 영웅을 원했다.

젊은 영웅이 등장하면, 메이저리그는 모든 수단과 방법을 동원해 그 영웅을 스타로 만들었다.

그런 메이저리그는 최근 젊은 영웅의 시대를 누리고 있었다. 살아 있는 전설 마이크 트라웃이 등장했고, 그런 말도 안되는 타자에게 라이벌이라고 할 수 있는 브라이스 하퍼가 등장했으며, 그 뒤를 이어서 컵스의 108년짜리 저주를 푼 크리스 브라이언트가 등장했고, 그에 자극을 받은 듯 지안카를로 스탠튼은 약물의 시대 이후 사라졌던 60홈런에 도전했으며, 양키스라는 메이저리그를 대표하는 팀에는 애런 저지라는 신성이 등장했다.

영웅 풍년의 시대. 그야말로 르네상스라고 해도 과언이 아닌 시대였다.

하지만 그에 비해 투수 쪽에서는 썩 만족스러운 젊은 영웅이 없는 시대이기도 했다.

뛰어난 투수는 많았다. 클레이튼 커쇼, 맥스 슈어저, 저스틴 벌랜더, 잭 그레인키 등 메이저리그를 대표하는 투수들은 여전히 제 이름값에 어울리는 활약을 펼쳐주고 있었다.

하지만 그들은 새로운 별이라고 하기에는 무리가 있었다.

예를 들면 2007년 불펜투수로 처음 메이저리그를 데뷔하고 다음 해 사이영상을 받으며 자이언츠에 우승을 선사했던 팀 린스컴 같은 투수.

혹은 등장하는 순간부터 메이저리그를 지배했던 김진호와 같은 투수가 등장하지 않은 건 분명한 사실이었으니까.

그리고 그 사실에 메이저리그 팬들은 깊은 목마름을 느끼고 있는 것도 사실이었다.

그런 그들에게 이진용의 등장은 사막을 헤매며 목이 타들어 가는 이에게 얼음이 넉넉히 들어간 유리잔의 콜라를 주는 것과 같았다.

단순히 기량이 뛰어난 것만이 아니었다.

-이 정도면 호우맨에 대한 검증은 끝난 거 아님?
-노히트게임 포함해서 4게임 연속 완봉승 거뒀는데, 검증은 무슨 검증이야? 최근 이 정도 기록 올린 투수 있었음?

콜라에 중독되듯, 이진용에게는 실력 이상으로 그를 보게 만드는 마력이 있었으니까.

-솔직히 실력도 실력인데, 그 실력 가지고 하는 짓이 더 끝내주지 않냐?
-그렇지. 마운드 위에서 호우거리고, 홈런 치는 순간 배트 키스하는 놈은 그놈이 유일하니까.
-자기가 홈런 치고, 완봉승하는 인간도 지금은 놈이 유일하지.
-히트 포 더 사이클 친 투수는 라이브볼 시대 이후에는 놈이 유일하고.

물론 그런 이진용을 향해서 모든 이들이 그저 인정만 하는 것은 아니었다. 이진용의 이름값이 높아지는 만큼 그에 대한 불평불만, 더 나아가 근거 없는 비난과 욕설도 많아졌다.

그리고 이진용에게는 그런 그들이 물어뜯을 수 있는 것이 아직 남아 있었다.

-그래 봐야 결국 메츠 4선발 아님?

　-그렇지. 지금 성적은 에이스 피해 가면서 졸렬하게 쌓은 성적이지. 호우맨이 1선발부터 했으면 이렇게 안 됐겠지.

　이진용이 메츠의 4선발이라는 것. 그로 인해 분명 에이스와의 대결을 피하고 있다는 것.

　실제로 이진용은 이제까지 메이저리그를 대표하는 투수들과 직접 마주친 적이 단 한 번도 없었다.

　-과연 호우맨이 커쇼나, 슈어저 만났으면 홈런은커녕 안타나 제대로 쳤을까?

　-진짜 검증은 빅 매치에서 해야지.

　물론 애초에 투수가 상대해야 하는 건 투수가 아닌 타자인 만큼, 그런 이유로 이진용이 보여준 성적이 저평가되는 건 정말 말도 안 되는 일이었지만, 애초에 이진용을 힐난하는 이들에게 중요한 건 그게 아니었다.

　-억지도 정도가 있지, 에이스랑 안 붙었다고 실력을 못 믿겠다니.
　└뭐가? 사실이잖아?
　-호우맨 정도면 이미 특급 투수지!
　└응, 그래 봐야 4선발.

이진용에게 물어뜯을 곳이 있다는 것이 중요할 뿐.

더불어 그것은 이진용 본인이 어떻게 할 수 없는 부분이기도 했다.

메이저리그에서 선발 자리가 바뀌는 경우는 선수가 부상으로 이탈하는 부득이한 상황이 아니고서는 없으며, 특히 1선발의 자리의 가치는 절대적이었으니까.

에이스. 그 팀을 대표하는 심장과도 같은 자리였으니까.

-그냥 호우맨이 1선발 가면 안 되나? 저 새끼들 억지 주장도 듣기 힘든데?

-적어도 지금은 힘들지. 디그롬이 못 던지는 것도 아니고.

-올스타전 끝난 다음이면 모를까 당장 호우맨이 1선발 가는 건 단장하고 감독이 동시에 미치지 않고서는 불가능한 일이지.

제아무리 평소보다 덜 두근거린다고 해도 마음대로 바꿀수 없는 게 심장이란 놈이었으니까.

때문에 사람들은 이진용이 1선발로 가지 못한다는 사실에 그저 불만만 품을 뿐이었다.

그게 이유였다.

-속보! 호우맨 1선발이다!

└뭔 개소리야?

└무슨 말도 안 되는 헛소리야?

└헛소리가 아니라, 오피셜 떴어! 단장이 직접 발표했어! 호우맨 1선발이라고!

이진용, 그의 1선발행에 모두가 경악을 금치 못할 수밖에 없는 이유.

과거 메이저리그에서 최고의 타자들은 언제나 4번에 배치됐다. 클린업.

4번이란 자리에 모든 것을 청소하는 청소부란 애칭이 붙은 것 역시 그런 이유 때문이었고, 메이저리그의 과거를 풍미한 타자들이 4번 타자로 불렸던 것이 그런 이유 때문이었다.

하지만 분석의 시대에 들어와서 4번보다는 3번이 가장 중요한 타순으로 인정받았고, 최근에 이르러서는 2번 타순에 팀 내 최고의 타자를 배치하는 경우도 생겼다. 타순으로 타자를 평가하는 시대가 저문 것이다.

그러나 투수들은 달랐다.

메이저리그의 기나긴 역사 속에서 최고의 투수는 언제나 똑같은 곳에 배치되었다.

1선발.

때문에 오직 그 자리에 앉은 선수만이 에이스라는 최고의 호칭으로 불릴 수 있었다.

당연한 말이지만 이 1선발을 바꾸는 일은 단순한 일이 아니었다. 선수 본인이 원하고자 해서 되는 것이 아니었고, 코치가 추천을 한다고 해서 될 문제도 아니었으며, 감독이 자의적으로 실행할 수 있는 일도 아니었다.

오직 한 명, 단장만이 행할 수 있는 일.

"이건 엄청난 기회네."

앨더슨 단장, 그가 이진용을 직접 만나 이야기를 하는 건 그런 이유 때문이었다.

그는 이진용을 불렀고, 콜린스 감독과 함께 이진용에게 1선발이란 자리에 대한 이야기를 해주었다. 1선발의 가치에 대해서 이야기했고, 그 자리에 이진용을 올려놓겠다는 이야기도 했다.

"동시에 아주 혹독한 시험이지."

그리고 경고도 했다.

"1선발이란 자리는 모든 스포트라이트가 집중되는 자리지. 하물며 자네가 1선발을 차지한다는 건 보통 일이 아니야. 단 한 경기만 못 해도 자네에 대한 비난이 쏟아질 걸세. 이제까지와는 전혀 다른 수준의 비난이."

그 과정에서 앨더슨 단장은 분명하게, 숨기는 것 하나 없이 모든 것을 말했다.

"자네가 제발 마이너리그로 꺼지거나, 이대로 커리어를 마감했으면 하는 열망을 담아 자네를 씹어댈 테니까. 개중에는 다른 구단으로부터 돈을 받고 자네를 비난하는 프로도 있을 테고. 거짓말 같다고? 메이저리그란 시장에서 움직이는 돈을 본다면 왜 그러지 않는지 오히려 의문이 들 걸세."

만약 정말 에이스가 될 경우, 그로 인해 짊어져야 하는 부담이 얼마나 무시무시한 것인지.

"결정적으로 이건 돈도 안 되는 일이지. 에이스 자리에 앉는다고 연봉이 더 나오는 건 아니야. 이건 분명하게 말할 수 있네."

그리고 동시에 에이스가 된다는 것이 한편으로는 얼마나 무가치한 일인지.

종국에 앨더슨 단장은 이진용에게 선택의 기회를 줬다.

"그러니 거절해도 좋네. 어설픈 각오가 있다면 부디 거절해 주게."

이영예를 통해 그 기나긴 이야기를 들은 이진용의 표정은 좋을 수가 없었다.

당연했다.

'고민하는군.'

'고민하겠지.'

이런 상황에서, 이토록 중요한 선택의 기로에서 표정이 굳지 않는 인간은 문자 그대로 미친놈밖에 없을 테니까.

굳은 표정을 지은 이진용이 조심스럽게 입을 열었다.

"그러니까 정리하면…… 제가 이 제안을 받아들일 경우 선발 등판을 한 번 쉰 다음에 디그롬이 나오기로 예정된 선발 경기에 출전한다는 겁니까?"

이진용이 내뱉고, 이영예를 거쳐 나온 그 말에 앨더슨 단장은 고개를 끄덕였다. 그러자 이진용이 재차 물었고, 이영예가 실시간으로 통역을 했다.

"한 경기를 무조건 건너뛰어야 합니까?"

이 말에도 앨더슨 단장은 재차 고개를 끄덕였다.

너무나도 당연한 말이지만, 이진용이 에이스가 될 경우 메츠는 이진용을 빼고 선발 로테이션을 한 번 돌린 후에 1선발이 나오는 날 이진용을 내보내는 작업을 해야 했다.

그런 상황에서 이진용이 짧게 한숨을 내뱉었다. 그 한숨을 토해냈음에도 이진용의 굳어진 표정은 풀어질 기미가 보이지 않았다.

그 상태로 이진용이 조심스럽게 새로운 질문을 했다.

"쉬는 도중에 불펜으로 등판하면 안 됩니까?"

"예?"

그 질문에 이영예가 잠시 멈칫했다. 그러고는 곧바로 통역을 하는 대신 슬그머니 이진용을 바라봤다. 지금 이진용이 하는 말이 말실수인지 아닌지를 확인하기 위해서.

그 둘의 모습에 앨더슨 단장과 콜린스 감독이 두 눈을 게슴츠레 뜨며 고개를 갸웃했다.

'무슨 이야기를 한 거지?'

'왜 저러는 거야?'

한국어를 모르는 그들 입장에서는 이진용이 무슨 말을 했기에 이영예가 저런 반응을 보이는지 알 도리가 없었으니까.

그때 이진용이 진심을 말했음을 파악한 이영예가 곧바로 그가 한 말을 통역해 주었다.

"……라고 했습니다."

그 말에 앨더슨 단장과 콜린스 감독의 표정도 조금 전 이영예가 지은 표정과 똑같이 변했다.

그 상태로 이진용을 바라봤다.

이진용은 그런 그 둘의 시선에 진지한 표정으로 분명하게 대답해 주었다. 지금 한 질문은 절대 우스갯소리로 한 게 아니라고.

그 대답에 앨더슨 단장과 콜린스 감독은 잠시 동안 그대로 시간이 멈춰 버렸다.

그 둘의 사고가 정지했다.

자연스레 적막감만이 흐르기 시작했다.

-또라이 새끼.

그렇게 흐르는 적막감 사이로 김진호의 진심 어린 소리가 어렴풋하게 흘러갔다.

이윽고 정신을 차린 앨더슨 단장이 말했다.

"당연히 안 되네."

No! 굳이 통역이 필요 없는 그 대답에 이진용은 긴 한숨을 내뱉은 후에 대답했다.

"어쩔 수 없네요. 그럼 그냥 하루 쉬는 수밖에. 아, 그래도 혹시 모르니까 필요하면 언제든 불펜으로 기용해도 좋다고 전해주세요. 특히 저 마무리 잘한다는 걸 강조해 주세요."

그 대답에 이영예가 어색한 표정 그대로 통역을 해줬고 그 말을 듣는 순간 앨더슨 단장과 콜린스 감독은 생각했다.

'우리가 제대로 된 선택을 한 걸까?'

'이 사내에게 리스크를 짊어지면서까지 에이스 자리를 맡겨도 되는 걸까?'

이상한 놈에게 팀의 에이스 자리를 맡긴 게 아닐까? 하는 생각을.

어쨌거나 그 순간 결정이 됐다.

이진용, 그가 메츠의 에이스가 됐다.

메츠의 움직임은 빨랐고, 언론의 대응은 더 빨랐다.

[메츠, '리를 1선발로 돌릴 것']

[메츠, 시즌 초반 위험한 승부수를 두다!]

[리, 그는 어떻게 에이스가 되었는가?]

메츠가 이진용을 에이스로 내세우겠다는 이야기를 꺼내는 순간, 언론들은 그것이 지금 메이저리그에서 일어나는 그 어떤 것보다 뜨거운 것이 될 수밖에 없다는 것을 알고 그것만을 다루기 시작했다.

메이저리그가 온통 이진용에 대한 이야기로 가득 찼다.

물론 좋은 이야기만 있는 건 아니었다.

이진용이 에이스가 된다는 건 여러모로 팀에 영향을 줄 수밖에 없는 일이었으니까.

[리에게 에이스의 자격이 있는가?]
[에이스는 실력 이상이 필요하다.]

개중에서도 이진용에게 에이스 자리를 내주게 된 제이콥 디 그롬에 대한 세간의 관심이 집중됐다.

아니, 관심이라기보다는 우려의 목소리이며 비난의 목소리가 집중됐다. 심지어 그 목소리는 다른 어디보다 메츠 팬들 사이에서 크게 나왔다.

-호우맨 실력은 인정하지만, 이건 아니지 않나?

-좀 그렇지. 3선발 정도나, 2선발이라면 모를까, 디그롬에게 이런 대우를 해서는 안 되잖아?

-디그롬은 3년 동안 메츠에 헌신했어. 심지어 최근 성적도 좋아. 구속은 100마일을 넘겼고! 그런 그에게 이런 대우를 해서는 안 되는 거지.

제이콥 디그롬, 그는 메츠의 젊은 신성으로 3년 동안 메츠의 에이스 자리에 어울리는 성적과 열정을 보여준 선수였으니까.

-호우맨은 고작 이번 시즌에 처음 메츠 유니폼을 입은 놈이야! 잘 던지는 거랑 에이스는 별개의 이야기이지!

-이제 한 달도 채 뛰지 않은 애송이 또라이 놈에게 메츠의 에이스 자리를 허락할 순 없어!

하물며 그런 에이스 자리를 차지하게 된 이진용은 메이저리그에서 채 한 달도 뛰지 않은 애송이였다.

　제아무리 메이저리그 역사에 없는 히트 포 더 사이클을 기록한 투수라고 해도 그건 어디까지나 타석에서의 이야기.

　물론 투수 이진용의 기량이 대단한 건 맞지만, 그에게 에이스란 왕관은 분명 이른 것이었다. 당연히 이진용을 탐탁지 않아 하는 이들의 눈빛은 살벌하게 변하기 시작했다.

-그래, 어디 한 번 해보라지.
-못 하기만 해 봐. 당장 피켓을 들고 시티 필드를 점령할 테니까.

　그리고 독기를 품은 맹수가 되어 이진용에게 틈이 나오기만을 기다리기 시작했다.

　그런 상황에서 이진용의 에이스 데뷔전이 잡혔다.

[메츠, 이번에는 홈에서 내셔널스와 3연전!]

상대 팀은 내셔널스.

[리, 에이스 첫 선발! 상대는 스트라스버그!]
[메이저리그 최고의 재능과 한국 최고의 재능이 붙는다!]

이진용이 마운드를 공유하게 된 투수는 내셔널스의 보물, 스티븐 스트라스버그였다.

메이저리그 단장들에게 있어 최고의 특권은 그들이 언제든 원하는 경기를 최고의 자리에서 볼 수 있다는 것이다.

앨더슨 단장 역시 그 특권을 아낌없이 썼다.

"역시 티켓 파워가 대단하군.

홈에서 치르는 내셔널스와의 3연전 시리즈의 첫 경기.

"4월 중에 매진이라니, 개막전 말고 이런 적이 있었나?"

4월 중에 치러지는 특별할 것 없는 경기임에도 전석 매진되었다는 소식을 들은 앨더슨 단장은 그의 특권을 이용해 전화 한 통으로 자신의 자리를 마련할 수 있었다.

물론 앨더슨 단장을 갑작스럽게 맞이하게 된 부하 직원 입장에서는 마른하늘에 날벼락 같은 일이었다.

더욱이 부하 직원이 보기에 오늘 경기는 여유 있게 즐길 수 있는 경기가 아니었다.

"그래서 분위기는 어떻지?"

"안 좋습니다."

"안 좋아?"

"리와 구단에 대한 불만을 표현하는 피켓을 가져온 팬들이 적지 않습니다. 우리 쪽 기자들도 눈에 불을 켜고 있고요."

이진용, 그가 처음으로 선발로 등판하는 무대는 시험대가 될 수밖에 없었으니까.

"아마 리가 첫 등판하는 순간 야유가 나올 가능성이 큽니다."

하물며 에이스가 된 이진용을 향해 홈에서 야유가 나올지도 모르는 상황.

부하 직원은 그 사실 뒤에 앨더슨 단장을 향한 비난과 야유도 따라오리란 말은 굳이 하지 않았다.

"왜 리를 에이스로 올리신 겁니까?"

대신 질문을 던졌다.

솔직히 지금 세상 사람들이 궁금한 건 이진용이 에이스가 됐다는 사실이 아니었다. 그것을 앨더슨 단장이 무슨 의도로 허락했는지, 그것을 더 궁금해하고 있지.

부하 직원의 질문에 앨더슨 단장은 담담하게 대답했다.

"디그롬은 최고의 투수지. 이제는 100마일마저 던지게 된 최고의 투수. 어느 팀을 가더라도 에이스를 할 수 있을 만한, 어떤 팀의 에이스와 붙더라도 메츠의 자존심을 지켜줄 수 있는 투수."

그 대답에 부하 직원은 고개를 끄덕였다.

제이콥 디그롬은 젊지만, 뛰어났고 동시에 군건했다. 종국에 메츠의 프랜차이즈가 되기에 부족함이 없다는 것을 지난 시즌 동안 증명했다.

2017시즌, 무너지는 메츠의 선발진을 홀로 떠받쳤던 것은 그 누구도 아닌 제이콥 디그롬이었으니까.

그래서 더 의문이었다.

이 젊은 프랜차이즈를 내리면서까지 이진용에게 에이스 자리를 줄 이유가 있는지.

당연한 말이지만 있었다.

"그럼에도 에이스의 자리에 리를 올린 이유는 간단하네. 리가 상대 팀의 자존심을 박살 낼 수 있는 투수이기 때문이지."

"예?"

"디그롬이 나오는 경기에서 졌다면 상대 팀 선수들은 이렇게 생각하겠지. 대단한 놈이군. 하지만 리는 달라. 그를 상대한 상대 팀 선수들이 이렇게 생각한다네. 저 빌어먹을 놈하고는 두 번 다시 만나기 싫다."

"아."

"리를 굳이 4월인 지금 무리해서 에이스로 바꾼 이유도 그 때문이네. 보다 많은 팀이 리를 상대하고, 리를 두려워하도록."

그 말을 하던 앨더슨 단장이 그라운드를 바라봤다.

그 순간 그라운드의 외딴 섬과 같은 마운드 위로 자그마한 체구의 사내가 걸어가기 시작했다.

우아아아!

우우우우!

그러자 두 가지 소리가, 환호성과 야유 소리가 시티 필드에서 뒤섞이기 시작했다.

그 소리에 앨더슨 단장은 더 이상 말을 이어가지 않았다.

'만약 리가 이 부담감에 무너진다면 내가 더 이상 단장을 할

자격이 없다는 거겠지.'

이제는 말이 아닌 모든 것을 건 승부를 시작할 때. 오늘 만약 시티 필드에 야유 소리가 환호보다 커진다면, 앨더슨 단장은 그에 대한 책임을 분명히 질 생각이었으니까.

그때였다.

호우우우!

시티 필드에 세 번째 소리가 뒤섞이기 시작했다.

호우우우!

관중석 한 곳에서 날아오는 그 소리가 마치 고독한 메아리처럼 야유와 환호성 사이를 듬성듬성 채우기 시작했다.

그 누구도 예상치 못한 잡음. 그 잡음에 앨더슨 단장이 조금은 불안한 표정을 지은 채 생각했다.

'……잘하겠지?'

말을 하는 앨더슨 단장의 머릿속으로는 중간에 마무리 투수로 등판시켜 달라던 이진용의 목소리가 떠올랐다.

'그래, 잘하겠지. 실력은 확실하니까. 실력은…….'

시티 필드는 메츠 투수들에게 있어서 그 어느 곳보다 완벽한 무대라고 할 수 있다. 구장 자체도 멋졌고, 무엇보다 이 거대한 구장은 타자들에게 쉽사리 홈런을 허락하지 않았으니까.

물론 개중에서도 가장 끝내주는 건 메츠 팬들이 그라운드를 향해 보내는 열정이었다.

과거 월드시리즈에서 그 열정을 주체하지 못해 낙하산을 타고 그라운드에 난입한 팬이 다름 아닌 메츠 팬 아니었던가? 야구에 대한 팬의 열정이 얼마나 대단한지는 그 일화면 충분할 터.

우우우우!

그런 메츠 팬들이 내뱉는 야유는 그들의 열정만큼이나 뜨겁고, 강렬하기 그지없었다.

문제는 그 야유가 그 누구도 아닌 1회 초 시작을 앞두고 이루어지고 있다는 것.

-이야, 소리 좋네.

메츠 팬들은 지금 그 누구도 아닌 그들의 에이스가 된 이진용을 향해 야유를 던지고 있었다.

-에이스로 처음 등판하는 첫 홈경기에서 야유받는 투수는 네가 처음일 거다.

김진호의 말대로 메이저리그에서 정말 메이저리그에서 최초일지도 모르는 일.

그 말에 글러브로 입을 가린 이진용이 고개를 갸웃하며 대답했다.

"제가 처음은 아닌데요?"

-뭐?

"김진호 선수도 에이스로 나왔을 때 야유받았잖아요?"

-무, 무슨 개소리야? 나 에이스로 등판했을 때 박수갈채가 막 쏟아졌는데! 그때 박수 소리가 너무 커서 주변에서 시끄럽

다고 민원 들어오고 그랬어! 그, 그래서 막 사람들이 백악관 가서 김진호 선수를 향한 박수 소리가 너무 커서 살 수가 없으니, 김진호 선수를 어떻게 해주세요, 시위하고 그랬다고!

"아닌데요? 분명히 김진호 선수가 에이스 등판이 결정됐을 때 불만을 품은 팬들에게 야구를 알지도 못하는 것들이라고 말하는 바람에 비난 여론이 커졌다는 기사를 봤는데요?"

-그, 그건 그냥 성격 더러운 놈들이 저지르는 사소한 해프닝 같은 거지. 사소한, 정말 사소한 해프닝 같은 거. 그리고 원래 사람 기억이란 게 시간이 흐르면 날조가 되거든. 작은 일이 되게 큰일처럼 기억이 되는 거지. 크흠! 크흠!

말을 하던 김진호의 목소리가 점차 줄어들며 이내 헛기침으로 마무리됐다.

그 사실에 이진용이 피식 웃었다.

"예, 그러시겠죠."

-야, 그런 건 어떻게 기억하냐? 벌써 20년 전의 일인데?

결국 이실직고하는 김진호. 그를 향해 이진용이 말했다.

"기억하지 못할 수가 없죠."

-왜?

"그야……."

그때였다.

[선발로 출전합니다.]

[퀄리티 스타트 효과가 발동합니다.]

[스위칭(B) 효과가 발동 중입니다. 현재 적용률은 80퍼센트입니다.]

경기 시작을 알리는 베이스볼 매니저의 알림이 그 둘의 귓속으로 흘러들어왔다.

[에이스 효과가 발동합니다.]

그 알림에 이진용이 미소를 지으며 입가에서 글러브를 치웠다.

그 모습에 김진호가 말했다.

-야! 대답은 마저 해줘야지! 왜 기억하는데?

그 질문에 이진용은 마음속으로 대답했다.

'100마일짜리 공으로 아홉 타자 연속 탈삼진을 잡아내며 야유를 단숨에 환호성으로 바꾼 투수를 어떻게 기억 못 하겠습니까?'

그 마음속의 대답이 끝났을 때.

"플레이 볼!"

게임이 시작됐다.

프로야구의 세계에서 강팀이 되기 위해서는 많은 것이 필요하다. 개중에서도 꼭 필요한 건 다름 아니라 같은 패배를 번복

하지 않는 것이다.

군이 메이저리그 명예의 전당에 최초로 오른 5인 중 한 명인 크리스티 매튜슨의 '패배에서는 모든 것 배울 수 있다' 같은 위대한 명언을 되새김질할 필요도 없다.

한 번 당한 상대에게 또 당하는 걸 용납하는 건, 그 팀이 절대 강팀이 아니라는 증거일 뿐이니까.

"이번에 저 빌어먹을 놈하고 두 번째 매치업이다."

내셔널스, 현재 내셔널리그를 대표하는 최강의 팀 중 하나인 그들은 당연히 이진용에게 똑같이 당할 생각이 추호도 없었다. 더 나아가 그들은 다짐했다.

"저 빌어먹을 놈의 주둥이에서 호우 소리가 다시는 나오지 못하게 만들어 버리자고!"

이진용에게 당한 것을 제대로 복수해 주겠다고!

이진용이 다시는 내셔널스를 상대로 감히 주둥이를 나불거리지 못하도록, 그를 처참하게 짓밟을 속셈이었다.

당연히 그들은 그 의지를 숨길 생각이 없었다.

'아주 죽여 버리겠어.'

'다시는 그런 시건방진 짓을 못 하게 박살을 내주지.'

더그아웃의 코치들은 물론, 건너편에 있는 메츠의 선수들조차 느낄 정도로 살벌한 기운을 뿜어냈다.

더불어 내셔널스의 코칭스태프는 그런 선수단을 말리지 않았다. 말릴 이유가 없었다.

'저번에는 속수무책으로 졌지만, 오늘은 다르다.'

'준비는 이미 완벽하다. 남은 건 복수뿐.'

그들은 강자였으니까. 작년과 재작년, 지구 우승을 거듭했던 강자! 맹수로 따지면 초원의 사자 같은 강자!

그런 사자가 하이에나에게 한 번 물린 걸 가지고 하이에나를 상대로 숨을 죽이고, 기세를 죽이고, 은밀한 사냥꾼이 되어 싸운다는 건, 사자의 자존심이 허락하지 않는 일이었다.

-어휴, 내셔널스 애들이 널 아주 죽이고 싶어 안달이 났네.

그렇게 내셔널스의 더그아웃에서 그리고 이제는 이진용을 마주한 타자에게서 뿜어지는 기운에 김진호가 혀를 내둘렀다.

그러고는 이진용을 보며 고개를 절레절레 흔들며 말했다.

-진용아, 아무래도 저번에 네가 잘못한 거 같다.

뜬금없이 나오는 질책.

그러나 그 헛소리와 같은 말에 이진용은 고개를 끄덕이며 김진호의 질책에 반성하는 모습을 보였다.

김진호의 말이 맞았으니까.

-저번에 아주 제대로 밟아놨으면 이런 일도 없잖아? 안 그래?

김진호의 말대로 저번 내셔널스전에서 이진용이 그들에게 압도적인 공포감을 심어줬다면 그들이 지금 이 자리에서 이런 식으로, 여전히 이진용을 하이에나 정도로 치부하고 자신들을 사자로 생각하며 덤벼드는 일은 없었을 테니까.

-그래서 내가 누누이 말했지? 죽일 때 확실히 죽이라고.

어쨌거나 그건 분명 내셔널스의 실수였다.

'날 확실하게 죽이고 싶겠지.'

내셔널스의 살의는 그들이 승자와 패자가 나뉘는 분명한 결과물을 원한다는 것을 의미했으니까.

즉, 내셔널스 타자들은 그들의 의도를 명명백백하게 드러내고 있었다.

'존에 넣으면 무조건 친다.'

안타.

그것도 펜스를 넘기는 안타. 그 누구의 방해도 없이 베이스 러닝을 가능케 해주는 아치를 원한다는 것을 그 누구도 아닌 이진용에게 알려주고 있었다. 달리 말하면 이진용은 여전히 하이에나쯤으로 치부한다는 의미.

'그럼 넣어주지.'

그 사실에 이진용이 기분 좋을 리는 없었다.

무엇보다 지금 이진용은 자신했다. 오늘 자신은 평소의 자신과 다르다고.

때문에 이진용은 기꺼이 그들에게 공을 치라고, 그들이 바라는 대로 스트라이크존에 공을 넣어주고자 했다.

'투심으로.'

투심 패스트볼.

물론 평범한 투심 패스트볼을 넣어줄 생각은 없었다.

"마구"

마구 스킬은 사용하기가 까다로운 스킬이다. 공의 궤적과 움직임을 조절한다는 건 그 자체만으로는 크게 의미가 없는 까닭이다.

이것이 라이징 패스트볼 스킬과의 차이점이다.

라이징 패스트볼은 공 자체의 위력을 강화해 준다.

쉽게 예를 들면 라이징 패스트볼 스킬은 레이싱에서 부스터를 다는 것과 같다. 누가 보더라도 가시적인 결과물을 얻을 수 있다. 반면 마구 스킬을 쓰는 건 컬링을 하는 것과 같다. 정말 제대로 된 분석과 계산을 해야 원하는 결과물을 얻을 수 있다.

결국, 마구를 효과적으로 쓰기 위해서는 이진용 본인이 분명하게 파악해야 한다. 타자가 무엇을 노리는지. 어디를 어떻게 찔러야 약점이 되는지. 하물며 그 상대가 메이저리그 타자라면, 총알 하나만을 가지고 맹수를 사냥하는 것과 같았다.

그건 솔직히 말해서 김진호에게도 쉽지 않은 일이었다.

아니, 김진호는 분명히 말할 수 있었다.

제아무리 자신이 인정하는 이진용이라고 해도 메이저리그 타자를 상대로 마구 스킬을 쓰는 족족 완벽하게 범타를 이끌어내는 건 불가능한 일이라고.

[513포인트를 획득하셨습니다.]

[삼자범퇴에 성공하셨습니다.]

[3이닝 무실점 피칭 중입니다.]

[이닝 이터 효과로 소모한 체력의 10퍼센트를 돌려받습니다.]

[체력이 2포인트 회복됐습니다.]

그런데 이진용이 그것을 해냈다.

놀라운 일.

-짜식.

그러나 김진호는 그 사실에 놀라지 않았다.

-어때 에이스가 되어 마운드에 올라온 느낌이?

자신도 이미 경험한 바가 있었으니까.

"끝내줘요. 타자가 코앞에 있는 느낌이네요."

-긴장감이 네 모든 능력을 끌어내 주고 있는 거야.

별들의 세상.

그 세상에서 에이스가 되어 처음 올라서는 마운드, 그곳에서는 제아무리 이진용이라고 해도 긴장할 수밖에 없었으니까.

그 긴장감이 온몸의 감각을 한계치까지 끌어내 주고 있었다.

-아마 오늘 이후로는 이런 기분 느끼기 쉽지 않을 거야. 오늘이 마치 신기루처럼 느껴지겠지.

물론 이것은 영원한 것이 아니었다.

영원히 긴장할 수는 없는 노릇이며, 특히 인간은 그 무엇보다 적응력이 뛰어난 동물이었으니까.

-그보다 너 진짜 제대로 집중한 모양이다.

"그래요?"

더욱이 이제는 이진용을 위해서라도 긴장의 끈을 적당히 놓아줄 때였다.

김진호가 군이 말을 꺼낸 것도, 그 사실을 꼬집은 것도 그 때문이었다. 이 이상 팽팽해진다면, 그때는 정말 큰 사고가 일어날 수도 있었으니까.

그 정도로 이진용의 상태는 어떤 의미에서는 충격적일 정도로 심각한 수준이기도 했다.

-응, 얼마나 긴장했는지 너 3이닝 동안 호우 한 번도 안 했어.

"아."

지금 3이닝 동안 아홉 명의 타자를 잡으면서 단 한 번의 환호성도 내지르지 않았다는 건, 이진용 본인조차도 충격적인 사건이었으니까.

그렇기에 이진용이 정말 놀란 표정을 지으며 말했다.

"맙소사……."

-세상이 뒤집어질 일이지. 내가 봤을 때 아마 다음 주쯤에 외계인이 지구를 침공하거나, 차원 문이 열려서 몬스터가 나올 거다. 뭐, 난 귀신이라서 상관없지만. 아! 차라리 몬스터가 등장했으면 좋겠다! 막 용군주 같은 이상한 이름을 가진 괴물 우두머리가 등장하고, 진용이가 헌터가 되어서 놈하고 싸웠으면 좋겠다.

"또 씻나락 까먹으시네."

그렇게 김진호와 티격태격 이야기를 나누며 이진용이 마운드를 내려와 더그아웃으로 향했다.

그런 그의 뒷모습을 바라보는 내셔널스 타자들은 당연한 말이지만 표정이 좋지 못했다. 좋지 못한 정도가 아니라 반쯤 정신이 나가 있었다.

'대체 왜?'

지금 상황 자체를 받아들일 수가 없는 탓이었다.

'분명 노리고 쳤는데, 왜 다 빗맞는 거지?'

차라리 구위에서 압도당했다면 모두가 이를 갈지언정 얼빠진 표정을 짓진 않았을 것이다.

그러나 이진용은 3이닝 동안 그들을 상대로 오른손만으로 던졌으며 최고 구속도 93마일에 불과했다.

그럼에도 불구하고 그 누구도 이진용을 상대로 제대로 된 안타를 뽑아내지 못했다는 것.

'마법사라도 되는 건가?'

그야말로 내셔널스 타자들을 요리했다는 의미였다.

그렇기에 더더욱 큰 충격을 받을 수밖에 없었다. 투지가 짙을수록 패배했을 때의 충격이 클 수밖에 없었으니까.

내셔널스 타자들의 기세가, 의지가 벼랑 끝에 매달린 채 아슬아슬하게 흔들리기 시작했다.

그 상황에서 오로지 한 명, 이진용에게 아웃카운트를 헌납하고 더그아웃에 들어온 투수 한 명만이 눈빛을 빛냈다.

"준비해."

"뭐? 스티븐, 지금 뭐라고 했어?"

스티븐 스트라스버그.

메이저리그 최고의 재능을 가졌다고 평가받는 내셔널스의 보물.

"3회 말부터 속도를 높여야겠어."

"속도?"

"놈에게 진짜 공이 뭔지 보여줘야지."

그가 에이스답게 움직였다.

스티븐 스트라스버그.

그에 대한 세간의 평가는 아주 단순하다. 메이저리그 역사상 최고의 재능을 가진 투수!

그건 립 서비스를 난무하는 호사가들의 평가가 아니었다. 최고 103마일의 공을 던질 수 있으며, 100구를 던진 후에도 99마일을 던질 수 있는 체력에 원하는 곳에 공을 집어넣을 수 있는 뛰어난 컨트롤과 슬라이더와 커브, 체인지업을 능숙하게 다루는 투수는 메이저리그 역사 어디에서도 찾아볼 수 없었으니까.

심지어 그가 던지는 패스트볼은 타고난 무브먼트를 보여주며, 그 자체만으로도 마구와 같았다.

그야말로 신이 내린 재능을 가진 투수.

오죽하면 스티븐 스트라스버그는 200이닝을 소화하며 3점대 방어율을 기록한 시즌을 기대에 미치지 못한 시즌이라는 평가를 받아왔을 정도였다.

그런 그의 재능은 2017시즌을 기점으로 그야말로 만개했다. 성적을 말함이 아니었다. 앞서 말했듯이 애초에 스티븐 스트라스버그 같은 선수에게 올 A+성적표 같은 건 당연한 거니까.

만개한 건 다름 아니라 에이스의 자질.

2017시즌 디비전시리즈, 그 중요한 무대에서 독감으로 허덕이는 상황 속에서도 스티븐 스트라스버그는 팀의 승리를 위해 등판을 자처했고, 기어코 팀에게 승리를 선사하는 모습을 보여줬다.

그 이후 내셔널스가 다저스에 패배하면서 월드시리즈 무대 진출은 실패했지만, 그 디비전시리즈에서 내셔널스 팬들은 스티븐 스트라스버그가 내셔널스의 보물을 넘어, 영광을 가져다 주리란 것을 믿어 의심치 않았다.

그리고 그는 내셔널스 팬들이 바라는 그 모습을 기꺼이 보여줬다.

3회 말.

8번부터 시작되는 타순.

펑!

"스트라이크, 아웃!"

선두타자로 나온 8번 타자를 상대로 단숨에 삼진을 잡아냈다.

단순한 삼진이 아니었다.

-맙소사, 100마일짜리 패스트볼만 4개를 꽂아 넣었어!

100마일짜리 패스트볼 4개만을 이용해 얻어낸, 그야말로 무자비한 폭력 속에 얻어낸 삼진이었다.

동시에 그것은 경고였다.

-그런데 왜 갑자기 구속을 올리는 거지? 스트라스버그는 체력 분배를 위해서 95마일 부근으로만 던지잖아?

ㄴ왜 그러긴, 다음에 타석에 설 호우맨에게 신호를 보낸 거지.

ㄴ신호?

└이것이 너와 나의 눈높이다!

당연히 경고를 마친 스티븐 스트라스버그는 이진용이 타석에 서는 순간 그의 스트라이크존에 본보기를 보여줬다.

펑!

"스트라이크!"

100마일짜리 패스트볼.

너무나도 노골적으로 스트라이크존을 파고들지만, 그럼에도 쉽사리 배트를 휘두를 수 없는 그 공에 이진용은 실소를 지었다.

-캬, 공 죽이네. 내 전성기 패스트볼 보는 것 같다.

김진호 역시 칭찬을 아끼지 않았다.

스티븐 스트라스버그의 패스트볼은 그 정도였다. 타석에서 보는 타자들이 대체 어떻게 이 공을 치는 것인지 그것이 도리어 불가사의하게 느껴질 정도.

심지어 그게 시작이었다.

스티븐 스트라스버그는 이진용에게 숨 돌릴 틈조차 주지 않으려는 듯 곧바로 2구째를 던졌다.

그것은 너무 힘이 들어가 제구가 되지 않는 공이었다.

제구가 되지 못해 이진용의 몸쪽에 달라붙는 공. 달리 말하면 평소보다 더 힘이 들어간 공.

펑!

"볼!"

볼이 나왔지만, 그 사실은 중요치 않았다.

전광판에 찍힌 101마일이라는 숫자 앞에서는 그 무엇도 의미를 부여할 수 없을 테니까.

-와우!

김진호 역시 그저 감탄만을 내뱉었다.

반면 이진용은 이를 꽉 물었다.

그런 이진용을 향해 내셔널스의 포수 페드로가 이죽거리듯 말했다.

"호우맨, 몸조심해. 이 공에 맞으면 죽을지도 모르니까. 알아서 피하라고."

그 말에 이진용은 대답 대신 타석에서 자세를 취했고, 그런 그에게 스트라스버그가 3구째를 던졌다.

존 한가운데를 파고드는 공. 그 공에 이진용은 이제는 기다리지 않은 채 배트를 휘둘렀다.

빡!

그 순간 이진용의 배트가 쪼개졌고, 이진용이 이를 꽉 문 채 1루를 향해 질주했다.

그뿐이었다.

2루수 앞으로 너무나도 가볍게 굴러간 공은 이진용보다 훨씬 먼저 1루에 도달한 채 이진용을 비웃었으니까.

땅볼 아웃.

그러나 그곳에 있는 이들이 관심을 가지는 건 그게 아니었다.

"맙소사."

"102마일!"

전광판에 찍힌 구속, 그 구속만을 바라볼 뿐.

이진용 역시 전광판에 찍힌 구속을 바라봤다.

그런 이진용에게 김진호가 말했다.

-혹시 모를 수도 있으니까 지금 쟤가 너한테 뭐라고 말했는지 이 아이큐 150짜리 두뇌를 가진 내가 해석해 주지. 넌 이런거 못 하지? 난 할 줄 아는데? 응? 개뽀록 땅딸보 허접쓰레기 또라이 새끼야!

그 말에 이진용이 이죽거리며 말했다.

"친절한 해석 아주 감사합니다."

그 말과 함께 더그아웃으로 들어간 이진용은 당연히 그것을 찾았다.

'클라이맥스 때 보여주려고 했는데…… 오케이, 어디 한 번해보자고.'

좌완투수용 글러브를.

그 모습을 본 김진호가 옅게 웃으며 말했다.

-드디어 너도 이 세계에 오는구나.

3회 말 스티븐 스트라스버그는 삼자범퇴로 이닝을 마무리했다.

최고 구속은 102마일.

그 소식에 모든 메이저리그 팬들은 흥분을 감출 수가 없었다.

-102마일 나왔다며?
-스트라스버그 최고 구속이 103마일이니까, 오늘 103마일짜리 볼 수 있을 듯?

그렇게 흥분한 이들이 메츠와 내셔널스의 경기에서 눈을 뗀다는 건 불가능했다.

아니, 애초에 그게 아니더라도 두 팀이 시티 필드에서 치르는 경기는 전미(全美)에서 펼쳐지는 15개의 메이저리그 경기 중에서 가장 많은 주목을 받는 경기였다.

그런 무대. 그야말로 세계 모든 야구팬들이 주목하는 무대. 그 관심 속에서 4회 초가 시작됐다.

-호우맨 나왔다.
-글러브 어느 손?
└오른손!

이진용, 그가 오른손에 글러브를 낀 채 마운드에 올라왔다.
그것은 의지의 표현이었다. 빠른 공에는 빠른 공으로 승부를 보겠다는 의지의 표현.

-그래, 이래야 호우맨이지. 파이어볼러에는 파이어볼러로 갚아줘야지!

ㄴ글쎄, 아무리 빨라도 스트라스버그의 패스트볼에 비교당하면 망신만 당할 듯?

ㄴ개망신이지. 100마일이라도 찍는다면 모를까.

그 사실에 메이저리그 팬들은 열광했고 동시에 조롱했다.

메이저리그에서 빠른 공으로 스티븐 스트라스버그와 대결할 수 있는 투수는 극히 소수에 불과했으며, 그 소수에 이진용의 이름은 존재하지 않았으니까.

그리고 그 사실을 그 누구보다 메츠 팬들이 잘 알고 있었다.

"빠른 공 승부라니…… 그냥 하던 대로 하지."

"빠른 공 승부를 할 거면 차라리 디그롬을 그냥 내보내! 그게 아니면 하비나, 신더가드를 내보내든지!"

스티븐 스트라스버그와 빠른 공 대결을 할 수 있는 투수를 세 명이나 가지고 있는 팀이 메츠였으니까.

하지만 적어도 이 순간 이진용을 향해 불만을 소리 내어 표현하는 이는 없었다.

품는 건 어디까지나 아쉬움뿐.

적어도 마운드에서 이제까지 이진용이 보여준 모습은 에이스로 대우 받기에 충분했으니까.

그래서 더더욱 아쉬웠다.

메츠 팬들은 굳이 여기서 내셔널스의 에이스를 상대로 처참히 질 수밖에 없는 승부를 하는 이진용의 모습을 보고 싶지 않았으니까.

그런 그들 앞에서 이진용이 주문을 외웠다

"전력투구."

천천히.

"라이징 패스트볼."

그렇게 주문을 외운 후에 타석에 선 타자를 향해 총구를 겨
누었다.

그리고 마지막 주문을 외웠다.

"리볼버."

그 말을 끝으로 이진용은 망설임 없이 그대로 방아쇠를 당
겼다.

펑!

그러자 곧바로 총성이 들렸다.

"어?"

"어!"

"저, 저거!"

100마일짜리 총성이.

100마일.

야구를 하는 모든 투수들에게는 꿈과 같은 공.

그런 꿈의 공을 이진용이 마운드 위에서 던지는 순간 내셔 널스 타자들은 당황할 수밖에 없었다.

단순한 당황이 아니었다. 하이에나인 줄 알고 이빨을 드러 낸 상대가 자신들보다 강한 사자임을 깨달았을 때의 기분.

놀라는 수준을 넘어 등골이 싸늘하고, 간담이 서늘해지고, 오금이 저리는 기분.

빡!

'젠장!'

당연히 내셔설스 타자들에게 좋은 결과는 없었다.

-배트가 부러집니다, 유격수가 공을 잡습니다, 1루 송구!

-아웃이네요.

-리! 그가 다시 한번 4회 초를 삼자범퇴로 마무리합니다.

-패스트볼과 슬라이더, 두 가지를 절묘하게 이용해서 내셔널스 타자의 타이밍을 앗아가는군요.

이진용의 왼손 앞에서 내셔널스의 4회는 무의미하게 지나갔다.

'100마일이라니?

'말도 안 되는 괴물이군.'

내셔널스 타자들에게 있어서는 상상하는 것 이상으로 끔찍한 악몽을 마주한 셈.

그러나 내셔널스 타자들보다 더 큰 충격을 받은 것은 시티 필드를 가득 채운 메츠 팬들이었다.

"100마일이라니!"

이제는 억지로 흠잡을 것조차 없어진 이진용 앞에서 시티 필드는 인정을 넘어 굴복할 수밖에 없었으니까.

"맙소사, 대체 호우맨 정체가 뭐야?"

"뭐긴, 우리 팀 에이스지."

"그래, 꿈에서나 볼 법한 에이스."

이진용이 강제로 시티 필드 위에 군림하는 순간이었다.

4회 초, 이진용이 100마일을 찍은 이후 스티븐 스트라스버그는 더 이상 억지로 구속을 쥐어짜 내지 않았다.

더 이상 구속으로 이진용을 윽박지르는 것이 무의미한 짓임을 깨달았고, 빠른 공을 뿌리는 대신 다시금 완급 조절을 통해 메츠의 타자들을 착실하게 잡아갔다.

이진용 역시 마찬가지였다.

리볼버를 통해서만 100마일을 던질 수 있는 상황에서, 이진용은 그것을 남발하기보다는 그것을 두려워하는 내셔널스 타자들을 상대로 거듭 허를 찔렀다.

왼손으로 90마일 초반대 공을 던지는 와중에 90마일짜리 슬라이더를 섞어주며 100마일에만 정신이 팔린 내셔널스 타자들을 문자 그대로 요리했다.

"스트라이크 아웃!"

-리가 6회에 남은 두 타자를 연속해서 삼진으로 잡으며 마운드를 내려갑니다. 6이닝 1피안타 볼넷 하나 없는 무실점을 기록, 동시에 자신의 무실점 이닝 기록을 42이닝으로 늘립니다.

"스윙 스트라이크 아웃!"

-스티븐 스트라스버그가 6회에 마지막 아웃카운트를 삼진으로 잡으며 오늘 여덟 번째 삼진을 기록합니다!

그런 그 둘의 피칭 앞에서 양 팀의 타자들은 이미 숨이 멎은 시체와 다를 바 없었다.

　-메츠와 내셔널스, 두 팀의 에이스가 말 그대로 에이스다운 피칭을 보여주고 있습니다.

　당연히 전광판의 스코어는 0 대 0에서 미동조차 하지 않고 있었다.

　-오늘 경기는 정말 1점 차 승부가 될 것 같습니다.
　-예, 1점에 승패가 나뉠 겁니다.

　그리고 앞으로도 그 전광판이 허락하는 숫자는 1, 그것 외에는 더 이상 없을 것 같았다.
　그 사실 앞에서 타자들이 할 수 있는 건 솔직히 없었다.
　'두 투수 모두 물이 올랐어.'
　'절대 2점 이상 못 뽑아내.'
　'마운드에서 끌어낼 수도 없고.'
　앞서 말했듯이 타자들은 이미 죽은 시체나 다름없었을뿐더러, 지금 마운드에 오르는 두 투수는 오히려 서로가 서로를 보조하며, 자신들의 능력치를 100퍼센트 이상 발휘하고 있었으니까.
　언터처블.

그 표현 그대로 지금 시티 필드의 타자들은 감히 두 투수를 건드릴 수가 없었다.

-타자들은 그냥 게임을 포기했네.

오로지 두 투수들만이 서로를 건드릴 수 있을 뿐.

-이럴 때 내가 어떻게 하라고 했지?

이런 상황에 대해서 이진용은 이미 김진호로부터 가르침을 받은 적이 있었다.

"팀을 믿고, 용기를 가지고, 희망을 품으라고 하셨죠."

-장난치지 말고. 내가 어떻게 하라고 했어?

"투수가 나서서 게임 분위기를 바꾸라고 하셨죠."

-그래, 그래서 어떻게 바꿀래?

김진호의 거듭된 질문에 이진용은 말했다.

"김진호 스타일로 가야죠."

-내 스타일?

"I kill you."

타자는 투수를 상대하면 상대할수록 투수의 공에 익숙해진다. 때문에 타자와 투수의 승부가 계속되면, 타자가 안타를 칠 확률은 점차 높아진다.

그 사실을 모르는 타자는 적어도 프로 레벨에는 없었다.

'이번이 마지막 기회다.'

하물며 7회 초 선두타자로 나온 내셔널스의 2번 타자 브라이스 하퍼가 그것을 모를 리 없었다.

'내가 해결한다.'

당연히 그는 어쩌면 마지막이 될 수도 있는 이번 타석에 이진용을 상대로 확실하게 승부를 볼 생각이었다.

'어떤 손이든 와라.'

더욱이 이미 이진용의 오른손과 왼손을 1회와 4회에 번갈아 가면서 상대한 만큼, 이진용이 어느 손을 꺼내 들더라도 그로부터 분명한 안타를 뽑아낼 자신이 있었다.

여기서 한 걸음 더, 브라이스 하퍼는 자신이 완벽한 해결사가 되기보다는 선두타자답게 밑거름이 될 각오도 있었다.

'필요하면 볼넷도 얻는다.'

그건 자존심을 굽힌 게 아니었다.

'놈을 상대로는 그조차도 쉽지 않겠지만.'

그렉 매덕스나 랜디 존슨을 상대로 볼넷을 얻어서라도 출루하겠다는 것을 그 누구도 자존심을 굽히는 일이라고 생각하지 않는 것처럼, 브라이스 하퍼 역시 이진용을 그렇게 생각했다. 그를 메이저리그 최고 레벨의 투수로 인정했다.

그렇게 타석에 선 채 사냥꾼이 되어 날카롭게 눈빛을 빛내는 브라이스 하퍼를 보며 이진용은 글러브를 왼손에 꼈다.

-리가 하퍼를 상대로 오른손을 꺼내 들었습니다.
-이번 승부, 아마 긴 승부가 될 것 같군요.

브라이스 하퍼를 그저 단순히 힘만으로 제압하는 것은 힘들기에, 정교함으로 승부를 보겠다는 의지의 표현이었다.

'와라.'

브라이스 하퍼는 그 결정을 기꺼이 반겼다.

그리고 그에 걸맞은 태세를 갖추었다.

일단 브라이스 하퍼는 자신의 스트라이크존을 넓게 봤다.

'놈의 오른손은 스트라이크존의 경계면을 마음대로 넘나든다. 존을 좁게 보면 루킹 삼진을 당할 뿐.'

타자에게는 그것이 불리하지만, 이진용을 상대로는 그 정도의 불리함을 받아들여야 했으니까.

'어떻게든 걸어낸다.'

그렇게 넓어진 스트라이크존을 앞에 둔 채 브라이스 하퍼는 자신의 모든 것을 집중했다.

그런 브라이스 하퍼의 집중력은 이진용에게 있어서도 결코 쉬운 게 아니었다.

당연히 둘의 승부 역시 치열했다.

펑! 포수의 미트를 파고드는 소리와 딱! 브라이스 하퍼가 공을 걸어내는 소리가 시티 필드를 채워갔다.

그런 상황 속에서 볼카운트는 이내 풀카운트에 도달했다.

딱!

-하퍼가 다시 한번 공을 걸어냅니다!

-대단하네요.

그리고 그 풀카운트 상황에서 브라이스 하퍼는 이진용의
공을 걷어냈다.
딱!

-또다시 걷어냅니다!

무려 세 번이나 연속해서 걷어냈다.

-하퍼가 리로 하여금 공을 8개나 던지게 만듭니다.

브라이스 하퍼, 그가 이진용에게 무려 8개나 되는 공을 던
지게 한 것이다.
그건 오늘 경기에서 처음 있는 일이었다.

-리가 내셔널스 타자를 상대로 8구 이상 던지는 것은 이번
이 처음이네요.

오늘 이진용의 피칭은 누가 보더라도 맞혀 잡는 피칭, 투구
수를 아끼는 피칭이었고 그렇기에 타자를 상대로 던지는 공은
그다지 많지 않았으니까.
타자 한 명을 상대로 이렇게 많은 공을 던지는 건 오늘 처음

있는 일이었다.

"좋아! 하퍼! 그대로 가는 거다!"

"그대로 계속 물고 늘어져!"

달리 말하면 그건 곧 브라이스 하퍼를 비롯해 내셔널스가 이진용을 상대할 방법을 가졌다는 의미였다.

딱!

-또 걷어냅니다!

심지어 브라이스 하퍼는 이진용이 던진 9구째 공마저 걷어내며 이진용을 곤란하게 만들었다.

그건 투수 입장에서 생각보다 껄끄러운 일이었다.

-여기서 볼넷이 나온다면, 그것만으로도 리에게는 적지 않은 충격이 될 겁니다.

물론, 당장 이진용의 투구수가 위험 수준까지 많아진 건 아니었다. 앞서서 투구수 관리를 잘했으니까.

하지만 체력이란 건 그렇게 단순한 게 아니었다. 적당한 리듬을 유지하는 것과 어느 순간 그 리듬이 무너지는 건, 전혀 다른 종류의 일이니까.

솔직한 말로 브라이스 하퍼 입장에서는 이대로 아웃으로 물러나도 솔직히 손해 볼 게 없는 수준.

후웅!

"스윙 스트라이크, 아웃!"

때문에 브라이스 하퍼가 이진용이 던진 10구째 공에 헛스윙 삼진을 당했을 때 내셔널스 선수단은 그 사실에 울분을 토하기보다는 오히려 눈빛을 빛내기 시작했다.

반대로 메츠 팬들의 표정은 굳어졌다.

'이런 삼진은 잡아도 잡은 게 아니지.'

'젠장, 왠지 느낌이 안 좋은데? 경기가 꼬일 것 같은데?'

거침없던 이진용의 질주가 갑자기 멈춘 느낌이었으니까.

그런 좌중의 반응 속에서 이진용이 조금은 늦게 소리쳤다.

"호……."

자신이 잡은 삼진에 대한 환호성을 내질렀다.

"우……."

그러나 그 소리는 그 어느 때보다 작고 가냘팠다.

"지쳤네."

"지쳤어."

누가 보더라도 이진용은 지쳐 보였다.

심지어 환호성을 내지른 후에 흐르는 땀을 닦는 이진용의 모습은 처량하게도 보였다.

그 모습에 메츠 더그아웃의 분위기도 달라졌다.

콜린스 감독이 투수코치에게 사인을 줬고, 투수코치가 곧바로 불펜투수들에게 눈빛을 줬다. 지친 이진용을 무리하게 마운드에 올려둘 수는 없는 노릇이니까.

더욱이 이진용에게는 불안 요소가 있었다. 그것도 하나가 아니었다.

-호우맨 지친 듯.
└지칠 수밖에 없지. 휴식일이 있었다고는 하지만 앞서서 4게임 완봉승을 했다고!
└4게임 완봉승 후에 에이스로 나온 첫 경기이기도 하지.
└100마일 찍은 거 보면 평소보다 무리한 것도 분명하고.

이번 시즌이 메이저리그 첫 시즌인 투수가 시작과 함께 쉼 없이 로테이션을 소화하며 4경기에 나와 모든 경기에서 완봉승을 거두었다는 것.

오늘 경기가 단순한 경기가 아닌 에이스가 되어 치르는 첫 경기라는 것.

심지어 상대는 리그 최강팀 중 하나인 내셔널스이며, 오늘 이진용은 자신의 최고 구속을 갱신할 정도로 전력투구를 했다는 것.

-여기까지 이렇게 던진 게 대단한 거야.
-이 정도면 에이스가 될 자격은 충분하지.
-오늘 져도, 난 호우맨이 에이스가 되는 것에 조금도 반대하지 않겠어.
└애초에 반대한 게 이상한 거지. 이런 투수를 두고 에이스를 하면 아마 그게 더 부담스러울걸?

└메츠 구단이 괜히 호우맨을 급하게 에이스로 돌린 게 아니야.

이런 상황에서 이진용이 지금까지 피칭한 것만으로도 이미 그는 박수받아 마땅했다.

물론 내셔널스 입장은 달랐다.

"드디어 놈이 흔들리고 있어."

"좋아, 무리해서 큰 거 한 방을 노리기보다는 차라리 놈을 지쳐 쓰러지게 하자고."

내셔널스 타자들은 브라이스 하퍼가 제시한 방법을 그대로 따랐다.

"최대한 물고 늘어지자고."

모두가 이진용을 상대로 명확한 승부가 아닌 집요한 승부를 택했다.

그리고 내셔널스 타자들은 원하는 바를 이룩했다.

"스트라이크 아웃!"

"스윙 스트라이크 아웃!"

브라이스 하퍼의 뒤를 이어 나온 라이언 짐머맨은 이진용으로 하여금 8개나 되는 공을 던지게 한 다음에 루킹 삼진으로 물러났고, 그 뒤를 이어 나온 4번 타자 대니얼 머피는 이진용에게 무려 9개나 되는 공을 던지게 한 후에 헛스윙 삼진으로 물러났다.

세 타자 연속 삼진이지만, 내셔널스 입장에서는 마다할 이유가 없는 결과였다.

"호우."

때문에 이진용이 삼진을 뺏을 때마다 내지르는 그 호우 소리에 내셔널스 선수들은 기분 나빠하지 않았다.

"어이, 지금 들었어?"

"아니, 못 들었는데? 소리가 여기까지 닿지도 않잖아!"

"억지로 쥐어짜 내는군."

"호우하다가 호흡 곤란으로 쓰러지는 거 아니야?"

누가 보더라도 지쳐가는 이진용의 목소리는 그야말로 단말마처럼 들렸으니까.

반면 스티븐 스트라스버그의 7회 말은 이진용이 보여준 7회 초와 전혀 달랐다.

빠악!

다시금 강속구를 뿌리기 시작한 스티븐 스트라스버그는 고작 공 11개만으로 메츠의 아웃카운트 3개와 배트 2자루를 뺏어왔다.

-역시 스트라스버그야!
-신이 내린 재능을 가진 투수답네!

마운드 위에서 넘치는 체력을 뽐내며, 신이 내린 재능이 무엇인지를 보여줬다.

그런 상황에서 시작된 8회 초, 당연히 내셔널스의 벤치 오더는 7회와 같았다.

"최대한 물고 늘어지도록."

이진용에게서 더 많은 투구수를 뜯어내자고.

그런 내셔널스의 시도는 곧바로 결과로 보답받았다.

"스윙 스트라이크, 아웃!"

5번으로 나온 타자는 이진용에게서 8개나 되는 공을 던지게 했다.

"스트라이크 아웃!"

6번 타자 역시 이진용에게 8개나 되는 공을 던지게 했다.

"스윙, 스트라이크 아웃!"

7번 타자는 무려 이진용에게 11개나 되는 공을 던지게 했다.

내셔널스의 타자 여섯 명이 7회 그리고 8회, 두 이닝을 합쳐 무려 57구를 뜯어낸 것이었다.

6회가 끝날 때까지만 해도 투구수가 58구에 불과했던 이진용의 투구수가 급격하게 늘어났다. 그렇기에 7번 타자가 삼진을 당하기 전까지만 해도 내셔널스 벤치는 그 사실에 만족했다.

삼진 숫자 따위는 개의치 않았다.

"호우!"

이진용, 그의 우렁차다 못해 화산이 폭발한 듯한 외침이 내셔널스의 더그아웃에 들어오기 전까지는.

'어?'

'뭐야?'

이제까지와는 전혀 비교되지 않는, 더그아웃은 물론 메이저리그 구장 중에서도 넓기로 유명한 시티 필드의 외야에마저 닿을 듯한 이진용의 외침에 내셔널스 타자들은 물론 시티 필드에 있는 모든 관중이 놀란 눈으로 이진용을 바라봤다.

'지친 거 아니었어?'

'목소리가 지친 사람 목소리가 아닌데?'

카메라 역시 마운드를 내려오는 이진용을 비추었다.

그런 좌중의 시선 앞에서 이진용은 활짝 편 손가락을 엄지부터 차례대로 접기 시작했다.

하나, 둘, 셋, 넷, 다섯.

그리고 다시 새끼손가락부터 차례대로 펴기 시작했다.

여섯, 일곱, 여덟.

이진용은 거기서 셈을 멈추고는 미소를 지으며 마운드를 내려왔다.

그 무렵이었다.

-지금 호우맨 삼진 몇 개지?

-오늘 10개째 아니야?

└10개밖에 안 됨? 6회부터 삼진 엄청 잡은 거 같은데?

경기를 보던 이들이 깨닫기 시작한 건.

-엄청 잡은 정도가 아니야. 6회 1사부터 8회까지 아웃카운트 전부 삼진으로만 잡았어!

└잠깐 그럼 몇 타자 연속⋯⋯.

└여덟 타자 연속 탈삼진. 조금 전 호우맨이 센 게 그거야.

└여덟 타자 연속? 잠깐 메이저리그 연속 타자 탈삼진 신기록이 몇 개지?

└열 타자 연속 삼진일걸?

└그게 누구 기록이지?

└톰 시버.

이진용. 그가 메츠의 위대한 전설이었던 톰 시버가 메이저리그 역사에 유일무이하게 남긴 열 타자 연속 탈삼진 기록에 도전하고 있다는 것을.

이진용의 체력은 이미 기본적인 스탯만으로 120구 이상 던지는 것이 가능하다. 여기에 퀄리티 스타트 스킬을 비롯해, 무쇠팔과 철인 스킬들은 이진용으로 하여금 그 이상 던지는 것을 가능케 해주었다.

심지어 최근 이진용은 자신의 투구수를 더 늘려줄 새로운 스킬을 획득했다.

[이닝 이터]
-스킬 등급 : E
-스킬 효과 : 30이닝 동안 소모한 체력의 10퍼센트를 회복합니다.

이닝 이터.

체력을 소모하면 소모한 체력의 일부분을 돌려받는 스킬,

이닝 이터라는 이름에 맞게, 이닝을 소화할수록 보다 많은 이닝을 소화할 수 있게 해주는 스킬이었다.

이 스킬의 등장으로 말미암아 사실상 이진용은 150구 이상을 던져도 멀쩡한 어깨를 가지게 됐다.

당연한 말이지만 이진용은 굳이 투구수를 아낄 필요가 없었다. 보통 투수들에게 매 이닝 15구가 넘는 피칭은 비효율적인 피칭이고, 위험한 피칭이지만 이진용에게는 완투가 가능한 페이스였으니까.

그러나 이진용은 내셔널스를 상대로 경기 초반 투구수를 아끼는 피칭을, 맞혀 잡는 피칭을 했다.

물론 굳이 투구수를 낭비할 필요는 없다.

하지만 그저 단순히 그런 이유만으로 그 누구도 아닌 이진용이 탈삼진이라는 투수에게 가장 확실한 방법을 놔두고 맞혀 잡는 피칭을 한다? 적어도 김진호는 이진용에게 그런 식으로 가르친 적이 없었다.

하나부터 열까지, 1회부터 9회까지, 필요하다면 그 이후까지 모든 것을 설계할 것, 그게 김진호의 가르침이었으니까.

당연히 그 모든 건 이진용의 설계이자, 기획이었다.

경기 초반은 정교한 오른손을 이용해 맞혀 잡는 피칭으로, 경기 중반은 왼손에서 뿜어지는 빠른 공을 섞어서 맞혀 잡는 피칭으로. 그리고 그렇게 아낀 투구수를 이용해 경기 후반은 투구수를 개의치 않고 삼진만을 잡는 피칭으로.

더불어 경기 초반 맞혀 잡는 피칭을 함으로써 내셔널스 타자들의 삼진에 대한 면역력을 약화시키고, 동시에 그들이 그저 투구수를 낭비시킨 것만으로도 만족하도록 연기마저 했다.

-캬, 영화가 따로 없군.

완벽한 각본과 완벽한 배우가 만나 완벽한 영화 한 편이 만들어진 셈이었다.

-제목은 위대한 스승과 제자, 그렇게 하면 되겠다. 그렇지?

김진호의 감탄에 8회 초를 마치고 마운드를 내려오는 이진용은 대답 대신 옅게 웃었다. 이진용 본인이 봐도 훌륭할 정도의 연기력이었고, 결과였으니까.

반면 선수들은 그럴 수 없었다.

'설마 그게 연기였던 거야?'

'맙소사, 그게 연기였다니!'

당장 이진용을 맞이하는 메츠 선수들의 얼굴은 경악으로 물들어 있었다.

그도 그럴 것이 그들 역시 이진용이 지쳐 있다고 생각했으니까. 누가 보더라도 이진용이 한계에 도달한 것으로 보였으니까. 그런 이진용의 모습에 진심을 담아 응원과 격려와 박수를 보냈었으니까. 그런데 그게 다 연기라니?

'미친 또라이 새끼!'

욕이 절로 나와도 이상하지 않은 일.

하물며 메츠 선수단이 느끼는 감정이 그 정도인데 내셔널스 선수들이 느끼는 감정은 어떨까?

어떤 말로도 표현할 수 없는 정도.

심지어 내셔널스 선수들은 화조차 나지 않았다.

'설마…… 아니겠지.'

'아닐 거야. 놈이 수작을 부리는 거야.'

오히려 내셔널스 선수들은 이진용의 저 모습이, 마지막에 힘이 넘치는 모습을 보여준 것이 도리어 연기라고 생각했다.

'억지로 힘을 쥐어짜 낸 게 분명해.'

허장성세, 이진용이 약한 모습을 보이지 않기 위해 연기를 하는 척 연기를 한다고 생각했다.

어찌 보면 그게 더 상식적인 판단이었다. 그 어느 메이저리 그 투수가 일부러 약한 척 연기해 투구수를 50구 이상 낭비하면서, 야금야금 삼진을 잡아낸단 말인가?

'정신이 나간 놈이 아니고서는……'

정신 나간 놈이나 할 짓.

그러나 반대로 그렇기에 내셔널스 선수들은 침을 삼킬 수밖에 없었다. 지금 메이저리그 선수들 중에 비상식이란 단어가 가장 어울리는 투수가 있다면, 단언컨대 그건 이진용일 테니까.

꿀꺽!

그렇게 내셔널스 더그아웃 안으로 불길한 소리가 들리기 시작했다.

그 상황에서 8회 말이 시작됐다.

-충격적인 8회 초가 끝나고 8회 말이 시작됐습니다. 메츠의 타순은 7번부터 시작됩니다.

8회 말, 메츠의 공격은 7번 타순부터 시작이었다.

-내셔널스의 투수는 여전히 스티븐 스트라스버그입니다.

오늘 무시무시한 피칭을 보이는 스티븐 스트라스버그를 상대로 하위 타순…… 누가 보더라도 점수가 나올 법한 상황은 아니었다.

그러나 경기 분위기는 앞선 7이닝과 전혀 달랐다.

다를 수밖에 없었다.

일단 스티븐 스트라스버그의 상태가 다를 수밖에 없었다.

'저런 미친놈은 처음이군.'

앞선 2이닝 동안 스티븐 스트라스버그는 자신이 이진용을 압도했다고 생각했다.

평소보다 더 빠른 공을, 전력 피칭을 한 이유도 그 때문이었다. 싸움에서 이긴 사자가 포효를 하는 것처럼, 그 역시 마운드 위에서 자신이 승자임을 표현했다.

그러나 그게 아니었음을 깨달은 상황.

'분위기를 바꿔야 한다.'

그런 상황에서 스티븐 스트라스버그에게는 에이스답게, 팀을 위한 무언가를 보여줄 의무가 있었다.

'나도 삼진이다.'

그리고 이 상황에서 투수가 할 수 있는 가장 확실한 무언가는 탈삼진밖에 없었다.

이진용이 그러했던 것처럼 스티븐 스트라스버그 역시 동료들에게 힘을 불어넣을 속셈이었다.

'어떻게든 잡는다.'

그렇게 스티븐 스트라스버그가 오로지 삼진을 잡기 위한 피칭을 준비했다.

한편 메츠 타자들도 분위기가 바뀌었다.

그리고 그 변화는 스티븐 스트라스버그가 보이는 변화보다 더 크고, 더 극적이었다.

'정말 말도 안 되는 놈을 에이스로 삼게 됐군.'

'저런 놈하고 같은 팀이 되다니.'

'아주 대단한 또라이야.'

이제 자신의 에이스가 된 투수의 진면목을 확인했으니까. 이진용이란 투수가 어떤 투수인지 그리고 얼마나 대단한 투수인지 알게 됐으니까.

그렇기에 메츠 타자들은 뜨거워질 수밖에 없었다.

'좋아, 한번 해보자고.'

'리 같은 놈을 상대하는 것보단 차라리 스트라스버그를 상대하는 게 낫지.'

이진용을 아군으로 둔 모든 타자들은 이진용을 상대하지 않는다는 사실에 무한한 감사를 느끼기에.

그 변화 속에서 8회 말이 시작됐을 때 더그아웃에서 다음 타석을 준비하는 이진용은 두 눈을 감은 채, 간절한 심정을 담아 기도를 했다.

"제발, 8회에……."

-응?

기도하는 이진용의 그 모습에 고개를 갸웃한 뒤 이내 상황을 파악하고는 미소를 지었다.

-짜식, 너도 떨긴 떠는구나. 하긴 떨리겠지.

중요할 수밖에 없는 무대, 어느 때보다 승리를 위한 1점이 필요한 무대에서 신께 기도하는 이진용의 모습이 갸륵했으니까.

그러나 그런 김진호의 표정은 이진용의 기도를 제대로 듣는 순간 일그러지기 시작했다.

"……제발 8회에 점수 안 나오게 해주세요."

-어?

"9회에도 점수 안 나오게 해주세요. 그래서 10회까지 던지게 해주세요. 탈삼진 기록 더 이어갈 수 있게 해주세요."

자신의 연속 탈삼진 신기록을 위해 연장으로 가길 기도하는 이진용. 그 기도에 김진호가 어처구니가 없다는 표정으로 이진용을 바라봤다.

-허허허.

그러고는 이진용이 반쯤은 진심으로 하는 소리라는 것을 알고는 헛웃음을 흘렸다.

-진짜 살다 살다…… 아니, 뒈지니까 내가 이런 꼴을 보는구나.

하지만 8회 말, 신은 이진용의 기도를 들어주지 않았다.

타자는 투수의 공을 상대할수록 그 투수의 공에 익숙해진다. 그 사실은 스티븐 스트라스버그와 그를 상대하는 메츠 타자들에게서도 유효했다.

더욱이 스티븐 스트라스버그에게는 8회 말 새롭게 꺼낼 무언가가 없었다. 그가 자랑하는 102마일짜리 패스트볼마저 이미 3회 말에 보여줬었으니까.

이진용을 잡기 위해 무리해서 무기를 꺼낸 대가를 8회에 이르러서 치르게 된 셈이었다.

결국 스티븐 스트라스버그는 8회 말 2개의 안타를 내주었다.

-드디어 메츠가 오늘 경기 첫 선취 득점을 올립니다!

그리고 메츠는 그 2개의 안타로 1점을 얻어냈다.

"드디어 나왔다!"

"1점이다!"

시티 필드가 열광의 도가니가 되는 순간이었다.

1 대 0에서 맞이한 9회 초.

이제는 득점이 없다면 경기가 끝나는 상황. 반대로 1점만 나와도 경기는 다시 처음으로 돌아갈지도 모르는 상황.

야구를 보는 이들에게 있어서는 가장 긴박한 상황이었다. 그러나 그 누구도 그런 사실에는 신경을 쓰지 않았다. 관심도 가지지 않았다.

-여러분, 오늘 이곳 시티 필드에서 메츠의 유니폼을 입은 리

선수가 메이저리그 역사에 도전을 합니다. 현재 리는 여덟 타자 연속 탈삼진을 잡았습니다. 예, 이제 2개만 더 잡으면 리는 메츠의 전설인 톰 시버가 그랬던 것처럼 열 타자 연속 탈삼진을 기록하게 됩니다.

열 타자 연속 탈삼진.

메이저리그의 기나긴 역사 속에서도 단 두 사람만이 달성했던 그 대기록을 향한 자그마한 투수의 도전 앞에서 9회 초 1 대 0이라는 스코어는 아무런 의미가 없었으니까.

더 나아가 메츠의 팬들은 오늘 이 도전이 성공하기를, 저 자그마한 투수가 메이저리그 역사를 새로 쓰기를 바랐다.

"호우맨이 정말 톰 시버의 기록을 깰까?"

"깼으면 좋겠군."

그 누구도 아닌 그들의 전설 톰 시버의 기록을, 다른 누구도 아닌 자기 팀 선수가 도전한다는 건 그 무엇보다 기쁜 일이었으니까.

그 기대감 속에서 이진용이 마운드에 올라섰다.

-후후후.

그런 이진용의 뒤쪽에서 김진호의 웃음소리가 들렸다.

그 웃음소리에 이진용이 왼손에 낀 글러브로 입을 가린 채 본인 역시 즐거운 듯 말했다.

"역시 제가 기록을 쓰는 게 즐거우시죠? 보람이 느껴지시죠? 웃음이 절로 나오시네요."

이진용의 그 말에 김진호가 곧바로 정색했다.

-내가? 미쳤냐?

정색하는 그 모습에 이진용이 고개를 갸웃했다.

"그런데 왜 웃는 거예요?"

-지금쯤 해설자를 비롯해 이 모든 경기를 보는 모든 이들이 메이저리그에서 연속 탈삼진 기록을 거둔 위대하고, 잘생긴 선수를 다시 한번 기리고 있을 테니까.

그 말에 이진용이 고개를 끄덕였다.

"톰 시버가 위대하긴 하죠."

이진용의 그 대답에 김진호가 살짝 눈살을 찌푸리며 대답했다.

-톰 시버 말고.

"예? 그럼 톰 시버가 위대하지 않다는 건가요? 지금 톰 시버는 개뽀록 운빨 허접쓰레기 투수다, 그렇게 발언한 건가요?"

정색하며 내뱉는 이진용의 말에 김진호가 놀라며 다급히 변명을 시작했다.

-아, 아니 그건 아니고. 톰 시버는 위대한 투수가 맞지. 하지만 한 명 더 있잖아!

"누구요?"

김진호는 대답 대신 손가락으로 자신을 가리켰다.

"아, 맞아."

그제야 이진용은 김진호 역시 최다 탈삼진 신기록을 보유했음을 깨달을 수 있었다.

그 반응에 김진호가 결국 폭발했다.

-야! 어떻게 네가 이럴 수 있어?

"죄송해요. 하지만 어쩔 수 없잖아요? 지금 이 순간 누가 김진호 선수를 떠올리겠어요? 다들 톰 시버를 떠올리지."

-너만 그러는 거야! 지금쯤 언론에서는 다 나만 생각하고 있을 거라고! 지금 내 피칭 화면 나갈걸?

김진호의 일갈.

그러나 그런 김진호의 예상은 현실과 조금 달랐다.

-톰 시버의 기록에 메츠 선수가 도전하다니, 메츠 팬은 좋아 뒈지겠군.

-어메이징 메츠이지!

-그런데 톰 시버 말고 연속 탈삼진 신기록 달성자가 한 명 더 있지 않았나?

-그래?

-그러고 보니 있었던 것 같은데…….

지금 온라인 세상 어디에도, 오프라인 세상 어디에도 김진호에 대한 이름 언급은 없었다. 하지만 그 사실을 알 리 없는 김진호는 이진용을 거듭 나무라며 말했다.

-메이저리그에서 내가 얼마나 존경을 받는지 알아? 길 가다가 김진호 욕만 해도 메이저리그 팬들한테 총 맞아! 넌 그런 나를 좀 존경할 줄 알아야 해!

"예예, 존경합니다."

-지금 아마 전미가 울고 있을 거다. 내가 살아 있었기를 소망하면서 말이야.

"예예, 그러겠죠."

-어쩌면 할리우드 시나리오 라이터가 지금 복받치는 감정으로 내 일대기를 그린 영화 시나리오를 쓰고 있을지도 몰라. 제목은 마운드 위의 절대자 정도?

"지배자 아니고요?"

-지배자보단 절대자가 더 세 보이잖아.

이제는 시시껄렁해진 대화.

그 대화를 멈추게 한 것은 타자와 주심이었다.

역사적인 순간, 그 순간의 일원이 된 그들은 잔뜩 긴장될 수밖에 없었고 그들이 내뿜는 긴장감이 마운드 위에 있는 이진용과 김진호에게도 닿았다.

그런 그들 앞에서 이진용은 제 입을 가리던 글러브를 치웠다. 그러고는 분명하게 보여줬다.

'도망갈 생각은 없군.'

자신이 입가에 짓고 있는 미소를.

'역시 메이저리그다워.'

그리고 그 미소와 함께 피칭을 시작했다.

처음은 오른손이었다.

투수의 어깨가 소모품이라는 사실에는 그 누구도 부정하지 않는 시대. 당연히 그런 시대에서 투수들은 보다 투구수를 줄이고자 하는 연구를 거듭했고 그 연구의 결과는 피칭 스타일에 적용됐다.

맞혀 잡는 피칭을 위해 변형 패스트볼의 시대가 시작됐고, 여러 개의 공으로 수 싸움을 하는 것이 아닌, 강력한 힘으로 타자를 압도하기 위한 빠른 공의 시대가 왔다.

타자들 역시 그 시대에 발맞추었다. 투구수를 줄이고자 하는 투수들을 공략하기 위한 전술을 개발했고 그에 적응했다.

메이저리그는 그러한 사실을 그 어느 곳보다 빠르게 받아들이는 곳이었다.

최신 소프트웨어를 업데이트하면 살아남을 수 없는 세계. 달리 말하면 메이저리그 그 어느 타자도 삼진을 잡기 위해서는 10구든 20구든 던질 수 있는 투수를 상대해 본 경험이 없었다.

그리고 그것을 가능케 할 정도로 자신이 가진 완벽한 제구력과 뛰어난 구질을 마운드 위에서 120퍼센트 이상 발휘하는 투수를 상대해 본 경험이 없었다.

심지어 내셔널스 타자들은 자신보다 더 스트라이크존을 잘 아는 투수를 상대해본 경험도 없었다.

그런 이진용의 피칭 앞에서 내셔널스의 8번 타자는 결국 허락할 수밖에 없었다.

"스윙, 스트라이크 아우웃!"

이진용, 그의 아홉 번째 연속 탈삼진을.

그 사실에 내셔널스의 8번 타자 마이클은 분노 대신 얼이 빠진 표정으로, 이진용이 던진 8구째 공을, 자신의 헛스윙을 만들어낸 구질을 떠올렸다.

'젠장, 이때를 위해서 커브를 한 번도 안 던졌구나!'

그 구질은 다름 아닌 커브.

오늘 경기에서 이진용이 던진 첫 커브였다.

제아무리 날고기는 메이저리그 타자라도 당할 수밖에 없는 숨어 있는 무기. 그리고 그 무기를 이진용은 기꺼이 썼다.

"커브를 조심해."

그렇게 마이클은 곧바로 대기 타석에 있는 팀 동료인 페르난데스에게 조언을 건넸다.

그러나 그 조언은 페르난데스에게 그 어떤 도움도 되지 못했다.

오히려 이 순간 페르난데스의 머릿속은 그 어느 때보다 복잡하게 헝클어져 있었다. 숨겨둔 것에 당하면, 그 순간 하는 생각은 대개 똑같으니까.

'놈이 뭘 던질 줄 알지?'

놈이 무엇을 더 숨기고 있는가? 즉, 페르난데스의 머릿속에는 이진용이 가진 모든 무기로 가득 찰 수밖에 없었다.

'젠장.'

문제는 이진용의 오른손이 던질 수 있는 구질은 사실상 모든 구종이라는 점이었다.

'괜히 생각했다.'

언제나 그렇지만 타자의 머릿속에 선택지가 많아지는 건 타자에게 최악의 시나리오이니까.

던지지도 않을 구질을 타자가 지레짐작 겁먹고 그에 대비하면 절대 좋은 타구가 나올 수 없으니까.

'어떻게든 때려낸다.'

결국 타석에 서는 페르난데스의 목적은 오로지 하나, 삼진을 당하지 않는 것, 어떻게든 배트에 공을 맞히고자 하는 것이 되어버렸다.

그런 타자를 이진용은 너무나도 단순하게 상대했다.

스트라이크존 바깥쪽 공, 건드려봤자 파울이 될 수밖에 없는 공을 던져 파울을 얻어냈고, 그렇게 2스트라이크를 단숨에 잡아냈다. 그리고 마지막에는 어떻게든 공을 치려고 덤벼드는 타자에게 가장 확실한 공을 던졌다.

후웅!

'스플리터!'

마법처럼 사라지는 스플리터가 기어코 이진용에게 열 번째 삼진을 안겨주었다.

그 사실을 이진용은 그 무엇보다 확실한 방법으로, 눈이 보이지 않아도 알 수 있는 방법으로 세상에 알렸다.

"호우!"

역사적인 순간.

이진용이 마운드 위에서 톰 시버 그리고 김진호와 같은 전설을 기록하는 순간, 이진용의 환호성이 시티 필드를 뒤흔들었다.

[메이저리그에서 최초로 10타자 연속 탈삼진을 기록하셨습니다. 다이아몬드 룰렛 이용권이 지급됩니다.]

베이스볼 매니저도 이진용이 위대한 기록을 남겼음을 분명하게, 또렷하게 말해줬다.

당연히 그 소리에 이진용의 심장은 어느 때보다 격렬하게 두근거리기 시작했다. 하지만 그건 결코 긴장감이나, 초조함, 실패에 대한 두려움 따위에 의한 두근거림이 아니었다. 이진용은 단 한 번도 타이기록을 달성한 것에 만족한 적이 없었으니까.

'계획대로다.'

이진용의 심장을 두근거리게 하는 것은 모든 투수들을 두근거리게 하는 바로 그것이었다.

'남은 리볼버는 네 발.'

100마일.

'그 네 발, 전부 쓴다.'

이제는 뒤를 돌아보지 않은 채 마음껏 그 공을 던질 수 있다는 사실 앞에서 이진용은 그야말로 어린아이와 같은 표정을 지을 수밖에 없었다.

장난기 가득한 미소, 그러나 그 무엇보다 순수한 미소를 지은 채 이진용이 왼손에 낀 글러브를 벗은 후 오른손에 꼈다.

-리, 그가 그 누구도 도달하지 못한 경지에 도달하기 위한 마지막 파트너로 왼손을 택했습니다.

11타자 연속 탈삼진.

메이저리그의 역사 속 그 누구도 밟지 못한 전인미답의 경지, 그곳을 앞에 둔 이진용이 라스트 스퍼트를 시작했다.

이진용의 피칭은 언제나 그랬다. 언제나 자신을 바라보는 이들이 상상하는 것 그 이상의 것을 그들에게 보여줬다.

9회 초 2사 상황, 이제 단 하나의 삼진이면 메이저리그의 유일한 투수가 되는 상황에서도 이진용은 모두에게 상상하는 것 이상을 보여줬다.

펑!

"스트라이크!"

100마일짜리 패스트볼을 보여준 것이다.

물론 한 번만 보여줬다면 모두가 상상하는 수준에 불과할 뿐, 그렇기에 이진용은 그 이상을 보여줬다.

-스트라이크! 이제 볼카운트는 2볼 2스트라이크! 스트라이크 하나면 삼진입니다!

-4구 모두 100마일이군요. 대단하네요. 정말 대단합니다.

타자를 상대로 4연속 100마일짜리 패스트볼을 던졌다.

말 그대로, 상상 그 이상.

그렇기에 이 경기를 보는 모든 이들은 마운드 위에서 보여주는 이진용의 무자비한 폭력에 경악을 금치 못했다.

"100마일로 그냥 때려 죽일 모양이야."

이진용이 자신의 마지막 삼진을 100마일짜리 폭력으로 강탈할 생각이라고 예상했다.

'젠장, 여기서 이런 식으로 나오다니……'

심지어 타자마저도 그런 생각을 했다.

이진용이 다시 한번 얼굴을 바꾼 채, 이제까지와는 전혀 다른 순수한 폭력으로 역사적인 삼진을 잡고자 한다고.

그게 이유였다.

이진용, 그가 5구째로 포심 패스트볼을 던진 이유. 타자의 스트라이크존 바깥쪽에 아슬아슬하게 걸치는 80마일짜리 패스트볼을 던진 이유. 언제나 그렇듯 이진용은 상상하는 것 이상을 보여줬으니까.

'어? 어?'

그런 이진용의 공 앞에서 타자는 그 무엇도 할 수 없었다.

펑!

"스트라이크, 아우우웃!"

그리고 그 무엇도 하지 못하는 타자로부터 이진용이 삼진을 잡아냈다.

[메이저리그 신기록을 달성하셨습니다. 다이아몬드 룰렛 이용권이 지급됩니다.]

11타자 연속 탈삼진!

이진용이 톰 시버와 김진호를 넘어 메이저리그의 역사에 유일무이한 신기록을 남기는 순간, 이진용이 곧바로 손가락으로 1루 쪽 관중석을 가리켰다.

그러자 기다렸다는 듯이 관중들이 소리쳤다.

호우!

그제야 이진용이 만족한 듯 미소를 지으며 응답했다.

"호우."

이진용이 메츠의 명실상부한 에이스로 인정받는 순간이었다.

-에휴, 타이틀 하나 날아가는구나.

그리고 김진호가 이제는 신기록을 보유했었던 투수가 되는 순간이었다.

톰 시버.

20시즌 동안 311승 205패를 기록, 4782.2이닝을 소화하는 동안 3640개의 삼진을 잡았지만, 방어율은 2.86에 불과했던 위대한 투수. 명예의 전당에 이름을 올리는 것에 감히 그 누구도 불만을 표시하지 않았던 투수. 그리고 메츠에게 첫 월드시리즈 우승을 선사하며 어메이징 메츠의 시대를 열었던 투수.

톰 시버는 그런 투수였다.

메츠 팬들에게 있어서는 전설, 그 이상의 존재와 같은 투수였고 당연히 메츠 팬들은 그 어떤 투수도 톰 시버의 이름 곁에 올라서는 것을 쉬이 용납하지 않았다.

그런데 지금 이 순간 톰 시버의 이름 옆이 아닌 그 위에 한 투수의 이름이 올라갔다. 그리고 시티 필드를 채운 메츠 팬들은 그 사내의 이름을 외쳤다.

호우!

이진용, 그는 사방에서 쏟아지는 호명 속에 모자를 쥔 손을 높게 들고 천천히 흔들었다.

호우!

그 사실에 메츠 팬들은 더더욱 거대한 환호성으로 이진용의 이름을, 이제는 자신들의 에이스가 된 투수를 부르짖었다.

그리고 그 광경에 김진호는 말했다.

-이 새끼 이름 이진용이라고…… 호우 아니라고…….

그뿐이었다.

김진호가 오늘 이진용의 보여준 모든 과정 속에서 잡을 수 있는 트집은 그것이 전부였으며, 그 외의 나머지는 김진호조차도 더 이상 사족을 달 필요가 없을 정도로 완벽했다.

물론 김진호는 알았다.

-뭐, 수고했다. 진용아, 에이스가 된 걸 축하한다.

그리고 이진용도 알았다.

"감사합니다. 이제 드디어 시작이네요."

-그래, 이제 시작이지.

이제야 비로소 시작점에 섰다는 것을.

그렇기에 이 순간 관중의 환호성 사이로 거니는 김진호와 이진용의 눈빛은 여전히 날카롭게 빛나고 있었다.

[리, 11타자 연속 탈삼진!]
[리, 메이저리그 역사를 새로 쓰다!]
[리, 톰 시버를 뛰어넘다!]

두 번째였다. 이진용이 메이저리그 역사를 새로 쓴 것은.

이미 이진용은 라이브볼 시대 이후 투수로는 최초로 히트 포 더 사이클을 기록하면서 메이저리그 역사를 썼으니까.

그러나 똑같은 신기록이라고 해도, 그 두 가지가 가지는 무게감은 전혀 달랐다.

-퍼킹 호우맨! 11타자 연속 탈삼진이 말이 돼?

-상대는 내셔널스라고! 메이저리그에서 정상급 타선을 가진 팀이야!

-히트 포 더 사이클은 그렇다고 쳐도, 이건…….

-말도 안 되는 괴물이 등장했네.

-젠장, 우리 팀은 왜 이런 투수를 데려오지 못한 거지? 자유계약 선수였다면서!

투수가 히트 포 더 사이클을 기록한 것은 놀라운 해프닝이지만, 투수가 11타자 연속 탈삼진이라는 메이저리그 역사에 없던 기록을 쓴 건 충격적인 사건이었으니까.

하물며 그 내용 자체도 압도적이었다.

-아니, 11타자 연속 탈삼진은 그렇다 쳐도 설마 진짜 100마일을 던질 줄이야.

-처음에 한 번 나오고 그 이후에는 안 나오길래 뽀록인 줄 알았는데 막판에 그냥 100마일만 꽂네.

└확인 사살을 한 거지.

-심지어 헛스윙 삼진을 끌어낸 건 80마일짜리 패스트볼이었지. 거기서 그런 공이 나올 줄 누가 알았겠어?

-기량만 대단한 게 아니라. 멘탈은 물론 심리전까지, 약점을 찾아볼 수가 없어.

내셔널스를 상대로 이진용이 보여준 피칭은 그저 단순히 힘으로, 기술로 타자를 윽박지르는 것이 아니었다. 타자를 상대하는 순간마다, 소화하는 이닝마다 노림수가 있었다.

-호우를 보면 킴이 떠오른단 말이야.

-킴? 지배자?

-그래, 킴이 딱 이랬어. 힘으로 타자를 찍어 누르는 것처럼 보이지만, 실제로는 타자들을 아주 제대로 요리했지.

그런 이진용의 모습에서 메이저리그 팬들은 과거 메이저리그를 지배했던 한 투수를 떠올릴 정도였다.

그리고 그 투수를 떠올린 메이저리그 팬들은 모두가 몸서리를 칠 수밖에 없었다.

-킴하고 똑같은 괴물이라니, 미치겠군.
-아, 그때는 악몽이었어. 킴하고 붙는 날이면 그냥 야구 말고 축구를 보러 갔다니까.
-킴이 있던 시대에 스마트폰이 없는 게 다행이야. 실시간으로 좆같은 기분을 느낄 필요는 없었으니까.

김진호가 메이저리그에서 보여줬던 존재감은 앞으로 10년이 더 흐르더라도 잊을 수 없을 정도로 강렬했으니까.
어쨌거나 메이저리그 팬들의 밤은 온통 이진용에 대한 이야기만으로 점철되어 있었다.
모두가 이진용을 주목했다.

-그보다 호우맨 다음 상대가 누구지?
-어디 보자…….

자연스레 이진용의 다음 상대를 바라봤다.
그러자 그들은 알 수 있었다.

-맙소사, 자이언츠잖아!
-자이언츠? 그럼 설마?

-범가너! 지금 로테이션대로 가면 범가너랑 호우맨이 붙는다!

-범가너도 지금 방어율 0점대잖아?

이진용의 다음 상대가 메이저리그의 진짜 에이스, 혼자 팀을 우승시킨 위대한 에이스, 그리고 현재 이진용과 함께 유일한 방어율 0점대를 기록 중인 매디슨 범가너가 이끄는 자이언츠라는 것을.

이진용이 메이저리그의 새로운 역사를 쓴 다음 날, 당연한 말이지만 이진용이 만들어낸 열기는 사라지지 않은 채 시티 필드를 가득 채우고 있었다.

경기 시작 전 시티 필드는 이미 이진용을 보기 위한 메츠 팬들로 북적거리고 있었다.

"호우맨!"

당연히 팬들은 외야에서 어슬렁거리는 이진용을 향해 거듭 환호성과 관심을 보냈다.

"호우!"

"호우 한번 해줘!"

마치 아이돌 콘서트장을 방불케 하는 분위기.

하지만 그들 중에 이진용에게 사인을 요청하는 팬은 아무도 없었다. 어제 경기에서 9이닝 동안 120구를 넘게 던진 이진용을 배려하기 위해서? 당연히 아니었다.

"아, 더 사인해 줄 사람 없나?"

전부 받았으니까.

말 그대로였다. 이진용은 자신에게 사인을 받으러 온 모든 팬들에게 일찌감치 사인을 해준 상태였다. 그라운드를 어슬렁 거리는 것도 혹시 모르는 사인 요청을 받기 위해서였다.

-아, 비참하다.

그 모습에 김진호는 긴 한숨 끝에 절규하듯 소리쳤다.

-내 기록을 깬 놈이 이런 또라이라니. 아! 내 기록이 이런 개 뽀록 허접쓰레기 또라이에게 깨지다니!

그 절규에 이진용이 나지막이 말했다.

"에이, 제가 깬 건 톰 시버 기록이죠."

-닥쳐!

"아니, 왜 저한테 화를 내세요? 메이저리그 언론들이 다들 그렇게 말한 것뿐인데."

-젠장!

이진용의 그 말에 김진호가 어젯밤 메이저리그 언론의 반 응을, 톰 시버는 거듭 거론하면서 자신은 거론하지 않은 사실 을 떠올리며 분노했다.

-빌어먹을 메이저리그 새끼들. 감히 날 이런 식으로 대접하 다니! 내가 조만간 어떻게든 부활해서 제대로 엿 먹어주마. 내 가 왜 메이저리그의 미친개로 불렸는지 확실하게 보여주지.

"아, 별명이 미친개셨어요?"

-응? 아, 아니 그럴 리가 있겠어? 신사 중의 신사인 나한테 미친개 같은 별명이 붙을 리가 없잖아?

"잠시만요."

그때 이진용의 눈에 새로운 얼굴이 보였고, 그는 먹잇감을 발견한 것처럼 곧바로 팬에게 다가갔다.

그 팬은 아버지와 아들이었다. 메츠의 유니폼을 입고 있었고, 아들은 이진용이 오는 순간 곧바로 아버지를 향해 말했다.

"호우! 아빠, 저기 호우맨이 있어요! 우와! 호우맨이 와요!"

아들의 그 반응에 아버지가 아들의 등을 두드리자, 아들이 이진용과 만나기 위해 외야 근처로 내려왔다.

그리고 말했다.

"호우맨!"

그러면서 동시에 등을 돌린 후에 등번호 1번 유니폼, 그리고 거기에 적힌 이진용의 사인을 보여주며 말했다.

"호우!"

그 모습에 이진용이 뚱한 표정을 지었다.

당연한 말이지만 그 팬은 이진용과 마주하는 것을 즐길 뿐, 사인을 받을 생각이 없었다.

결국 이진용이 사인펜을 다시 주머니 안에 넣었다.

그리고는 그 아이와 몇 마디 대화를 나누는 것으로 팬서비스를 마쳤다.

그 무렵이었다.

"이진용 선수."

이영예가 이진용을 불렀다. 그 모습에 이진용이 고개를 갸웃했다. 그러나 이어진 이영예의 말에 이진용이 환한 미소를 지었다.

"황 기자님이 왔습니다."

언제나 그렇듯 타국에서 같은 나라 사람을 만나면 별로 친한 사이가 아니라도 반가운 법.

"축하하네, 메이저리그 역사의 유일무이한 기록 보유자가 된 걸."

황선우 기자가 인사와 함께 건넨 손을 이진용이 즐거운 마음으로 잡아 흔들었다.

"감사합니다."

"자네도 알겠지만, 한국은 아주 난리가 났어."

"그래요?"

"응? 몰라?"

"아, 전 한국 소식을 잘 몰라서요."

"검색도 안 해봤나?"

"자기 이름 검색하는 건 좀 부끄럽잖아요?"

이진용의 그 모습에 김진호가 혀를 차며 말했다.

-지랄하네, 어제 밤새 이진용 한국 반응만 검색했으면서.

당연한 말이지만 이진용이 한국 내 소식을 모를 리 없었다. 단지 타인을 통해서 다시 한번 이야기를 듣고 싶을 뿐.

그런 그를 위해 황선우는 기꺼이 이진용이 원하는 것을 말해줬다.

"엄청났지. 당장 자네 경기를 온라인 생중계로 본 사람만 4백만 명이 넘어갔으니까. 신기록이었지. 한국이 최소한 월드컵 8강에 오르지 않는 한 깨지지 않을 기록이라더군."

"굉장하네요."

"그리고 포털 사이트들이 댓글의 글자 수 제한을 10글자에서 2글자로 줄였어."

"예? 왜요?"

"이유야 뻔하지. 안 그래?"

황선우의 되물음에 이진용이 어색한 웃음을 흘렸다.

어째서 3글자도 아니고 2글자로 줄였는지, 그것을 모를 이진용이 아니었으니까.

"어쨌거나 정말 대단한 일을 해냈어. 고인이 된 김진호 선수도 자네의 기록에 기뻐할 거야."

말을 하던 황선우는 이내 추억에 잠시 젖었다.

김진호, 그가 메이저리그에서 톰 시버와 같은 10타자 연속 탈삼진 신기록 보유자가 됐을 때의 반응도 지금 이진용이 만들어낸 반응과 똑같았으니까.

아니, 그때가 오히려 지금보다 더 강렬했었다.

지금처럼 인터넷이 발달하던 때도 아니었기에, 김진호의 기사는 그야말로 뉴스나 신문을 통해, 그것도 그저 스포츠 뉴스 따위가 아닌 메인에 뜰 정도였으니까.

그런 황선우에게 이진용이 고개를 끄덕이며 말했다.

"예, 김진호 선수도 절 보면 정말 자랑스러워하셨을 겁니다."

-웃기고 있네. 나 살아 있었으면 또라이 새끼가 내 기록 깼다고 저주를 퍼부었을 거다.

"어쩌면 지금 이곳에서 절 보고 흐뭇하게 미소 짓고 계실지도 모르죠."

-지랄하네, 미소가 아니라 입에 거품을 물고 있었겠지.

"여하튼 김진호 선수를 위해서라도 열심히 해서 김진호 선수를 뛰어넘어 보겠습니다."

-젠장, 그때 내가 이 새끼가 이러지 못하게 그냥 12타자 연속 탈삼진 기록을 세웠어야 했는데! 빌어먹을!

물론 김진호의 반응을 알 리 없는 황선우는 미소를 지으며 고개를 끄덕였다.

황선우에게 있어서 최고였던 김진호의 시대를 다시 재현하겠다는 이진용의 모습은 이루 말할 수 없을 정도로 감격스러웠으니까.

하지만 개인적인 감격은 거기까지였다.

"뭐, 개인적인 이야기는 여기까지 하고……."

말과 함께 황선우가 슬그머니 스마트폰을 꺼냈다.

"아무래도 직업이 직업인지라 자네 인터뷰를 따지 않으면 내 목이 날아가게 생겨서 말이야. 한국야구팬들이 자네 소식을 궁금해하기도 하고. 그래서 짧게라도 좋으니 인터뷰를 해 줄 수 있겠나?"

인터뷰를 시작할 속셈, 그런 황선우의 모습에 이진용은 고개를 끄덕였다. 애초에 황선우 기자가 왔다는 말을 들었을 때 인터뷰를 하리라 예상했고 그래서 만남을 요청했다.

인터뷰 자체를 하기 싫었다면 황선우와의 만남을 애초에 거절했을 것이다.

"얼마든지요."

"이미 신기록 달성에 대한 이야기는 쉴 새 없이 했을 테니 그 이야기는 건너뛰지."

"예."

"메츠의 에이스가 된 소감은?"

그 질문에 이진용은 고민 없이 대답했다.

"특별할 건 없습니다. 이제 시작점에 섰으니까요."

오히려 그 대답에 황선우가 고민을 시작했다.

"시작점?"

메이저리그 팀의 에이스가 됐다는 것, 그건 그 자체만으로도 대단한 일이었다. 그런데 그것을 시작점으로 삼는다?

하지만 놀라는 황선우에 비해 이진용은 당연하다는 듯이 담담한 표정으로 말했다.

"예. 이제 에이스로 인정받았을 뿐, 아직 에이스다운 무언가를 한 건 아니니까요."

그 말에 황선우는 잠시 말을 멈췄다. 멈춘 채 이진용의 말에서 틀린 점을 찾고자 했다.

하지만 아무리 생각해도 이진용의 말에서 틀린 점을 찾을 수 없었다.

'정답이군.'

에이스가 됐다고 해서 끝나는 게 아니었으니까.

오히려 에이스가 되는 순간 그 투수는 팀을 위해 무엇이든 해야 할 의무를 짊어진다. 이진용의 말대로 이제 시작점인 셈.

'언제나 상상 이상을 보여주는 선수로군.'

때문에 황선우는 머릿속에 준비했던 몇 가지 질문들을 이 순간 버렸다.

그리고 새로운 질문을 했다.

"그럼 이제 메츠의 에이스로서 뭘 할 생각인가?"

그 질문에 이진용은 대답했다.

"메츠의 팬과 선수들 그리고 관계자들, 더 나아가 메츠를 상대하게 될 모든 이들에게 보여줘야죠."

"보여준다?"

"메츠의 에이스가 어떤 투수인지."

"어떻게 보여줄 생각인가?"

"다음 매치업에서 9회 말 마지막 아웃카운트를 잡는 그 순간까지 오로지 오른손만 쓸 겁니다."

말을 하는 이진용의 입가에는 자신감이 짙게 묻은 미소가 걸려 있었다.

하지만 황선우는 달랐다.

"다음 상대? 자이언츠의 매디슨 범가너를 상대로 오른손만 쓴다고?"

이진용의 다음 상대는 지금 자신의 커리어 하이, 그 이상을 보여주는 투수였으니까.

그럼에도 이진용은 여전히 조금도 망설임 없이 대답했다.

"상대가 누구든 그건 상관없죠. 어차피 월드시리즈 우승을 하려면 전부 다 죽여 버려야 하는데."

그 대답에 황선우는 말문이 막힌 듯 더 이상 말을 이어가지 못했다.

이진용도 질문이 없기에 더 이상 말을 이어가지 않았다.

그곳에서 김진호만이 말했다.

-원래 오른손으로 던지는 놈이 오른손으로 던지는 게 무슨 핸디캡인 것처럼 말하네. 그것도 자이언츠 원정이면 메이저리그에서 대표적인 투수 친화 구장인 AT&T파크에서 던지는 거면서, 무슨 라이언 일병 구하러 가는 것처럼 말하고 있어.

김진호, 그는 이진용이 하는 말의 맹점을 알고 있었다.

그러나 세상은 그러지 못했다.

때문에 황선우 기자가 인터뷰를 마치는 순간, 그가 이진용과의 인터뷰 기사를 발표하는 순간 언론은 다시 한번 뒤집어질 수밖에 없었다.

[리, 폭탄선언! 오른손만으로 자이언츠를 상대하겠다!]
[리, 자이언츠 상대로는 왼손도 필요 없다!]
[리, 자신감인가 오만함인가?]

그렇게 이진용이 다시 한번 스포트라이트 아래 섰다.

◆ 5화 ◆
왼손은 거들 뿐

언제나 그렇지만 발 없는 말이 천 리를 달리고 나면 발 없는 괴물이 되는 법.

[이진용, 9회 말 마지막까지 오른손만으로 던져보고 싶다.]

이진용의 인터뷰 역시 그러했다.

황선우는 당연히 기자답게 이진용과의 인터뷰 기사를 썼다. 특별히 문제될 내용은 없는 기사를.

그러나 황선우가 내놓은 그 기사 내용은 그의 의도와는 다르게 그리고 그가 손쓸 틈도 없이 왜곡되고 부풀려지기 시작했다.

[리, 자이언츠는 오른손만으로 충분!]
[리, 자이언츠는 왼손을 쓸 가치도 없는 팀!]
[리, 자이언츠는 가소롭다!]

어느 순간부터 이진용이 자이언츠를 아주 보잘것없는 존재로 치부하는 상황이 되어버렸다.

당연히 세간은 그런 이진용을 가만히 두지 않았다.

-퍼킹 호우맨!

-빌어먹을 놈! 고작 운 좋게 기록 좀 세운 걸 가지고 이렇게 건방을 떨다니!

-이런 놈들치고 오래 가는 놈을 본 적이 없지! 조만간 아주 박살이 날 거야.

-미친 또라이 새끼!

이진용에 대한 비난 여론이 불같이 일어났다.

하물며 이진용은 메이저리그 모두의 선수 같은 게 아니었다.

-메츠 주제에 자이언츠를 얕보다니, 웃기지도 않는군.

-메츠가 언제나 그렇잖아? 올해는 다르다고 하지만, 결국 시즌 중반이 되면 바닥으로 떨어지지.

그는 어디까지나 메츠의 선수였고, 당연히 메츠를 제외한 메이저리그의 29개 구단은 이진용의 활약을 탐탁지 않아 했다.

당연히 다른 구단의 팬들 중에는 이진용이 고꾸라지기를 바라는 이들이 적지 않았고, 그런 그들에게 이진용의 이번 발언은 피라냐에게 혈액 팩을 던져주는 것과 같았다.

이진용을 탐탁지 않아 하는 이들이 모두가 온라인상에서 이진용을 물어뜯었다.

개중에서도 자이언츠 팬들의 분노는 엄청났다.

그 분노는 다른 무엇도 아닌 AT&T파크에서 치러지는 자이언츠와 메츠, 3연전 경기의 티켓 판매율로 드러났다.

[자이언츠 대 메츠 3연전 시리즈 매진!]

아직 5월, 야구 열기가 뜨겁게 달아오르기에는 조금 이른 시기임에도 4만 명이 넘는 관중들이 AT&T파크를 찾아오고자 한 것이다.

-메츠 놈들에게 보여주자고. 누가 하늘이고 누가 땅인지.

-메츠 놈들이 다시는 주둥이를 함부로 놀리지 못하게 박살을 내자고!

-호우맨, 그 새끼가 호우 하지 못하게 내가 가서 방해하겠어!

메츠 그리고 이진용이 처참하게 추락하는 것을 보기 위해서.

당연히 이진용을 향한 자이언츠 팬들의 분위기는 살벌하기 그지없었다.

-어휴, 끔찍하네. 진용아, 그러니까 적당히 해야지 실력도 없는 놈이 무슨 놈의 자신감으로 그런 짓을 한 거냐?

스마트폰을 통해 실시간으로 확인할 수 있는 온라인에서의 그 상황은 김진호조차 혀를 내두를 정도!

결국엔 김진호가 이진용을 나무랐다.

-인마, 야구는 신사의 스포츠야. 서로에 대한 존중과 예의를 갖춰야 하는 거라고. 너처럼 주둥이만 나불거리는 놈들은 나중에 주둥이가 찢어지는 수가 있어.

그런 김진호에게 이진용이 툭툭 스마트폰을 건드리며 무언가를 검색하더니 검색한 것을 김진호에게 보여줬다.

-이건 또 뭔데?

자신의 눈앞에 등장한 스마트폰을 향해 김진호가 퉁명스러운 반응과 함께 그 내용을 확인했다.

그건 어느 메이저리그 기자의 칼럼이었다.

[리의 행보는 과거 킴의 행보와 비슷하다. 무례한 행동과 거침없는 언변으로 주변을 자극하며 필요 없는 구설수를 만드는⋯⋯.]

그 칼럼의 내용을 본 김진호가 스마트폰으로부터 눈을 슬쩍 돌렸다.

-크흠, 크흠!

그러고는 몇 번 헛기침을 한 후에 곁눈질로 이진용을 바라보며 말했다.

-뭐, 사람이 말하다 보면 실수할 수도 있지.

"그렇죠."

이진용이 김진호의 말에 맞장구를 쳤다.

김진호가 그런 이진용을 뚱한 표정으로 바라보며 말했다.

-야, 난 실수이지만 넌 실수가 아니잖아!

그 말에 이진용은 스마트폰을 내려놓으며 말했다.

"전 이런 의미로 한 말이 아니에요. 그냥 9회 말 마지막 아
웃카운트를 잡을 때까지 오른손만으로 던지겠다, 그렇게 말했
을 뿐인데 사람들이 너무 확대 해석한 거죠."

-확대 해석?

그러고는 곧바로 이진용이 준비된 도구를 이용해 자신의 손
톱을 정리하기 시작했다.

-그런 놈이 왜 왼손 손톱을 다듬고 있는 거냐?

김진호의 말에 이진용은 대답 대신 미소를 지었다.

[자이언츠 대 메츠, 3연전 시작!]

자이언츠의 홈인 AT&T파크에서 치러진 자이언츠와 메츠의
3연전 시리즈.

[자이언츠가 메츠를 누르다!]
[자이언츠, 또 승리!]

정규시즌이 아니라 포스트시즌을 방불케 하는 시리즈의 1차전 그리고 2차전의 승자는 자이언츠였다.

[메츠, 참패에 고개 숙이다!]
[메츠, 이대로 괜찮은가?]

더불어 그냥 승리가 아닌 압승이었다.

1차전은 9 대 1, 8점 차 대승이었고 2차전 역시 7 대 0으로 자이언츠가 메츠를 상대로 영봉승을 거두었다.

승리를 거둔 입장에서는 남은 한 경기 따위는 어찌 되어도 상관없을 정도로 만족스러운 승리.

그러나 자이언츠의 팬과 선수들은 티끌의 만족감도 보이지 않은 채 3차전을 준비했다.

아니, 만족하지 않은 수준이 아니었다. 오히려 앞선 두 경기보다 더 많은 관중들이 더 일찌감치 AT&T파크를 찾아와 서슬 퍼런 적의와 살의, 투지를 뿜어대고 있었다.

당연히 그 이유는 바로 그 때문이었다.

"퍼킹 호우맨!"

"오늘 아주 박살을 내주지!"

이진용.

그 누구도 아닌 자이언츠의 자긍심을 건드린 사내가 시체가 되기 전까지, 자이언츠 팬들은 만족할 생각이 없어 보였다.

심지어 그 분위기는 조금 위험한 수준이었다.

우우우!

이진용이 러닝을 위해 그라운드를 나오는 순간, 곳곳에서 이진용을 향한 야유가 퍼부어졌으니까.

그 광경에 메츠 선수들조차 등골이 오싹해졌다.

'최악이군.'

솔직히 앞선 두 경기 동안 메츠 선수들은 이진용에 대한 불만이 있었다. 굳이 하지 않아도 될 도발을 해서 경기 분위기를 안 좋게 만든 건 분명한 사실이었으니까.

그러나 두 경기에서 패배를 하고, 이제 팀의 에이스가 되어 오늘 무대에 오르게 될 이진용을 보는 순간 더 이상 불만을 품을 수가 없었다.

'정말 최악이야.'

'이런 날에 마운드에 올라서 공을 던지라니, 나라면 죽어도 못 해.'

'하물며 상대가 범가너라면……'

이런 분위기 속에서 마운드에 오른다는 사실이 도리어 불쌍해질 지경이었으니까.

그러한 주변의 분위기를 이진용이 모를 리 없었다.

우우우!

그러나 이진용은 사방에서 쏟아지는 야유 속에서 자신이

해야 할 것을 완벽하게 했다.

그라운드의 상태를 살폈고, 경기장의 분위기를 살폈으며, 자신의 몸 상태를 살피고, 예열을 시작했다.

당연히 야유 소리 따위는 무시했다.

우우우!

-이야, AT&T파크가 이런 분위기도 나오는구나.

반면 김진호는 이 상황을 무시하는 수준이 아니라, 신기해 하고 있었다.

-내가 여기 올 때는 야유는커녕 다들 그냥 쥐 죽은 듯이 입 다물고 있었는데.

김진호가 기억하는 AT&T파크의 분위기는 그 어느 곳보다 조용한 야구장이었으니까.

그것이 김진호가 메이저리그에서 보여주었던 존재감이었 다. 단순히 보이는 성적 이상의 아우라가, 지배자에 어울리는 위압감이 김진호에게는 존재했다.

-반대로 어느 허접쓰레기 투수는 여기 와서 쥐 죽은 듯이 입 다물고 있네.

그런 김진호가 조용히 러닝을 하는 이진용을 향해 이죽거 리듯 말했다.

우우우!

그러자 자이언츠 팬들이 마치 김진호의 말에 호응하듯 이진 용을 향해 야유를 퍼부었다.

그 사실에 김진호가 미소를 지었다.

-아, 갑자기 자이언츠가 좋아지려고 하네. 자이언츠 팬들 죄송합니다. 현역 시절에 그렇게 괴롭혀서 미안해요. 신이시여, 이제야 반성합니다. 그러니 무슨 벌이든 달게 받겠습니다. 물론 벌은 제 제자인 이놈이 대신 받아줄 겁니다.

그때였다.

"호."

이진용이 갑작스레 짧게 소리를 냈다.

-응?

우우우!

그런 이진용의 짤막한 소리 뒤로 자이언츠 팬들의 야유 소리가 들렸고, 그 사실에 이진용이 타이밍을 맞춘 후에 다시 뱉었다.

"호."

우우우!

이내 맞춰진 화음에 이진용이 미소를 지었고, 그 모습을 본 김진호가 경악을 금치 못하는 표정으로 말했다.

-우와…… 진짜 대단하다. 정말 넌 대단한 또라이야.

대부분의 경기장에는 기자들을 위한 공간이 마련되어 있다. 메이저리그 구장도 마찬가지였다. 세계에서 가장 많은 돈이 오가는 프로스포츠 중 하나인 메이저리그의 명성에 걸맞게 메이저리그 구장들은 한국 야구구장과는 비교할 수 없을 정도로 멋진 기자실이 마련되어, 기자 몇 명이 오든 쾌적하게 기사를 쓸 수 있는 환경이 조성되어 있었다.

그러나 자이언츠와 메츠의 시리즈 마지막 경기가 치러지는 AT&T파크의 기자실은 자리는커녕 숨 쉴 틈조차 찾아보기 힘들 정도로 많은 기자들이 모여 있었다.

"뭐야? 왜 이렇게 사람이 많아?"

"아니, 월드시리즈도 아니고 이게 무슨 일이야?"

포스트시즌 이상, 그야말로 월드시리즈를 방불케 하는 분위기였다.

물론 그 이유를 모르는 이는 없었다.

"리, 대단한 놈이야. 어떤 식으로든 자신이 가는 곳에 스포트라이트를 만드니까."

"그렇지. 원정 경기도 매진시키는 티켓 파워는 아무나 가질 수 있는 게 아니니까."

"롭 커미셔너가 좋아하겠군. 악당이 필요한 상황에서 아주 대놓고 악당이 등장했으니까."

이진용.

그가 이런 상황을 만들었다는 것을 기자들은 다 알고 있었다.

"그래서 호우맨이 매드 범을 이길 수 있을까?"

당연히 기자들의 이야기 주제는 오로지 이진용 그리고 매디슨 범가너에 대한 것뿐이었다.

"일단 점수는 쉽게 안 나오겠지. 둘 다 현재까지 방어율이 0점이잖아?"

"호우맨이 5경기에서 45이닝 무실점, 매드 범이 6경기에 나와 43이닝 무실점."

용호상박. 현재 이진용과 매디슨 범가녀가 보여주는 존재감을 설명할 수 있는 표현은 그것 외에는 다른 것이 떠오르지 않을 정도였다.

"단순하게 보면 성적 자체는 호우맨이 위이긴 하군."

물론 5경기 연속 완봉승에 노히트게임까지 한 이진용의 존재감이 더 강렬한 건 당연했다.

"하지만 호우맨은 제 입으로 말했지. 오늘 경기에서 오른손만을 쓰겠다고. 그건 상당한 핸디캡이야."

"그렇지."

문제는 그 이진용이 제 스스로 왼손을 봉인했다는 것.

"자존심이 있는데 자기가 한 말은 지켜야지."

이제는 자존심 때문에라도 본인이 한 말 그대로, 9회 말 마지막 아웃카운트를 잡을 때까지 오른손만을 쓸 수밖에 없다는 것.

"그리고 분위기는 이미 자이언츠 쪽으로 완벽하게 넘어왔지."

"포스트시즌 분위기나 다름없지. 그리고 포스트시즌에서 짝수해의 자이언츠는……."

"무시무시하지."

그리고 현재 모든 분위기는 자이언츠에게 압도적으로 유리한 상태로 조성되어 있다는 것.

"이런 분위기라면 범가너가 10회는 물론 11회에도 던질 수 있을걸?"

결정적으로 이런 분위기 속에서 그 누구보다 강한 모습을 보여주는 투수가 바로 매디슨 범가너란 투수였다.

2014년 월드시리즈 무대에서 3게임에 나와 21이닝을 던지며 2승 1세이브에 0.43의 방어율을 기록한 투수보다 빅게임에서 강한 빅게임 피처가 있을 리 만무하지 않은가?

때문에 기자실을 채운 기자들은 모두가 말했다.

"호우맨이 할 수 있는 건 잘해야 무승부 정도겠지."

"그렇지. 잘해야 노 디시전, 승도 패도 없이 무실점 기록을 유지한 채 마운드를 내려갈 수 있겠지."

이진용은 무실점 기록을 이어가는 것만으로도 잘한 거라고.

물론 기자실을 채운 기자 한 명의 생각은 달랐다.

'이진용은 원래 우완투수였다. 심지어 오른손으로 120킬로 미터짜리 공을 던질 때도 프로 레벨에서 활약했는데, 지금은 오른손으로도 150킬로미터가 넘는 공을 던지는 상황.'

황선우.

어떤 의미에서 지금 이 사태를 일으킨 주범이라고 할 수 있는 그는 분명히 말할 수 있었다.

이진용은 오른손만으로도 메이저리그 타자들을 충분히 요리할 수 있다고.

'무엇보다 이진용의 최대 강점은 모든 경기를 자기 페이스대로 이끌어가는 기획력이다.'

결정적으로 황선우는 이진용이 그저 공만 잘 던지는 투수가 아니라, 경기 전후로 모든 것을 기획하는 뛰어난 기획자라는 것을 알고 있었다.

때문에 황선우는 확신했다.

'그런 인터뷰를 한 것 자체가 애초에 말실수가 아니라 노림수다.'

지금 일어나는 모든 상황은 이진용이 예상한 바이며 노리는 바라는 것을.

"게임이 시작되는군."

그 순간 게임이 시작됐다.

이진용.

5게임에 출전해 45이닝 무실점, 다섯 번의 완봉승 그리고 한 번의 노히트게임과 11타자 연속 탈삼진이라는 메이저리그 역사에 존재치 않는 유일무이한 기록 보유자.

매디슨 범가너.

6게임에 출전해 43이닝을 던지며 무실점을 기록, 메이저리그에서 그 누구보다 큰 경기에서 강한 모습을 보여준 빅게임 피처.

당연한 말이지만 이 둘이 메이저리그에서도 가장 투수에게 유리한 구장으로 평가받는 AT&T파크에서 붙었을 때, 쉽사리 점수가 나오리라 생각한 이는 없었다.

투수들은 그런 모두의 생각에 훌륭하게 부응했다.

일단 매디슨 범가너, 그는 홈구장을 가득 채운 자이언츠 팬들에게 보여줬다.

"스윙, 스트라이크 아웃!"

-범가너! 그가 다시 한번 삼진을 잡습니다. 7이닝 무실점! 그리고 14탈삼진!

-멋진 피칭이네요. 그 어느 때보다 강한 모습입니다. 장담합니다. 오늘 범가너는 2014년 월드시리즈 때보다 강합니다!

최고 96마일까지 나오는 포심 패스트볼과 위력적인 수준을 넘어 절대적인 무브먼트를 보이는 투심 패스트볼을 이용해 타자를 2스트라이크, 벼랑 끝까지 몰아넣고 독특한 투구폼에서 나오는 슬라이더로 타자를 잡아내는 그의 피칭은 흠잡을 곳이 없었다.

매드 범(Mad Bum), 그 별명에 어울리는 피칭이었다.

당연히 메츠 타자들이 그런 매디슨 범가너로부터 점수를 뽑아낼 구석 역시 없었다.

물론 이진용의 피칭도 그에 비해 부족하지 않았다.

펑!

"스트라이크 아우웃웃!"

-리가 다시 한번 삼진을 잡아냅니다! 오늘 열 번째 삼진입니다!

-대단하네요. 리의 오른손 피칭을 이렇게 제대로 보니, 그가 얼마나 대단한 투수인지 실감이 됩니다. 완벽합니다. 컨트롤부터 커맨더, 구종 선택과 타이밍까지. 그야말로 정답만을 보여주는군요.

최고 구속은 92마일. 그러나 포심 패스트볼을 시작으로, 컷 패스트볼, 투심 패스트볼, 스플릿 핑거 패스트볼이라는 변형 패스트볼에 슬라이더, 커브, 체인지업마저 완벽하게 구사하는 이진용의 오른손 피칭은 구속이란 개념 자체를 부질없게 만들고 있었다.

그 사실에 모두가 놀랐다.

-호우맨 오른손 피칭 끝내주는데?

-오른손만 던지는 게 핸디캡 맞음?

-정말 완벽하게 요리를 하는구나. 타자를 요리해.

-차라리 왼손으로 던져주는 게 핸디캡 같겠다. 왼손은 컨트롤이라도 잘 안 되잖아?

이진용의 오른손이 정교한 저격용 총과 같다는 건 알았지만, 설마 이 정도일 줄은 아무도 몰랐으니까.

또한, 모를 수밖에 없었다.

이진용은 자신의 오른손이 부각될 무렵이면 의도적으로 왼손을 꺼내 오른손을 숨겼다. 저격수의 가치는 그 존재가 드러나지 않을 때 가장 빛이 난다는 점을 그는 잊지 않았다.

그러나 오늘, 이진용은 자신의 오른손이 얼마나 완벽한 사냥꾼인지 숨기지 않았다.

그 사실 앞에서 이진용을 죽이고자 했던 자이언츠 타자들과 이진용이 난타를 당한 채 마운드에서 도망치는 꼴을 보고자 했던 자이언츠 팬들은 입을 다물 수밖에 없었다.

"호우!"

그 고요해진 AT&T파크 안으로 이진용의 환호성이 울려 퍼졌다.

경기는 어느덧 7회 말, 양 팀의 점수는 여전히 0 대 0으로 팽팽한 균형을 이루고 있었다.

이제는 2이닝만 남은 상황.

"아무래도 연장전으로 갈 것 같은데?"

"이 페이스면 8회나 9회에 절대 점수 안 나와."

하지만 그 누구도 남은 2이닝 동안 점수가 나오리란 상상을, 9회 말에 경기가 끝나리란 상상을 하지 못했다.

그런 상황 속에서 결국 매디슨 범가너가 자신의 의지를 밝혔다.

"오늘 끝까지 가겠어."

매디슨 범가너가 오늘 이길 때까지 마운드를 지키겠음을 선언했다.

그리고 그게 매디슨 범가너란 투수였다. 팀의 자존심과 자긍심을 위해서 기꺼이 자기 한 몸 불태울 줄 아는 투수.

그 사실에 자이언츠 선수들의 눈빛은 달라졌다.

'우리에게는 범가너가 있다.'

'그래, 10회든 11회든 범가너라면 마운드를 완벽하게 지켜줄 거야.'

매디슨 범가너의 선언이 자이언츠 타자들의 가슴을 뜨겁게 만들기 시작했다.

그런 자이언츠 선수단이 더그아웃으로 들어가는 이진용을 그야말로 씹어 죽일 기세로 노려보기 시작했다.

당연히 그 시선의 변화를 이진용과 김진호도 느꼈다.

-진용아, 아무래도 범가너가 뭔가 말한 거 같은데? 자이언츠 애들이 널 보는 눈깔이 달라진 걸 보니까.

"뭐라고 했을까요?"

-함 해보입시더! 뭐, 그러지 않았을까?

"범가너가 한국어를, 그것도 부산 사투리를 썼다고요?"

-말이 그렇다는 거지.

그 순간 김진호가 이진용을 향해 퉁명스럽게 말했다.

-뭐 어쨌거나, 진용이 넌 좋겠다. 네가 원하는 대로 됐으니까.

그 말에 이진용은 대답 대신 자신의 능력치창을 활성화했다.

[이진용(투수)]

-최대 체력 : 129

-최대 구속 : 148

-보유 구종 : 포심 패스트볼(S), 투심 패스트볼(S), 스플릿 핑거 패스트볼(S), 컷 패스트볼(A), 체인지업(S), 슬라이더(S), 커브(S).

-보유 스킬 : 심기일전(C), 일일특급(C), 라이징 패스트볼(S), 마법의 1이닝, 무쇠팔(B), 리볼버, 컨트롤 마스터(S), 철인, 에이스, 철마(A), 전력투구, 마구(E), 스위칭(S), 수호신, 이닝 이터(E)

'오른손으로 씨를 뿌렸으니…….'

그것을 본 이진용이 미소를 지었다.

'이제 왼손으로 거둘 일만 남았군.'

[스킬업(A)을 획득하셨습니다.]

[스킬 마스터를 획득하셨습니다.]

[배드볼 히터(E)를 획득하셨습니다.]

메이저리그에서 처음으로 기록한 10타자 연속 탈삼진과 메이저리그 연속 탈삼진 신기록으로 받은 다이아몬드 룰렛 이용권 2개 그리고 포인트를 소모해 돌린 플래티넘 룰렛에서 나온 결과물을 받는 순간 이진용은 두 가지 고민을 시작했다.

-아, 젠장! 이 빌어먹을 쓰레기 게임이 또! 응? 진용아, 너 왜 호우 안 하냐?

하나는 과연 어떻게 해야 김진호를 더 확실하게 놀릴 수 있을까, 하는 고민.

'이것으로 범가너를 잡으려면 어떻게 해야 할까?'

다른 하나는 이제 조만간 이진용이 붙게 될 매디슨 범가너와 자이언츠를 확실하게 무너뜨리기 위한 고민이었다.

-진용아, 왜 그래? 갑자기 불안하게.

"고민 중이에요."

-고민? 무슨 고민?

"어떻게 하면 김진호 선수를 더 빡치게 할 수 있을지."

진지한 표정과 함께 내뱉은 이진용의 그 말에 김진호가 발끈하며 소리쳤다.

-에이, 진짜! 걱정한 내가 뒈질 놈이지!

"그리고 범가너를 앞세운 자이언츠를 확실하게 짓밟으려면 어떻게 해야 하는지."

그러나 이어진 이진용의 말에 김진호는 화를 내는 것을 멈추고 살짝 놀란 눈으로 이진용을 바라봤다.

-범가너를 짓밟고 싶다고?

"김진호 선수가 보기에 범가너의 지금 폼은 어떤가요?"

이진용의 물음에 김진호는 망설임 없이 대답했다.

-최고지, 좌완 김진호라고 불러줘도 부족함이 없을 정도로.

그 말에 이진용도 고개를 끄덕였다.

"범가너가 더 잘생기고, 더 훤칠하고, 인성도 더 좋고, 성격도 더 좋고, 연애도 해보고, 결혼도 했다는 점만 제외하면 좌완 김진호라고 할 수 있겠죠."

-얄미운 새끼, 어떻게 된 게 한 번을 그냥 안 넘어가냐?

그건 이진용이 다른 투수에게 할 수 있는 최고의 극찬이었다.

이진용이 생각하는 최고의 투수는 김진호였고, 그런 김진호와 비등하다는 건 지금 매디슨 범가너의 폼이 최고라는 의미였으니까.

-어쨌거나 매디슨 범가너의 폼이 최절정에 도달한 건 사실이지.

당연한 말이지만 메츠 타자들이 그런 매디슨 범가너를 상대로 제대로 점수를 뽑는 장면은 쉽게 상상되지 않았다.

-메츠 타자들을 상대로 완봉승은 물론 노히트게임을 해도 그러려니 할 수 있을 정도로.

오히려 이진용을 포함한 모든 타자들이 매디슨 범가너에게 9이닝 무실점, 그야말로 숨통이 조여지는 광경만이 상상될 뿐.

-하물며 월드시리즈 무대에서도 완봉승을 거둔 범가너가 개뿌록 허접쓰레기 투수가 나온다고 겁먹을 일도 없고.

그런 매디슨 범가너와 이진용이 붙는다면?

대부분의 이들이 상상하는 그림은 똑같았다.

0 대 0.

두 투수 모두 9이닝 동안 무실점 피칭을 할 것이고, 결국 경기는 연장으로 넘어가는 그림.

-뭐, 너도 이제는 쫌 던지니까 둘이 붙으면 노 디시전으로 끝날 가능성이 크지.

노 디시전, 승자도 패자도 나오지 않은 채 이진용과 매디슨 범가너는 그 승부를 다음으로 기약하게 될 가능성이 높았다.

하지만 이진용은 그런 결과에 만족할 생각이 없었다.

-자연스레 승부는 다음을 기약하게 될 테고, 앞으로 일정을 보면 그다음은 포스트시즌이 될 가능성이 크지.

언제 다시 매디슨 범가너와 맞붙을지도 몰랐을뿐더러, 만약 다음에 만나게 된다면 그 무대는 페넌트레이스가 아닌 포스트시즌 무대가 될 가능성이 높았으니까.

'이번에 확실하게 승부를 봐야 해.'

그렇기에 더더욱 이진용은 이번 매치업에서 확실하게 결판을 내고 싶었다.

'포스트시즌에서 날 보는 순간 비명이 나올 정도로 확실하게.'

포스트시즌에서 이진용을 상대하게 된 자이언츠가 이진용을 피하기 위해 매디슨 범가너를 2차전에 출전하게 만들 정도로, 그 정도로 확실하게 공포감을 심어주고 싶었다.

'그럼 과연 무슨 방법을 쓰는 게 좋을까?'

그때 김진호가 말했다.

-내가 방법을 말해주지. 진용이, 네가 스킬업과 스킬 마스터를 이용해 슬러거를 마스터 랭크로 만든 후에 범가너를 상대로 홈런을 때리는 거야! 진용아, 넌 할 수 있어!

김진호의 그 말에 이진용이 무언가를 떠올린 듯 고개를 끄덕이며 말했다.

"그게 좋겠네요."

이진용의 대답에 김진호가 반색하며 말했다.

-그, 그래? 그렇지? 내 방법이 좋겠지? 응?

그런 김진호에게 이진용은 말했다.

"네, 아주 좋을 것 같아요."

-짜식! 그래, 내가 설마 너 엿 먹으라고 이러겠냐? 범가녀 상대로 홈런을 치는 거다! 슬러거를 마스터하는 거야! 빨리 마음 바뀌기 전에 슬러거 스킬업 좀 해봐.

그런 김진호 앞에서 이진용은 곧바로 스킬업과 스킬 마스터 아이템을 사용했다.

[스위칭 스킬의 스킬 랭크가 A랭크로 스킬업했습니다.]

[스위칭 스킬의 스킬 랭크가 마스터 랭크가 됐습니다.]

-응? 진용아? 뭐하는 거야?

"고민 해결 중인데요?"

-고민?

"김진호 선수를 어떻게 하면 더 빡치게 할 수 있을까, 그 고민이요. 짜잔! 해결됐습니다!"

-씨발 진짜!

기겁하는 김진호. 그를 보며 이진용은 미소를 지었다.

이 순간 이진용은 방법을 찾아냈다.

'9회에 승부를 볼 수 없으면 10회에도 범가녀를 마운드에 세우면 될 일이지.'

그런 이진용의 머릿속으로 드디어 그림이 그려졌다.

'오른손만으로 던지겠다고 하면 분명 자이언츠와 범가너가 날 죽이려고 하겠고, 그 상태에서 10회에 돌입하면…… 왼손을 꺼내면 되겠군. 아, 혹시 그거 한 번 해볼까? 아, 자이언츠 팬들이 야유해 줬으면 좋겠다.'

AT&T파크가 악몽으로 물드는 그림이.

그리고 그 그림은 현실이 됐다.

9회 초, 자이언츠의 마운드에 올라온 매디슨 범가너의 피칭에 이변 같은 건 없었다.

-범가너! 그가 결국 9회에도 무실점으로 막습니다!

9이닝 무실점 17탈삼진. 투구수는 112구.

그 어디에서도 흠잡을 것 없는 완벽한 피칭이었다.

그런 매디슨 범가너의 피칭을 향해 자이언츠 팬들은 박수를 보냈다.

"역시 범가너다!"

"자이언츠의 전설!"

"위대한 에이스가 돌아왔다!"

이 순간 자이언츠 팬들의 눈앞으로는 2014년, 월드시리즈 무대에서 매디슨 범가너가 보여준 모습이 아른거렸다.

그들이 생각할 수 있는 가장 황홀한 기억이 자이언츠 팬들의 심장을 미치게 만들었다.

그러나 그 기분은 오래 가지 않았다.

-이제 리가 마운드에 올라옵니다.

매디슨 범가너의 뒤를 이어 자그마한 투수 한 명이 올라오는 순간 자이언츠 팬들은 박수를 멈추고는 야유를 보내기 시작했다.

우우우!

사방에서 뿜어진 야유가 그라운드를 단숨에 채웠다.

숨이 막힐 정도.

결국 그 야유 소리에 한숨이 나왔다.

"후우!"

마운드가 아닌 타석, 이제 이진용을 네 번째로 상대하게 된 자이언츠의 5번 가르시아의 입에서 한숨이 나왔다.

그건 어쩔 수 없는 일이었다.

'빌어먹을.'

이 순간 가르시아는 자이언츠 팬들의 이 어마어마한 기대에 보답할 자신이 없었으니까.

이진용의 피칭은 그 정도였다.

'저 괴물 같은 새끼.'

메이저리그 타자조차 그를 이제는 괴물로 취급하게 될 정도.

'차라리 왼손이 낫지, 저 오른손은······.'

실제로 이진용의 오른손 피칭은 틈이 보이지 않았다.

칼 같은 컨트롤을 기반으로 만들어내는 스트라이크존 경계면 사이의 피칭은 야구가 아닌 다른 것을 하는 듯한 착각을 들게 했다.

'그래, 이번만 참으면 돼.'

그런 상황에 놓인 가르시아에게 있어 유일한 위안거리는 지금이 9회 말이라는 점이었다.

'이번만 넘어가면 놈도 끝이다.'

이진용이 10회에도 나올 순 있겠지만, 가르시아가 타석에 서는 건 11회 혹은 12회가 될 테니까.

'10회는 그렇다 쳐도 설마 11회나, 12회에 놈이 나오는 일은 없겠지.'

더 이상 이 괴물을 볼 일은 없을 테니까.

그런 가르시아의 마음가짐은 그대로 포수에게 그리고 마운드 위에 있는 투수에게 전달됐다.

-감사히 먹어주세요, 그러는구먼.

당연히 이진용은 그런 가르시아를, 이제는 모든 것을 포기한 그를 향해 가차 없는 피칭을 했다. 가르시아의 몸쪽과 바깥쪽을 찌르며 스트라이크를 얻은 후에 마지막으로 스플리터를 던져내며 단숨에 헛스윙 삼진을 잡아냈다.

"스윙 스트라이크, 아웃!"

헛스윙 삼진을 당하는 순간, 가르시아의 표정은 오히려 후

런한 기분이었다.

"호!"

이진용의 저 소리조차도 이제는 그러려니 했다.

'응?'

그러나 이진용의 외침이 이어지지 않은 채 멈추는 순간 가르시아는 의문을 품기 시작했다.

그때였다.

우우우!

자이언츠 팬들의 야유 소리가 가르시아의 귀를 두드렸다.

'서, 설마?'

그 순간 가르시아는 놀란 표정으로 이진용을 바라봤다.

그러자 야유 소리를 기다렸다는 듯이 미소를 짓는 이진용의 모습이 보였다. 야유 소리마저 이제는 자신의 환호성의 일부분으로 이용해 먹는 모습이 보였다.

그 모습에 가르시아는 저도 모르게 말했다.

"미친 또라이 새끼!"

그리고 잠시 후 AT&T파크에 있는 모든 이들이 가르시아와 같은 말을 뱉었다.

펑!

"스트라이크, 아웃!"

자이언츠의 7번 타자 잭슨이 루킹 삼진으로 물러나는 순간 마운드에 있는 이진용은 하늘로 손을 높게 들며 소리쳤다.

"호!"

평소와는 다른 짧고, 굵은 외침.

그런 이진용의 외침 속에 AT&T파크가 대답했다.

우우우!

그것은 야유 소리였다. 아주 진한 야유 소리.

그러나 그 경기를 시청하는 이들은 알 수 있었다.

-와, 아주 그냥 자이언츠 팬들을 놀려 먹네, 놀려 먹어.

-야유 소리를 저렇게 이용해 먹는 놈은 저놈이 유일할 듯.

-어메이징 호우네.

AT&T파크를 찾은 자이언츠 팬들은 지금 이진용에게 농락 당하고 있다는, 만약 그들이 오늘 경기를 다시 보게 된다면 기겁하리란 사실을.

물론 자이언츠 선수들은 이 상황을 알고 있었다.

모를 수가 없었다. 이진용을 공략하기 위해 그의 숨소리마저 캐치해 내는 것이 그들이 해야 할 일이었으니까.

"저 빌어먹을 새끼!"

"퍼킹 호우맨!"

당연히 그들은 분노했다. 자신들은 물론 자이언츠의 팬조차 농락당한다는 사실에 분노하지 않을 수가 없었다.

그게 이유였다. 10회 초 마운드에 오르기 위해 글러브와 모자를 챙기는 매디슨 범가너를 그 누구도 막지 않은 이유.

'범가너, 너밖에 없다.'

'부탁한다.'

'저 빌어먹을 놈의 입을 막아줘.'

지금 이 순간 이진용의 입을 막을 수 있는 건 매디슨 범가너밖에 없었으니까.

심지어 코칭스태프들조차 매디슨 범가너를 말릴 수 없었다. 이런 꼴을 당했는데 이대로 경기를 포기하는 건, 승패를 떠나 메이저리그에서 가장 많은 승리를 거둔 팀의 자존심이 밑바닥으로, 시궁창으로 떨어지는 일이었으니까.

-아! 범가너! 그가 10회에 마운드에 오릅니다!

그렇게 매디슨 범가너가 더그아웃을 나오는 순간, AT&T파크에 있는 모든 자이언츠 팬들이 자리에서 일어나 박수를 치기 시작했다.

짝짝짝!

AT&T파크가 삽시간에 박수 소리로 물들었다.

심지어 그 박수 소리는 메츠의 더그아웃마저 물들였다.

짝짝!

이진용, 그가 마운드 위로 올라온 매디슨 범가너를 향해 진심을 담은 박수를 보냈다.

-에휴.

김진호가 그런 이진용을, 그리고 그런 이진용의 옆에 놓인 검은색 양손투수용 글러브를 바라보며 긴 한숨을 내뱉었다.

-하필 내 첫 제자가 이런 또라이라니…….

그렇게 에이스들의 연장전이 시작됐다.

흔히 체력이 좋은 투수를 구분할 때 100구를 기준으로 잡는다. 100마일을 던지는 투수가 100구를 던진 후에도 90마일 중후반대의 구속을 던지면, 그 투수는 아주 체력이 좋은 투수로 평가받게 된다.

당연히 9이닝 동안 110구가 넘는 공을 던진 투수의 공은 평소보다 느릴 수밖에 없었다.

매디슨 범가너, 그도 그 사실에서 자유로울 수 없었다.

펑!

92마일. 10회 초, 최고 96마일까지 나오던 그의 구속은 이제는 92마일이 한계일 정도로 떨어져 있었다.

"스윙, 스트라이크 아우우웃!"

그럼에도 매디슨 범가너는 마운드 위에서 1개의 볼넷만을 내준 채 무실점으로 이닝을 마무리하고, 마지막 아웃카운트를 삼진으로 잡아냈다.

그 순간 매디슨 범가너가 왼손을 하늘 위로 번쩍 들며 소리쳤다.

"호우!"

그것은 복수였다.

이진용에게 이제까지 9이닝 내내 당한 자이언츠 팬들을 위한 완벽한 복수.

짝짝짝!

그 사실에 자이언츠 팬들은 환희를 넘어 감동의 박수를 보냈다.

-매드 범!

-역시 범가녀다!

-범가녀, 너야말로 최고의 투수다!

온라인에서도 매디슨 범가녀를 향한 극찬이 이어졌다.

팀의 자긍심을 지키기 위해 10회에도 마운드에 올라온 매디슨 범가녀는 영웅이 되기에 부족함이 없었으니까.

그러나 이번에도 그 감동과 박수 소리는 길지 않았다.

-호우맨 올라오네?

-저 새끼도 보통 놈이 아니야.

-와, 결국 올라오는구나.

이진용, 그 역시 매디슨 범가녀처럼 10회 말을 막기 위해 마운드로 향하고 있었으니까.

물론 그건 어느 정도 예상한 바였다. 9회까지 이진용의 투구수는 103구로 굉장히 잘 관리된 상황이었고, 1회부터 9회까지 한결같은 피칭을 보여줬으니까.

-응?
-어?

그런 이진용으로부터 다른 점을 찾은 건 이진용이 마운드에 꼿꼿이 선 채 모자를 고쳐 쓰는 순간이었다.

이진용, 그가 오른손이 아닌 왼손으로 제 모자를 고쳐 썼다.

"뭐야? 왜 왼손이야?"

"오른손으로만 던진다며?"

그 사실에 관중은 물론 기자실에 있는 기자들마저 기겁했다.

물론 황선우만은 놀라지 않았다.

이제는 분명하게 알고 있었으니까.

'그래, 9회 마지막 카운트를 잡을 때까지 오른손으로 던지겠다고 했지. 내가 혹시나 해서 그 부분을 네 번이나 검토하고 기사를 썼지.'

이진용이 인터뷰에서 한 말의 의미가 무엇인지.

'그럼 9회가 끝났으니 더 이상 오른손을 던질 필요는 없지.'

그렇게 이제는 좌완투수가 되어 마운드에 등장한 이진용의 모습에 AT&T파크가 어수선해지기 시작했다.

'왼손?'

'여기서?'

자이언츠 선수들 역시 놀란 눈으로 이진용을 바라봤다.

개중에서도 이진용을 상대하게 된 8번 타자 알렉스는 거의 반쯤 얼이 빠진 표정으로 타석에 섰다.

'왼손이라니, 여기서?'

"플레이 볼!"

심지어 주심이 경기 시작을 알렸을 때도 알렉스는 여전히 정신을 내놓고 있었다.

그는 마네킹이나 다름없었다. 본능적으로 배트를 휘두르는 것조차 할 수 없게 된 마네킹.

그런 그에게 이진용은 당연히 스트라이크존 한가운데를 꿰뚫는 공을 던졌다.

펑!

그렇게 이진용이 던진 공이 포수의 미트에 파고드는 순간 AT&T파크의 어수선함이 삽시간에 사라졌다.

"101마일?"

101마일.

솔직히 말해서 그 구속이 AT&T파크의 전광판에 찍혔을 때 지금 상황이 어떻게 돌아가는지, 지금 자신들의 눈앞에서 무슨 일이 일어나고 있는지, 저 구속이 의미하는 바가 무엇인지 제대로 파악하는 이는 없었다.

오직 한 가지만 확실하게 파악할 수 있었다.

"10회 말에 101마일이라니…… 힘이 넘치지 않고서는 불가능한 일인데?"

지금 마운드 위에 있는 투수, 101마일을 던진 투수 이진용은 조금도 지치지 않았다는 것.

'아니, 그럴 리가 없어.'

물론 몇몇 이들은 그 사실을 애써 부정했다.

'9이닝 동안 100구를 넘게 던졌는데 지치지 않을 리가 없잖아!'

'놈이 괴물이 아니고서는 그런 게 가능할 리 없어!'

'무리하는 거야. 억지로 구속을 쥐어짜 내고 있는 게 분명해. 저렇게 던지면 제구는 엉망일 거야.'

'전광판이 고장 났나?'

이진용이 무리해서 구속을 내기 위해 공을 던지는 거라고.

아니면 스피드 건에 문제가 생겼거나, 전광판에 문제가 생겨서 나온 해프닝이라고.

그런 그들에게 이진용은 거듭 보여줬다.

펑!

"스트라이크!"

펑!

"볼!"

펑!

"스트라이크, 아우우우웃!"

평균 구속 98마일의 포심 패스트볼들, 타자의 스트라이크 존 바깥쪽과 몸쪽을 날카롭게 파고드는 공을 통해 이진용은 자신을 믿지 못하고 의심하는 이들에게 분명하게 말해줬다.

"호!"

자, 이제 시작이야!

그리 말하는 듯한 이진용의 피칭 앞에서 자이언츠 팬들의 말문은 기어코 막혀 버렸다.

이제까지 매 이닝마다, 이진용이 등장할 때마다, 그가 아웃을 잡을 때마다 내지르던 야유를 내뱉지 못했다.

"아……."

대신 탄식만을 내뱉을 뿐.

심지어 메츠 선수들도 마찬가지였다.

"와……."

같은 팀임에도 이진용이 보여준 모습은 그들의 상식과 상상을 가뿐하게 짓밟고 있었으니까.

하물며 메츠 선수단이 느끼는 충격이 그 정도인데 자이언츠 선수들이 느낀 충격은 어느 정도일까?

탄식조차 없었다. 자이언츠 선수들은 그저 영혼이 나간 표정으로 마운드 위에서 다음 타자를 상대할 준비를 하는 이진용을 바라만 볼 뿐이었다.

그 무렵이었다.

브루스 보치, 자이언츠 감독인 그가 무덤가로 변해 버린 자이언츠의 더그아웃 안에서 움직이기 시작했다.

그가 벤치코치를 불러 귓속말로 이야기를 하고, 벤치코치는 곧바로 투수코치를 불러 이야기를 나누었다. 그리고 그 이야기가 끝나는 순간 벤치코치가 수화기를 들고, 투수코치는 매디슨 범가너에게 다가갔다.

긴 대화는 필요 없었다.

지금 이루어지는 이 모든 작업들이 의미하는 바가 무엇인지 모르는 이는 더그아웃에 있을 수가 없었으니까.

결국 매디슨 범가너가 긴 한숨을 내뱉은 후에 자리에서 일어나 더그아웃을 나갔다.

'아.'

그나마 싸늘하게 식어버린 자이언츠의 벤치를 뜨겁게 만들던 유일한 온기가 사라지자, 자이언츠 선수들과 코칭스태프의 얼굴이 창백하게 변하기 시작했다.

그렇게 매디슨 범가너가 사라진 벤치, 이제는 혹한기를 맞이한 그 벤치 속으로 그 소리가 파고들었다.

펑!

"또 101마일이다!"

이진용, 그가 다시 한번 101마일짜리 공을 던졌다.

펑!

포수 미트에 공이 꽂히는 순간 주심은 일말의 망설임도 없이 소리쳤다.

"스트라이크!"

그 외침과 함께 주심이 몸을 돌린 채 자신의 온 힘을 실은 주먹을 휘두르며 소리쳤다.

"아우우우우웃!"

삼진 아웃 콜. 그야말로 온몸으로 내지른 외침이었다.

그러나 세상 그 누구도 주심의 외침에 귀 기울이지 않았다. 바라보지도 않았다.

"또 101마일이다!"

모든 이들의 시선은 전광판에 찍힌 구속을 향했고, 그 구속을 찍은 이를 향해 귀를 기울였다.

그런 그들을 위해 이진용은 기꺼이 들려줬다.

"호!"

그러나 이번에는 이제까지와 달리 그 어떤 반응도 없었다.

오늘 경기 내내 들리던 야유 소리는커녕, 한숨 소리조차 들리지 않을 정도.

그 사실에 이진용이 다시 한번 주변을 훑어본 후에 제 스스로 마무리를 지었다.

"우!"

그 모습에 김진호가 말했다.

-이상하네. 왜 안 보이지?

무언가를 찾는 듯 주변을 두리번거리는 김진호. 그런 그의 말에 이진용이 고개를 갸웃했다.

"뭐 찾는 분이라도 있어요?"

-아니, 이쯤이면 보여야 하거든.

"뭐가요?"

-너한테 맥주 캔을 던지려고 제구 잡는 사람이, 하다못해 핫도그라도 던지는 사람이 있어야 하는데…….

진지한 김진호의 목소리에 이진용이 혀를 찼다.

"또 헛소리하시네."

하지만 말과 달리 이진용 역시 게슴츠레한 눈으로 관중석의 분위기를 살폈다.

'진짜 뭔가 날아오진 않겠지?'

솔직히 이제까지 이진용이 저지른 짓을 떠오르면, 나초 정도는 날아와도 이상할 게 없었으니까.

그러나 자이언츠 팬들에게 그런 복수를 생각할 여유는 없었다. 지금 AT&T파크는 혹한의 땅이었으니까.

'매드 범!'

그리고 그 혹한을 부술 수 있는 건 매디슨 범가너, 그 뜨거운 자이언츠의 전설밖에 없었으니까.

그렇기에 자이언츠 팬들은 부디 그가 올라와 이 분위기를 뜨겁게 만들어주기를 소원했다.

그러나 그들의 소원은 이루어지지 않았다.

-자이언츠가 새로운 투수를 마운드에 올립니다. 테일러, 그가 오늘 마운드를 밟는 세 번째 투수가 됐습니다.

11회 초 마운드에 올라온 건 매디슨 범가너가 아닌 불펜투수였다.

그 사실에 이진용 그리고 김진호가 미소를 지었다.

자이언츠, 그들이 매디슨 범가너를 내린 것은 분명히 현명하고 합리적인 판단이었다.

"테일러를 올리는군."

"여기서는 범가너를 올리지 않는 게 현명한 거지."

"맞아. 더 이상 올리면 다음 경기가 위험하니까."

"이제 5월이야. 시즌은 이제 시작이라고. 여기서 다른 투수도 아니고 범가너를 무리해서 쓰는 건 자이언츠에게 치명적이야."

10이닝 무실점 피칭을 하면서 130구가 넘는 공을 던진 매디슨 범가너를 다시 한번 더 마운드에 올린다는 것은 다음 경기를 포기하는 것과 다를 바 없는 일이었으니까.

즉, 매디슨 범가너가 11회에 올라오지 않은 건 도망이나, 패배를 인정하는 게 아니었다. 지극히 합리적이고, 이성적인 퇴장이지.

그러나 그 경기를 보는 그 누구도 매디슨 범가너의 퇴장을 당연한 퇴장이라고 생각하지 않았다.

-범가너가 도망쳤네.
-매드범이 호우맨에게 졌네.

도망.

사람들은 매디슨 범가너가 이길 자신이 없어서 무대를 떠났다고 생각하고 있었다.

물론 그건 분명 이른 판단이었다.

-지랄하지 마! 범가너가 도망치다니!

-10이닝 무실점 피칭을 한 투수가 물러나는 게 도망이라니, 아주 병신들만 모였군.

-호우맨도 이제 10이닝 던졌을 뿐이야!

이진용 역시 10회 말을 마무리하는 순간, 10이닝 무실점 투수가 되었을 뿐이니까.

매디슨 범가너와 이진용, 그 둘은 여전히 똑같은 성적을 기록하는 중이었으니까.

이진용이 11회 말에도 마운드에 올라오지 않는 이상, 매디슨 범가너가 졌다고 할 수는 없었으니까.

때문에 그 누구도 자신들의 생각을 입 밖으로 내뱉지는 않았다.

그뿐이었다.

'범가너가 내려갔다.'

'리가 범가너를 잡았다.'

입 밖으로 내뱉지만 않을 뿐, 관중들과 기자들은 물론 선수들까지도 이미 알고 있었다. 지금 이 경기가 메츠 쪽으로 기울어지기 시작했다는 사실을. 승리의 여신이 메츠를 향해 입꼬리를 조금씩 올리고 있다는 사실을.

그리고 그 사실은 11회 초가 되는 순간 분명하게 증명됐다.

빠악!

한 방이었다.

단 한 방.

기나긴 무실점의 승부를 끝낸 것은 AT&T파크를 반으로 가르는 포물선 하나였다.

-조 존스! 그가 해냈습니다!

조 존스, 그가 홈런을 쳐냈다.

그 사실에 AT&T파크의 분위기는 차갑게 식었다. 팬들이 고개를 숙이기 시작했다.

그리고 11회 말, 이진용이 다시 마운드에 올라왔다. 치열한 전투 끝에 이제는 먹잇감이 되어버린 자이언츠를 거두기 위해서.

4만 명이라는 숫자는 엄청난 숫자다.

그들이 그저 숨 쉬는 소리를 내는 것만으로도 분위기가 소란스러워질 정도로 엄청난 숫자.

그러나 4만 명의 관중으로 가득 찬 AT&T파크는 그러지 않았다. 마치 영화를 보다가 음소거 버튼을 누른 듯 고요하기 그지없었다.

처벅, 처벅……

그 고요함은 마운드로 향하는 투수의 발소리조차 들을 수 있을 정도였다.

-그래, 이거지.

그 분위기 속에서 이진용과 함께 마운드로 오르는 김진호는 진한 미소를 지었다.

-드디어 내가 아는 AT&T파크의 분위기가 느껴지는군.

미소를 짓는 김진호는 과거의 자신이 이곳에서 자이언츠를 상대로 마운드에 올라왔을 때의 표정을 짓고 있었다.

메이저리그의 지배자.

마주하는 모든 메이저리그 팀들에게 있어 참담함과 암담함만을 선물했던 때의 표정을 짓고 있었다. 눈빛은 살벌하게 번뜩이고, 미소는 섬뜩하게 빛나는 표정을.

그리고 이진용, 그 역시 김진호와 똑같은 표정을 짓고 있었다.

그것이면 충분했다.

김진호는 굳이 지금 이 순간 이진용이 어떤 기분을 느끼는지 질문하지 않았다.

무슨 생각을 하는지, 무엇을 원하는지, 어떤 야구를 하고자 하는지 그 역시 질문하지 않았다.

과거 김진호가 이곳에서 생각했던 것을 지금 이진용은 똑같이 생각하고 있을 것이며, 김진호가 이곳에서 했던 것을 이제는 이진용이 다시 한번 재현할 테니까.

메이저리그의 지배자!

그 무시무시한 공포를 다시 한번 새겨놓을 테니까.

"플레이 볼!"

그렇게 11회 말이 시작됐다.

그 소리에 이진용이 제 왼손에 묻은 송진 가루를 후! 불었다.

1 대 0, 이제는 마지막 공격이 될지도 모르는 11회 말.

대개 이 상황이 오면 기자들은 분주해진다. 경기가 끝남과 동시에 오늘 경기를 마무리 짓는 기사를 다시 한번 살펴보고, 정리해야 하니까.

그러나 AT&T파크의 기자실을 가득 채운 기자들 중에서 분주해 보이는 이들은 없었다. 모두가 경악으로 물든 채 경기를 보거나 혹은 노트북 위 키보드 앞에서 심사숙고했다.

이진용 때문이었다.

'이게 과연 가능한 건가?'

이진용이 굉장한 투수라는 건 기자실을 가득 채운 기자들 모두가 알고 있는 사실이었다.

모를 리가 없었다. 5게임 연속 완봉승을 거두고, 노히트게임을 달성한 후에 11타자 연속 탈삼진이라는 톰 시버와 김진호를 뛰어넘는 메이저리그 뉴 레코드를 기록한 투수가 굉장한 투수가 아니라면 그 어떤 투수에게도 굉장하다는 표현을 쓸 수 없을 테니까.

하지만 굉장함에도 정도가 있는 법.

'리의 한계는 대체 어디까지인가?'

이진용이 보여주는 굉장함은 메이저리그 기자들이 생각하

는 것, 그 이상이었다.

몇몇 기자들이 키보드를 앞에 두고 고민에 빠진 이유 역시 바로 그런 이유 때문이었다.

'이 선수를 뭐라고 설명해야 할까?'

보통의 경우라면 선수를 표현하는 데 역사적으로 굉장했던 선수를 불러오면 될 뿐이었지만, 이진용은 그조차도 허락하지 않고 있었다.

일단 양손투수라는 것 자체가 다른 투수와의 기량적인 비교 자체를 거부했다. 이진용은 그저 단순히 양손으로 던지는 정도가 아니라 양손을 완벽하게 쓰고 있었기에.

오늘 경기만 봐도 알 수 있다.

오른손만으로 9이닝 내내 자이언츠를 두드려 그로기 상태에 빠지게 만든 후에 왼손으로 스트레이트 펀치를 연달아 날리는 상황. 당연히 자이언츠는 그 왼손 펀치 앞에서 무기력하게 무너질 수밖에 없었다.

육체가 버티는 수준을 넘어 정신적으로 무너졌다.

그게 11회 초에 메츠가 점수를 낸 이유였다. 메이저리그 수준의 세상에서 전의를 상실한 건 치명적인 약점을 드러낸 것과 같으니까.

이진용의 양손 피칭은 그런 피칭이었다.

그저 무실점만이 아닌 팀의 승리를 만들어내는 피칭.

그런 이진용과 기량 면에서 비교될 만한 양손투수는 메이저리그 역사에 존재치 않았다.

'……존재감만이라면 그와 비슷하다.'

기량이 아닌 존재감을 놓고 다른 누구와 비교한다고 해도 그 대상은 정말 극히 드물었다.

'킴, 그와 비슷하다.'

김진호.

메이저리그의 지배자라 불리었던 그 투수 수준의 선수만이 이진용과 비교가 될 만했다.

하지만 김진호를 이 순간 꺼내는 이는 없었다.

김진호는 메이저리그의 지배자. 이진용을 그런 그와 동일 선상에 놓는다는 건 이진용이 이제 메이저리그의 지배자임을 말하는 것과 다를 바 없지 않은가? 하물며 김진호조차도 그 별명을 얻기 위해서 수년 넘게 자신의 가치를 증명했었다.

'아니, 킴과 비교하기에는 일러.'

'이제 한 달 좀 넘게 던졌을 뿐인 투수와 킴을 비교하다니, 그건 아니지.'

고작 5게임, 이제는 6게임이 되어버린 이진용을 지배자로 인정하는 건 메이저리그 기자들의 자존심이 허락하지 않는 일이었다.

타닥, 타닥!

그런 기자실 속에서 오직 한 명만이 거침없이 키보드를 두드리고 있었다.

그 정체는 당연히 그였다.

황선우, 그는 고뇌와 경악으로 물든 다른 기자들과 달리 여느 때보다 기분 좋은 미소를 지은 채 막힘없이 타자를 치며 이진용에 대한 기사를 쓰기 시작했다.

단숨에 기사를 완성시킨 그는 곧바로 마지막 검토를 시작했다.

'……이진용, 그가 자이언츠의 무대에서 다시 한번 완봉승을 거두었다. 한국인 출신 투수가 자이언츠에서 완봉승을 거둔 것은 김진호가 2003년 8월 3일에 기록한 이후 처음이다.'

이윽고 마지막 부분에 도달한 황선우는 무언가를 떠올린 듯 다시 타자를 두드리기 시작했다.

'……이것으로 이진용은 1988년 사이영상과 월드시리즈 MVP를 수상한 다저스의 오렐 허샤이져가 기록한 59이닝 무실점 기록에 3이닝만을 남겨두었다.'

그 순간이었다.

-게임 끝! 리! 승리투수는 진용 리! 그가 자신이 시작한 게임을 자신이 스스로 마무리 지었습니다!

게임이 끝났고, 그 순간 황선우는 곧바로 자신이 쓴 기사를 언론사에 보내며 자리에서 일어났다.

그러고는 생각했다.

'다음 기자실에는 평소보다 반나절은 일찍 출근해야겠어. 그러지 않으면 서서 기사를 쓰게 될지도 모를 테니까.'

이진용이 만들어낸 놀라움은 이제 시작이라는 것을.

[리! AT&T파크를 지배하다!]

11회까지 이어진 기나긴 전쟁이 끝났을 때, 메이저리그와 관련된 모든 것은 이진용의 존재감으로 뒤덮이기 시작했다.

그건 경악으로 뒤덮인 것과 같았다.

-이거 실화냐?

-이건 말도 안 돼.

-11이닝 무실점 완봉승이라니?

매디슨 범가너가 그 어느 때보다 완벽한 피칭을 했음에도, 다시 보여줄 수 있을지 의문이 들 정도로 훌륭한 피칭을 했음에도, 그럼에도 매디슨 범가너를 패자로 만들어 버린 이진용의 피칭을 상상하고, 가늠한 이는 아무도 없었으니까.

-대체 어디서 이런 괴물이 나온 거야?
-한국에서 야구 시작했다면서? 거기 대체 뭐하는 동네야?

세계 모든 야구팬들이 기겁했다.
물론 한 곳은 달랐다.

-이호우 11이닝 완봉승했다!
ㄴ11이닝 완봉승? 뭐야 평소 때의 이호우잖아?
ㄴ이호우가 평소처럼 호우했는데 뭔 호들갑?
ㄴ난 또 13이닝 완봉승이라도 한 줄 알았네. 이호우면 당연히 11이닝은 던져줘야지.

이미 이진용이란 괴물에 익숙한 한국야구팬들은 이진용의 활약을 순수하게 즐길 수 있었다.
그러나 그런 한국야구팬들마저도 곧바로 이어진 새로운 사실 앞에서는 놀라지 않을 수 없었다.

-황선우 칼럼 떴다!

이제는 이진용 전담 기자가 된 황선우는 자신의 칼럼을 통해 세상에 알려줬다.

-이호우 4이닝만 더 무실점 던지면 메이저리그 신기록이다!

이진용이 메이저리그의 역사적인 기록 중 하나인 다저스의 오렐 허샤이저의 59이닝 무실점 이닝 기록을 새로 쓰는 데까지 4이닝만을 남겨두었다는 사실을.
당연히 세상의 이목은 이진용의 다음 상대로 향했다.

-이호우 다음 상대가 어디지?
-홈경기 아님? 홈에서 컵스랑 붙잖아?
-자이언츠전 끝나고 하루 쉰 다음에 다저스랑 원정 4연전 하잖아? 다저스전에는 못 나옴?
└하루 쉬고 4연전이니까 4연전 마지막 경기에 나오려면 나올 수는 있지.

그리고 이진용의 다음 상대를 알게 되는 순간 세상은 다시 한번 경악했다.

-잠깐, 다저스전에 나오면 어떻게 되는 거야?
└어떻게 되긴 다저스타디움에서 다저스의 오렐 허샤이저가 쓴 기록을 깨는 거지.
└참고로 오렐 허샤이저가 다저스 최후의 월드시리즈 MVP임.

└만약 이호우가 다저스전에 나오면 다저스 팬들 뒤집어지겠군.

새로운 드라마가 시작됐다.

"시나리오 끝내주네."

경기를 마치고 기사를 통해서 자신의 상황을 파악한 이진용은 감탄을 토해냈다.

"안 그래요? 정말 끝내주지 않아요?"

현재 상황을 보면 이진용이 다저스전에서 무실점 최다 이닝 기록을 경신할 가능성이 높았으니까.

메이저리그에서 무실점 최다 이닝 신기록을 세우기에 이보다 더 끝내주는 무대는 없을 정도.

-이게 뭐가 좋아?

반면 김진호의 반응은 퉁명스럽기 그지없었다.

"왜요? 시나리오 끝내주잖아?"

-끝내주긴 개뿔!

"그럼요?"

-좆도 모르는 병신 삼류 소설가도 안 쓸 법한 시나리오 수준이구먼. 정신 나간 또라이가 아닌 이상 누가 이런 식으로 이야기를 쓰냐? 응? 이게 말이 돼? 이런 식으로 이야기를 쓰는 놈이 있으면 싸대기를 한 번 날리고 소설을 못 쓰게 해야지. 아무렴!

김진호의 격한 반응에 이진용이 피식 웃음을 흘렸다.

그 웃음과 함께 이진용이 오늘 경기를 다시금 복기했다.

이진용의 미소가 더욱 진해졌다.

"어쨌거나 오늘 경기는 끝내줬죠."

사실 지금 이진용을 가장 만족스럽게 하는 건 매디슨 범가너를 상대로 승리를 거두고, 메이저리그 신기록에 4이닝만을 남겨두었다는 것이 아니었다.

"최고의 경기였어요."

오늘 AT&T파크의 마운드 위에서 과거 김진호와 같은 것을 해냈다는 것. 자이언츠 팬들로 하여금 야유조차 내뱉지 못하는 위엄을 선보였다는 것. 이진용에게는 그것이 그 무엇보다 중요했다.

이진용의 그 말에 김진호가 목소리를 가다듬으며 말했다.

-뭐, 나쁘진 않았지.

"에이, 경기 후반에 보니까 좋아서 입이 귀에 걸리셨던데. 김진호 선수가 봐도 좋았죠?"

-누가? 내가? 입이 귀에 걸렸다고? 잘못 본 거겠지. 헛것이라도 본 거 아니야?

"혹시 부끄러우세요?"

-부끄럽냐고? 야! 나 김진호야! 사나이 김진호! 부끄러움 따위는 모르는 사나이!

"부끄러움 따위를 모른다는 게 염치가 없다는 거랑 같은 말 아닌가? 염치가 없다고 자랑하시는 건가요?"

-닥쳐! 어쨌거나 안 좋았어! 아니 구렸어! 완전 개쓰레기 같은 게임이었어!

김진호의 반응에 이진용이 히죽 웃으며 말했다.

"그럼 정확히 뭐가 안 좋았는지 말씀해 주시죠? 반성하게."

-그, 그야…… 그래! 나였으면 진작 범가녀 상대로 홈런 때려서 게임 끝냈어! 새끼, 연장 간 게 자랑이야? 응? 야구선수라면 자기가 홈런을 쳐서라도 9회에 경기 끝내야지!

이제는 문자 그대로 억지를 부리는 김진호 앞에서 이진용은 어깨를 으쓱했다.

-여하튼 넌 아직 허접쓰레기 개뽀록이야!

그때였다.

[현재 누적 포인트는 38,723포인트입니다.]

베이스볼 매니저가 갑작스럽게 말을 뱉었다.

-아이, 깜짝이야!

그 갑작스러운 말에 김진호가 놀라며 이진용을 향해 소리쳤다.

-야! 깜빡이 좀 켜고 들어와!

"그래서 어떻게 돌릴까요?"

이진용의 물음에 김진호가 곧바로 반색하며 말했다.

-어떻게 돌리긴, 남자라면 한 방! 그러지 말고 그냥 포인트 더 모아서 플래티넘이나 다이아를 돌리자.

"그냥 골드 3번 돌리는 게 낫지 않을까요? 오늘 시나리오를 보니까 여기서 대박 연달아 세 번 정도 터질 것 같은데."

-시나리오?

"예, 오늘 시나리오 끝내줬잖아요?"

시나리오란 단어에 김진호가 고개를 세차 흔들었다.

-진용아, 내가 말했잖아? 이런 시나리오는 삼류 또라이 작가도 안 쓴다니까? 너 삼류 또라이 작가 시나리오에 베팅할래 아니면 메이저리그의 위대한 투수인 내 말을 믿고 안전하게 투자할래? 응?

김진호의 그 말에 이진용은 고민 끝에 대답했다.

"당연히 베팅해야죠."

[1만 포인트를 소모해 골드 룰렛을 활성화합니다.]

그 순간 곧바로 황금빛 룰렛 하나가 모습을 드러내며 힘차게 돌아가다 이내 멈췄다.

멈춘 칸은 다름 아닌 백금색의 칸!

[스킬업(A)을 획득하셨습니다.]

"호우!"

이진용이 그대로 환호성을 내질렀다.

"그래, 이거지! 내 이럴 줄 알았어!"

반면 김진호는 그저 입을 꾹 다물었다.

그러나 이진용은 그런 김진호의 낌새 따위는 살피지 않은 채 곧바로 새로운 골드 룰렛을 활성화했다.

"자, 그럼 골드 한 번 더 갑니다!"

그 둘의 눈앞에 다시 한번 등장한 골드 룰렛이 힘차게 돌아가기 시작했다.

그리고 다시 멈췄다.

[스킬업(A)을 획득하셨습니다.]

백금색 칸에.

"어?"

그 사실에 이진용이 놀란 표정을 지었다.

반면 김진호는 입을 좀 더 꽉 다물었다.

이진용이 그런 김진호의 표정을 곁눈질로 살핀 후에 마저 포인트를 소모해 골드 룰렛을 활성화했다.

그리고 등장한 골드 룰렛이 힘차게 돌아가다 이내 멈췄다.

[스킬업(A)을 획득하셨습니다.]

눈앞에 나온 결과물에 이진용은 더 이상 감탄사조차 내뱉지 못했다.

대신 이진용이 슬그머니 김진호를 바라봤다.

그 순간 김진호가 꽉 다물었던 입을 열었다.

-빌어먹을 운빨좆망겜.

그로부터 김진호가 다시 말을 꺼낸 건 무려 1시간이란 시간이 지난 다음이었다.

메이저리그 일정은 자세히 보면 몇 가지 특징이 있다.

그중에서도 경기를 치르는 것을 보면 어떻게든 이동하는 동선을 줄이기 위해 노력한 흔적이 보인다.

예를 들면 동부에 있는 메츠나 양키스가 서부 해안가에 있는 팀과 매치업을 치르게 되면, 그냥 아예 그 근처 팀들과 경기를 치른 후에 홈으로 오게 한다.

만약 샌프란시스코 자이언츠와 원정을 치른 후에 뉴욕으로 돌아와 홈경기를 치르고, 다시 LA다저스와 경기를 치르기 위해 LA로 간다면 선수들은 미쳐 버릴 테니까.

메츠가 자이언츠와의 원정 3연전 다음에 곧바로 다저스와 원정 4연전을 치르는 것도 그런 이유 때문이었다.

여기에 하루 휴식일까지 주어진 메츠 입장에서 다저스와의 4연전은 절호의 기회였다.

[다저스 대 메츠! 메츠는 복수에 성공할 것인가?]

4월, 메츠가 다저스에게 진 빚을 갚을 수 있는 기회!

달리 말하면 메츠는 이번만큼은 어떻게든 다저스를 상대로 인상적인 결과를 만들 필요가 있었다.

이런 조건 속에서조차 다저스에게 시리즈 스윕을 당한다면 이번 시즌 동안 메츠에게 다저스는 트라우마가 되어버릴 테니까.

그런데 실제로 그 일이 일어났다.

[다저스, 메츠 상대로 다시 한번 3연승!]
[메츠, 다저스 공포증에 걸리다!]

3연패.

다저스는 2017시즌 월드시리즈 문턱에서 마신 분노를 메츠에게 있는 힘껏 풀었다. 2018시즌 메츠가 다저스를 상대로 6전 6패를 당하는 순간이었다.

-메츠 4차전마저 패배하면 올해 다저스는 죽어도 못 이김.

-4차전은 무조건 잡아야지. 최소한 1승은 해야 할 거 아니야?

-그럼 별수 없겠네.

-별수 없지.

-호우해야지.

때문에 메츠는 결국 4차전에 그 카드를 꺼낼 수밖에 없었다.

[리! 다저스와의 4차전 출격!]
[리, 과연 다저스타디움에서 전설을 쓸 것인가?]

이진용, 그가 다저스와의 4차전의 선발로 등판하게 됐고, 그에 대한 다저스는 기꺼이 맞불을 놓았다.

[오타니 대 리!]
[진정한 이도류를 가린다!]

오타니 쇼헤이 대 이진용.
동양에서 온 두 이도류 선수의 매치업이 성사되는 순간이었다.

다저스타디움.
1962년에 개장한 이후 다저스의 홈구장이었던 그곳은 다저스가 다저스의 이름으로 세운 무수히 많은 영광의 기록이 존재하는 곳이었다. 4번의 월드시리즈 우승을 비롯해 정말 많은 영광의 기록이 존재하는 곳.
그런 다저스의 영광을 향해 한 사내가 도전장을 던졌다.
오렐 허샤이저, 그가 가진 59이닝 무실점 기록을 향해 한 사내가 이제 고작 3이닝만을 남겨두었다.
심지어 그 전설을 다른 어디도 아닌 이곳, 다저스타디움에서 세울 준비를 하고 있었다.
"리는?"

"슬슬 나올 때가 되지 않았어?"

이진용.

당연한 말이지만 다저스타디움은 경기가 시작되기 한참 전부터 도전자 이진용이 나오기를 기다리는 무수히 많은 이들로 북적거리고 있었다.

"라커룸에 들어갈 수도 없고…… 골치 아프군."

더욱이 오늘 메츠는 기자들의 라커룸 출입을 막았다.

"어쩔 수 없지. 오늘 메츠가 리에게 거는 기대를 생각하면 바람 소리도 조심해야 할 테니까."

이상한 조치는 아니었다.

오늘 경기가 이진용에 가지는 의미를 생각한다면, 선발 등판을 앞두고 기자 때문에 이진용의 심리나 멘탈에 영향이 가는 것은 원천봉쇄하는 게 당연했으니까.

"리도 신경이 곤두섰을 테고."

"하긴, 다저스 선수단은 어떻게든 리에게서 점수를 뜯어내려고 달라붙을 테니까."

하물며 다저스 선수들은 오늘 자신들의 전설이 다른 곳도 아닌 다저스타디움에서 타인의 손에 의해 깨지는 것을 용납할 생각이 추호도 없었다.

이미 경기 시작 전부터 다저스 선수단은 인터뷰를 통해 자신들의 의지를 표현했다.

야시엘 푸이그는 이진용을 상대로 가장 끝내주는 배트 플립을 준비했으니 기대하라고 말했고, 코리 시거를 비롯해 다저스를 대표하는 타자들 모두가 이진용을 순순히 뉴욕으로 보낼 생각이 없음을 드러냈다.

"오타니조차 의지를 불태웠지."

심지어 오타니 쇼헤이조차 타자로서 어떻게든 이진용을 상대로 점수를 뽑겠다는 의지를 드러낸 상황이었다.

맹수 우리, 그곳에 제 발로 들어온 이진용은 과연 무슨 표정을 짓고, 무슨 생각을 하고 있을까?

그것이 지금 그라운드에서, 더그아웃에서 기자들이 이진용이 나오기를 기다리는 이유였다.

"리다!"

"호우맨!"

그리고 그런 그들 앞에 이진용이 등장했다.

'헉!'

물론 그런 이진용의 곁에는 통역사 이영예가 함께하고 있었고, 때문에 기자들이 이진용에게 무작정 달려드는 일은 없었다.

대신 기자들은 멀찌감치 떨어진 곳에서 질문을 던졌다.

"리! 오늘 경기를 앞둔 소감 한마디만 부탁합니다."

"다저스를 상대로 어떤 피칭을 할 생각입니까? 오늘도 오른손만 사용할 겁니까?"

그 질문에 이진용은 기꺼이 대답을 해주었다.

"일단 기분은 별로 좋지 못합니다. 아시다시피 저번 자이언츠전은 졸전이었으니까요."

그렇게 시작된 대답에 기자들은 모두 꿀 먹은 벙어리가 되었다.

'졸전?'

'11이닝 무실점 완봉승 경기가?'

일부는 통역사인 이영예가 잘못 통역한 것이라고 생각했고, 때문에 한 명이 질문했다.

"졸전이라고 하셨습니까?"

그 질문에 이진용이 곧바로 대답했다.

"잘 풀린 경기였다면 11회 말까지 가는 일이 없었겠죠. 하물며 10회도 아니고 11회까지 갔는데 그걸 좋은 경기라고 할 수는 없지 않습니까?"

확인 사살과도 같은 그 말에 기자들 중 일부는 저도 모르게 꼴깍, 침을 삼켰다.

다시 한번 상상 이상을 보여주는 이진용 앞에서 할 수 있는 것은 그런 것밖에 없었으니까.

그런 그들에게 이진용은 분명히 말했다.

"적어도 오늘은 그런 졸전을 치를 생각이 없습니다. 대답은 여기까지입니다. 이제부터 연습을 해야 하니, 양해 부탁합니다."

그 말과 함께 이진용이 장비를 챙기고 그라운드로 향했다.

배트와 헬멧을 챙긴 채.

-드디어 게임이 시작됐습니다!

다저스, 이진용을 맞이한 그들의 마음가짐은 간단했다.

이진용을 상대로 어떻게든 1이닝이라도 일찍 점수를 뜯어내 다저스의 전설 중 하나인 오렐 허샤이저의 최다 무실점 이닝 기록이 깨지는 것을 막겠다!

-1회 초 메츠의 공격부터 이닝이 시작됩니다. 다저스의 선발은 오타니 쇼헤이입니다.

그 의지는 1회 초 다저스의 선발투수로 마운드에 오른 오타니 쇼헤이의 피칭에서 그대로 드러냈다.

펑!

"오!"

"101마일이다!"

1회 초.

오타니 쇼헤이는 일찌감치 100마일이 넘는 패스트볼을 던지면서 자신이 이미 최고조에 도달했음을 보여주고 있었다.

-대놓고 말하네. 승패 따위는 관심 없고 그냥 개뽀록 허접쓰레기 투수를 초전박살 내겠다고.

더 나아가 이진용을 상대로 초반에 힘을 아끼며 나중을 기약할 생각 따위도 없음을 말해줬다.

-그보다 대단하네. 쟨 그냥 던지면 100마일이야. 누군 아주 그냥 지랄을 떨어야 100마일 던지는데. 아, 그리고 보니 쟤가

최고 구속이 103마일이라면서? 165킬로미터! 역시 저런 게 진짜 에이스이지. 생긴 것도 훤칠하네.

여러모로 대단한 모습이었다. 1회에 100마일을 가뿐하게 던져대는 투수는 많지 않으니까.

심지어 오타니 쇼헤이의 최고 구속은 103마일, 165킬로미터로 이미 일본프로야구리그 최고 구속 신기록을 달성한 상태였다.

-타격 능력도 우수하고. 메이저리그에서 풀타임 뛰면 20홈런도 가뿐히 칠 수 있는 피지컬이라지?

거기에 타석에서조차 메이저리그 수준의 타격 실력을 보여 줬다.

완벽이라는 표현이 부족하지 않은 선수였고, 그런 선수는 메이저리그 역사에도 손에 꼽힐 정도로 드물었다.

-좋아, 저 녀석에게 포스트 김진호란 이름을 허락해 줘야겠군. 오타니 쇼헤이, 이제부터 넌 포스트 김진호다!

김진호가 바로 그중 한 명이었다. 메이저리그 역사에서도 손꼽히는 선수.

물론 그 사실에 이진용이 기가 죽을 일은 없었다.

"왜 잘 던지는 선수 욕을 하고 그래요?"

-뭐?

"지금 쌍욕하셨잖아요?"

-내가 언제?

"포스트 김진호라고……."

-에이, 진짜! 야! 그게 어떻게 욕이야? 극찬이지, 극찬!

오히려 이 순간 이진용은 어느 때보다 여유가 넘치고 있었다.

-오냐, 이제부터 난 오타니 팬이다! 오타니! 이 빌어먹을 개뽀록 투수를 제발 발라줘!

근거 없는 자신감은 아니었다.

"그럼 오늘 오타니가 이긴다에 뭐 거실래요?"

-응?

"그렇게 자신 있으면 내기해 보자고요. 나랑 오타니, 오늘 경기 누가 이길 것 같은지. 오타니에 거시죠?"

그 말에 김진호가 잠시 말문은 닫은 후에 입을 열었다.

-진용아, 도박은 나쁜 거야. 내기 같은 거 하지 마, 인생은 착하게 살아야지. 너 내기 같은 거 하면 죽어서 지옥 가.

승부를 피하는 김진호.

즉, 김진호도 알고 있었다. 이진용이 보여주는 이 자신감이 근거 있는 자신감이라는 사실을.

-에휴, 다저스 애들도 아직 멀었네. 아주 대놓고 의도를 노출하면 뭘 어떻게 하겠다는 거야?

일단 지금 다저스는 이진용에게 자신들의 의중을 노골적으로 드러내고 있었다.

물론 그건 무서운 일이었다.

-그러니까 월드시리즈 우승을 고작 1승 남겨두고 애스트로스에 넘겨주지.

다저스는 작년 시즌 내셔널리그 우승팀이며, 월드시리즈 7차전까지 간 팀이었으니까.

그들이 가진 전력과 저력은 메이저리그 최정상급이라고 보는 게 당연지사.

하지만 제아무리 강한 맹수라도 포효를 거듭하면 오히려 사냥하기 쉬워지는 법, 지금 다저스의 상황이 그랬다.

-여하튼 월드시리즈 우승 못 하는 애들은 다 이유가 있다니까.

그들은 너무나도 노골적으로 자신들의 의지를 드러내고 있었다.

동시에 그들은 조급함도 드러내고 있었다.

'날 죽이고 싶어 안달이 났군.'

힐끔힐끔, 다저스 야수들이 수비 도중에 메츠의 더그아웃에 있는 이진용을 곁눈질로 바라보는 것이 증거였다.

'뭐, 4회 말까지 결판을 내야 하니까.'

사실 지금 다저스에게 승리 따위는 아무래도 좋았다.

이미 이번 시즌 메츠를 만난 6번의 게임에서 6승을 거둔 상황에서 1패쯤은 감수할 수 있으니까.

그보다 중요한 건 다름 아니라 이진용의 기록.

현재 56이닝 무실점 기록을 유지 중인 이진용이 3이닝을 무실점 이닝으로 막는다면 오렐 허샤이저와 타이기록이 되며, 거기서 1이닝을 더 기록하면 이제 오렐 허샤이저를 뛰어넘은 유일무이한 기록 보유자가 된다.

아니, 1이닝도 아니다. 0.1이닝!

이진용이 4회 말에 올라와 단 하나의 아웃카운트만 잡아도 이진용은 59.1이닝으로 메이저리그 최다 무실점 이닝의 유일무이한 기록 보유자가 될 수 있었다.

즉, 다저스는 어떻게든 4회 말 1아웃, 10개의 아웃카운트를 당하기 전에 1점을 내야만 한다는 의미.

다저스 선수들이 조급함을 느끼는 이유였다.

'처음 만났는데 그렇게 쉽게 허락해 줄 수는 없지.'

그리고 자신들의 의중을 대놓고 드러내며, 심지어 조급함마저 느끼고 있는 맹수는 이진용에게 최고의 사냥감이었다.

더욱이 이진용의 자신감의 근거는 하나 더 있었다.

이진용이 그 자신감의 근거를 눈앞에 등장시켰다.

[이진용(타자)]

-피지컬 : 42

-밸런스 : 81

-선구안 : 90

-보유 스킬 : 매의 눈(A), 히트맨(E), 핀치 히터, 클러치 히터, 라스트 찬스(F), 존, 슬러거(A), 멀티 히트(A), 배드볼 히터(A)

슬러거, 멀티 히트 그리고 배드볼 히터.

세 가지 스킬을 바라보는 이진용의 입가에 미소가 그어졌다.

"리!"

물론 지금 당장 이진용이 해야 하는 건 타석에 서는 것이 아니었다.

"잘 부탁한다!"

"예."

일단은 마운드에 서서 아웃카운트를 잡는 것.

그렇게 이진용의 텐 카운트가 시작됐다.

1회 초, 오타니 쇼헤이가 볼넷 하나만을 내준 채 이닝을 마무리하고, 1회 말이 시작됐을 때 세 명의 타자들이 일찌감치 헬멧과 배트를 챙긴 채 이진용을 노려보고 있었다.

1번 크리스 테일러, 2번 코리 시거, 3번 저스틴 터너.

작년 시즌 다저스 공격의 핵심이자, 다저스를 월드시리즈 무대까지 이긴 세 명의 비장함 넘치는 등장에 다저스타디움의 분위기는 최고조에 도달했다.

"날려 버려!"

"그냥 여기서 끝내 버려!"

"저 괴물 새끼를 죽여 버려!"

1회임에도 불구하고 다저스 팬들은 자리에서 일어나 홈런 콜을 외치기 시작했다.

빠암, 빠암!

홈경기의 타자들이 타석에 설 때마다 나오는 노래 소리도 평소보다 훨씬 더 컸다.

마운드 위의 투수를 흔들기 위해 다저스타디움의 모든 것이 움직이기 시작했다.

다저스타디움이 괴물의 입처럼 보였다.

그 괴물의 입 한가운데를 향해 이진용은 글러브를 옆구리에 낀 채 올라갔다.

우우우!

이진용이 마운드에서는 순간 야유 소리가 그라운드로 흘러들어 왔다.

노래 소리와 야유 소리를 비롯한 온갖 소리들로 가득 차며 어수선해진 무대.

'어느 손으로 던질 거지?'

'왼손? 아니면 오른손?'

그 무대에서 이진용이 먼저 꺼낸 것은 오른손이었다.

우완 피칭, 이진용의 그 선택에 모두는 생각했다.

'최대한 점수를 내주지 않는 피칭, 볼넷을 주더라도 큰 걸 안 맞는 피칭을 할 속셈이군.'

'안정적으로 가겠다는 건가?'

'뭐, 당연한 거겠지. 메이저리그 신기록이 걸렸는데.'

'확실히 힘으로 승부하기에 다저스의 저 세 명은 괴물이지.'

이진용이 힘 대 힘의 승부보다는 보다 안전한 선택을, 계산이 가는 선택을 했다고.

다저스의 1번 타자 크리스 테일러의 생각 역시 마찬가지였다.

'존의 경계면만을 집요하게 노리겠군.'

이진용이 절대 존 안으로 들어오는 공을 던지지 않으리라 생각했다.

'나쁠 건 없다.'

여기서 크리스 테일러는 기꺼이 이진용의 승부수에 자신 역시 맞불을 놓아줄 생각이었다.

'내가 출루를 하면 득점 확률은 기하급수적으로 높아진다.'

1회 말.

타자도, 투수도 주심의 스트라이크존을 잘 모르는 이 상황에서 바깥쪽 승부를 한다는 건 볼넷이 나올 가능성이 높다는 의미이며, 크리스 테일러는 자신이 여기서 볼넷으로 출루하는 것이 오늘 점수를 내기 위한 가장 좋은 시나리오라고 생각했다.

'최대한 보자.'

즉, 크리스 테일러는 이진용의 공을 최대한 볼 생각이었다.

그런 크리스 테일러에게 이진용이 던진 초구는 포심 패스트볼이었다.

펑!

'응?'

스트라이크존에 그대로 꽂히는 포심 패스트볼.

"스트라이크!"

"어?"

구속은 80마일이었다.

이진용, 그가 도발적인 피칭을 시작했다.

야구는 타이밍 싸움이다.

야구가 등장한 후 정말 많은 변화가 있었지만, 절대 변하지 않는 진리다.

타이밍만 맞추면 105마일짜리 공도 홈런을 칠 수 있지만, 타이밍을 빼앗기면 제아무리 메이저리그 타자라고 해도 70마일짜리 공에 땅볼이 나오고는 한다.

이진용이 그 진리를 모두 앞에서 증명했다.

빡!

-터너 타격! 타구가 내야를 튕깁니다!

-빗맞았네요.

-아웃! 저스틴 터너가 2루수 앞 땅볼로 물러나며 리가 삼자범퇴로 1회를 마무리합니다.

1회 말 다저스의 상위 타순을 상대로 이진용이 보여준 건 그 타이밍의 미학이었다.

"미치겠군."

"조금 전 공은 93마일. 그 전에 던진 건 79마일."

"그 중간에 85마일짜리도 던졌지."

"패스트볼로 이 정도까지 완급 조절이 가능하다니, 저놈 대체 무슨 괴물이야?"

그 미학의 중심에는 다름 아니라 최소 79마일, 최대 93마일까지 나오는 패스트볼이 있었다.

"심지어 커맨더마저 완벽하게 조절하고 있어."

"패스트볼이 아니라 패스트볼처럼 생긴 수십 개의 변화구를 던지는 느낌이야."

더욱이 그저 구속만 조절되는 패스트볼 아니라 완벽하게 컨트롤이 되는 패스트볼들이었다.

그건 정말 보여주기 힘든 재주이기도 했다. 대개 투수의 구속은 그 선수가 어느 정도 성장한 후에는 고정되게 마련이니까.

쉽게 말하면 100마일짜리 공을 던지는 투수는 자신의 모든 것이 100마일이란 구속을 기준으로 삼게 된다.

그 공을 던지기 위해 적합한 투구폼을 찾게 되고, 그 투구폼을 이용해 그 공을 컨트롤할 수 있게 되는데, 그런 폼이 몸에 적응되고 나면 100마일보다 느린 패스트볼을 던지는 게 오히려 어색해진다. 그리고 어색함은 투수에게 있어 최악의 요소.

그러나 이진용에게 어색함 따위는 없었다.

그는 70마일, 110킬로미터짜리 공으로 프로 선수들을 상대하며 성장한 투수였으며 동시에 그 누구도 아닌 김진호, 그가 인정하는 천재 중의 천재였으니까.

"호우!"

그렇게 단숨에 자신의 무실점 이닝을 57이닝으로 늘린 이진용이 그 사실에 환호성을 내질렀다.

'맙소사.'

'삼자범퇴라니?'

다저스타디움의 분위기는 당연히 찬물을 끼얹은 듯 싸늘하게 변해 버린 상황이었다.

다저스 타자들의 분위기 역시 마찬가지였다.

'상위 타순이 이렇게 당하다니?'

'진짜 괴물이 따로 없군.'

물꼬를 트는 수준을 넘어 대량 득점도 가능하리라 생각했던 상위 타순이 이렇게 쉽게 잡아먹힐 줄은 몰랐으니까.

'최악이야. 상위 타순이 이렇게 물러날 줄이야.'

'이제 2.1이닝 안에 결판을 봐야 하는데…… 젠장.'

심지어 지금 다저스 타자들에게는 카운트다운이 진행 중이었으며, 이제 남은 아웃카운트는 7개에 불과했다.

만약 2회에도 이대로 당한다면, 그때는 하위 타순에 기대를 걸어야 한다는 의미.

'2회 말에 승부를 봐야 해.'

'2회에 어떻게든……'

초조함이 더 깊어질 수밖에 없었다.

하지만 2회에 다저스가 기대하는 일은 일어나지 않았다.

-오타니! 그가 2회도 볼넷 하나만 허용한 채 무실점으로 막아냅니다. 최고 구속은 102마일!

-헛스윙 삼진! 리! 드디어 그가 오렐 허샤이저 기록까지 단 3개의 아웃카운트만을 남겼습니다.

2회, 그 누구에게도 안타는 나오지 않았다.

-이제 3회가 시작됩니다.

그런 상태에서 3회 초가 시작됐다.

-메츠의 타순은 9번 리부터 시작됩니다.

이진용, 그가 선두타자가 되어 타석에 섰다.

100마일짜리 공을 던지는 투수는 정면 승부를 피하지 않는
다. 아니, 피해서는 안 된다.

100마일, 신의 사랑이 아니고서는 던질 수 없는 공. 그 정도
로 신의 사랑을 받은 자가 승부에서 피하는 건 신에 대한 배신
이며, 모욕이었으니까.

하물며 최고 103마일, 165킬로미터짜리 공을 신에게 허락받
은 투수라면 무슨 일이 있더라도 타자를 상대로 피하지 않는
정면 승부를 해야 한다.

오타니 쇼헤이, 신의 아들이라고 해도 과언이 아닐 그는 이
진용을 상대로 그런 승부를 했다.

이진용의 스트라이크존을 향해 패스트볼만을 던졌다.

초구는 100마일짜리.

2구째는 101마일.

3구째는 99마일.

4구째는 다시 100마일.

5구째는 98마일.

6구째에 이르러서 오타니 쇼헤이는 102마일에 이르는 패스트볼을 던지기 시작했다.

당연히 경기를 보는 이들은 경악했다.

그러나 그 경악은 오타니 쇼헤이를 향한 경악이 아니었다.

-리가 다시 한번 오타니의 공을 걷어냅니다. 오타니로 하여금 7구째를 던지게 합니다.

-대단하네요. 공을 완벽하게 커트하고 있어요. 다른 것도 아닌 100마일짜리 포심 패스트볼을 말이죠.

그 말도 안 되는 공을 던지는 오타니 쇼헤이를 상대로 조금의 물러섬도 없이 공을 받아내는 이진용을 향한 경악이었다.

"저 새끼 뭐야?"

"아니, 어떻게 저걸 전부 걷어내는 거지?"

이진용이 정교함을 가진 타자라는 건 알려진 바였다.

그의 작은 체격과 독특한 타격폼에서 만들어지는 스트라이크존은 메이저리그에서 가장 작았고, 뛰어난 밸런스 그리고 놀라운 선구안을 가진 이진용에게 그 작은 스트라이크존은 최고의 놀이터였으니까.

하지만 그런 이진용의 수법은 권투로 따지면 페더급 선수의 날렵함과 비슷했다. 헤비급 선수의 펀치 앞에서는 결국 무너질 수밖에 없는 것이 현실.

그런데 지금 이진용은 신이 내린 주먹이라고 해도 과언이 아닌 오타니 쇼헤이의 공을 상대하고 있었다.

'여기까지 왔다.'

그것은 이진용에게 있어서도 기념비적인 일이었다.

'역시 슬러거와 배드볼 히터를 스킬업한 게 베스트였어.'

이제 메이저리그에서도 정상급 구위를 가진 투수들을 상대로도 더 이상 도망칠 필요가 없다는 의미였으니까.

물론 그렇다고 해서 이진용이 100마일이 넘는 공을 가뿐히 홈런으로 만들 수 있다는 건 아니었다.

'그래도 힘들긴 힘드네.'

그게 가능했다면 진작 오타니 쇼헤이를 상대로 홈런을 쳤을 것이다.

하지만 그렇다고 해서 낙담할 필요는 없었다.

'뭐, 나만 힘든 건 아니지만.'

원래 야구라는 것이 그렇다.

타자는 버티면 된다. 타석에서 계속 버티다 보면 어느 순간에는 투수가 실투를 던질 수밖에 없으니까.

-오타니 쇼헤이가 7구째를 던집니다.

지금처럼.

'왔다!'

지금처럼 보다 빠른 공을 던지기 위해 무리를 하다가 오히려 스트라이크존 한가운데 몰리는 느린 공을 던지는 경우가 생기니까.

'오케이!'

당연히 이진용은 그 공에 자신의 전력을 다한 스윙을 했다.

빠악!

그리고 이번에는 홈런을 직감한 순간 그것을 빼놓지 않았다.

이진용, 그가 공을 치는 순간 그대로 배트를 뒤로 호쾌하게 날려 배트 플립의 고장, 한국산 배트 플립을 보여준 것이다.

동시에 잊지 않고 소리쳤다.

"호우우우움런!"

이진용, 그가 메이저리그 통산 2호 홈런을 쳤다.

1 대 0.

이제는 메츠가 분명하게 리드하는 상황 가운데에서 시작된 3회 말, 다저스타디움의 분위기는 참담하게 가라앉아 있었다.

그런 다저스타디움의 분위기 위로 이진용이 거듭 찬물을 뿌렸다.

"스트라이크 아웃!"

"스윙, 스트라이크 아웃!"

3회 말 이진용의 피칭은 스타일이 바뀌어 있었다.

-리! 그가 이제 다시 삼진 사냥을 시작했습니다.

-투구수는 늘어났습니다만, 삼진보다 더 확실하게 아웃카운트를 잡는 방법은 없지요.

투구수에 개의치 않고 확실하게 삼진을 잡고자 하는 피칭으로.

그 스타일 앞에서 다저스의 7번과 8번은 무기력하게 물러날 수밖에 없었다.

-이제 리가 오렐 허샤이저의 59이닝 무실점 이닝까지 1개의 아웃카운트만을 남겼습니다.

그리고 타이기록까지 1개의 아웃카운트만을 남긴 상황에서 이진용 앞에 그가 섰다.

-상대는 오타니 쇼헤이입니다.

9번 타자 오타니 쇼헤이.
사실 그건 다저스의 노림수였다.
6번, 상황에 따라서는 5번에도 배치될 만큼 타격이 뛰어난 오타니 쇼헤이를 9번에 배치함으로써 최후의 저지선을 세우는 것.

-오타니 쇼헤이, 그에게 막중한 임무가 부여됐습니다. 그리고 리에게는 최후의 고비가 등장했습니다.

그런 오타니 쇼헤이를 상대로 이진용은 손을 바꾸지 않았다.

"오른손?"

"필요하면 볼넷도 주겠다는 거지."

"이제까지 그래왔으니까."

사람들은 이진용이 힘이 아닌 기술로 승부하겠다는 의지를 표현했다고 생각했다.

그러나 오타니 쇼헤이의 생각은 달랐다.

'그는 매우 뛰어난 투수다.'

그가 보는 이진용은 이 순간 홈런을 맞지 않기 위해 도망치는 선택 따위는 하지 않을 선수였으니까.

'동시에 탐욕스러운 투수다.'

더 나아가 그 누구보다 탐욕스러운 투수이기도 했다.

한시라도 빨리 메이저리그의 유일무이한 신기록을 만들고 싶어 안달이 난 투수.

'날 잡기 위해 공격적으로 나올 것이다.'

때문에 오타니 쇼헤이는 이진용이 자신을 상대로 도망치는 피칭이 아닌 매우 공격적인 피칭을 하리라 예상했다.

더 나아가 오타니 쇼헤이는 이진용의 초구를 예상했다.

'초구를 분명 존에 넣을 거다.'

이진용이 오히려 여기서 허를 찌르기 위해 스트라이크존 안으로 패스트볼 하나를 넣을 것이라고.

'초구를 노린다.'

그리고 그것을 노리겠다고.

그렇게 모든 준비를 마친 채 타석에 선 오타니 쇼헤이의 눈빛이 날카롭게 빛났다.

기세 역시 날카롭게 번뜩이기 시작했다. 검객, 그것을 떠올리게 하는 기세였다.

그런 그를 향해 이진용은 짧게 숨을 한 번 고른 후에 곧바로, 쉼 없이, 망설임 없이 초구를 던졌다.

-투구했습니다!

그렇게 이진용의 손끝을 떠난 공이 오타니 쇼헤이의 스트라이크존을 향해 날아왔다.

구속은 빠르지 않았다.

80마일대, 90마일을 넘지 않는 공이었다.

타자 입장에서 말하자면 딱 치기 좋은 공. 오타니 쇼헤이 입장에서는 홈런을 만들기에 이보다 더 좋을 순 없는 공이었다.

쉬익!

오타니 쇼헤이의 배트가 바람을 갈랐다.

그리고 그 순간 자신의 손끝을 떠난 공을 바라보는 이진용은 미소를 지었다.

'역시 야구 잘하네.'

이진용의 미소와 함께 오타니 쇼헤이를 향해 날아가던 공이 브레이크를 밟기 시작했다.

체인지업.

딱!

그 마구와도 같은 체인지업에 오타니 쇼헤이의 배트가 빗맞은 소리를 내뱉었다.

-공이 유격수 앞으로 굴러갑니다! 1루 송구! 아웃!

유격수 앞 땅볼.

-리! 그가 드디어 오렐 허샤이저가 기록한 59이닝 무실점 기록과 동률이 되었습니다!

이진용이 메이저리그의 전설과 똑같은 곳에 오르는 순간이었다.

그러나 그 순간 이진용의 눈빛은 조금도 만족한 기색을 보이지 않고 있었다.

"호우."

내뱉는 환호성은 숨소리만큼 작았다.

그런 이진용의 눈빛이 어느 때보다 살벌하게 빛나며 다저스의 더그아웃을 향하고 있었다.

-진용아.

그 모습에 이진용 등 뒤에 다가와 말했다.

-그렇게 너무 노골적으로 노려보면 속내가 들키잖아. 내가 뭐라고 했어?

그 말에 이진용이 글러브로 입을 가리며 대답했다.

"독기는 뱃속에 숨기라고 했죠."

-잊지 마. 오늘 넌 이번 시즌 메츠가 다저스에게 당한 6패를 무의미하게 만들어야 한다는 걸. 6패가 무색해질 정도로 다저스를 완벽하게 짓밟아야 한다는 걸.

말과 함께 김진호가 팔짱을 끼며 말했다.

-그게 김진호 스타일이다.

3회 말이 끝나고 시작된 4회 초, 마운드 위에 오타니 쇼헤이가 섰다.

일본에서 온 보물이며, 신의 아들이라고 해도 과언이 아닐 모든 재능을 가지고 있는 선수.

-4회가 시작됐습니다.

하지만 그 오타니 쇼헤이에 대해 관심을 가지는 이는 많지 않았다.

어쩔 수 없었다.

-이번 이닝이 끝나는 잠시 후, 리가 새로운 역사에 도전합니다.

지금 세간의 관심은 오로지 4회 초가 끝난 다음, 이진용이 등장할 때만을 향하고 있었으니까.

그 무관심 속에서 이루어진 오타니 쇼헤이의 피칭은 위력적이었다. 제구가 불안해진 탓에 두 타자를 볼넷으로 내보냈지만, 그럼에도 그는 실점 없이 자신의 마운드를 지켜냈다.

메츠 타자들의 탓도 있었다.

'다음 이닝은 무조건 막아야 해.'

메츠 타자들에게는 4회 초에 집중력을 쓸 여유가 없었다.

'실책은 죽어도 하면 안 돼.'

'실책 때문에 실점이 깨지면 더 이상 메츠 유니폼 입고는 메이저리그에서 못 뛴다.'

이제 메츠 타자들이 수비수가 되어 맞이할 4회 말의 아웃카운트 하나는 퍼펙트게임의 9회 말 2아웃 상황에서 잡아야 할 아웃카운트만큼이나 부담스러웠으니까.

물론 야수들 중에서 그 부담감에 대해 불만을 토로하는 이는 단 한 명도 없었다.

'이 순간 리가 느끼는 부담감은 얼마나 될까?'

'아무리 그래도 우리가 느끼는 부담감은 리가 느끼는 부담감에 비할 바가 못 되겠지.'

이 역사적인 순간을 앞에 둔 이진용이 느끼게 될 부담감은 상상조차 할 수 없었으니까.

당연히 모두가 이진용의 낌새를 살폈다. 그의 일거수일투족에 집중했다.

그리고 4회 초가 끝났을 때, 그가 마운드에 올라야 할 때가 되자 세상 모든 이들이 이진용을 주목했다. 다저스타디움을 채운 선수와 관중은 물론 모든 카메라들이 이진용만을 바라 봤다.

그 앞에서 이진용이 자신을 바라보는 카메라를 향해 왼손 엄지를 치켜들며 말했다.

"호우! 호우! 호우!"

그 광경에 메이저리그 야구팬들은 혼란에 빠졌다.

-저게 뭐야?
-무슨 의미지?
-암호 같은 건가?
  └그냥 장난친 거 찍힌 거 아니야?

물론 한국야구팬들은 달랐다.

한국야구팬들은 이진용의 저것이 의미하는 바를 누구보다 잘 알고 있었으니까.

-선호우 나왔다!
-호우 예보 나왔다!
-이호우 님이 미리 호우하셨어!

그렇게 이진용의 예고와 함께 4회 말이 시작됐다.

이진용은 글러브를 옆구리에 낀 채 마운드로 향하고 있었다.

그건 특별할 것 없는 모습이었다. 투수들이 글러브를 손에 끼고 마운드에 오르든, 옆구리에 끼고 오르든, 가랑이에 끼고 오르든 그건 규정상 문제될 게 하나도 없었으니까.

'젠장.'

그러나 이진용을 마주한 1번 타자 크리스 테일러에게 있어 이진용의 그 모습은 고문과도 같은 일이었다.

'대체 어느 손으로 던질 셈이지?'

어린아이에게 아빠가 싫어, 엄마가 싫어, 그것을 물어보는 것과 비슷한 고문.

그런 크리스 테일러 앞에서 마운드에 드디어 올라선 이진용이 글러브를 옆구리에 낀 채 마운드 뒤편에 있는 로진백을 손에 쥐었다.

'왼손인가?'

로진백으로 왼손을 하얗게 적셨다.

'왼손이다!'

그 순간 크리스 테일러의 머릿속으로 이진용의 왼손에 대한 정보로 가득 차기 시작했다.

짧은 시간 동안은 처리할 수 없을 정도로 많은 정보.

'차라리 낫다.'

그럼에도 불구하고 크리스 테일러는 이진용의 왼손을 반겼다.

'힘 대 힘, 100마일짜리 공만 칠 수 있으면 돼.'

악마 같이 농간을 부리는 오른손에 비하면 이진용의 왼손은 위력적이지만 정직했으니까.

'난 칠 수 있어. 할 수 있어.'

아직 신인에 가까운 크리스 테일러에게 있어서는 그것이 훨씬 더 쉬운 상대였다.

'어?'

그런 크리스 테일러 앞에서 이진용이 글러브를 꼈다.

로진백을 적신 왼손에.

"어!"

그 사실에 크리스 테일러가 허파가 튀어나올 것 같은 소리와 함께 기겁으로 물든 눈빛으로 주심을 바라봤다. 그리고 주심을 향해 눈빛으로 말했다. 저거 규칙 위반 아니냐고.

그러나 주심은 그런 크리스 테일러의 눈빛에 관심조차 가지지 않았다.

마운드 위에서 투수가 로진백으로 손을 적시는 건 너무나도 당연한 일이었고, 그렇게 로진백으로 적신 손에 글러브를 끼면 안 된다는 규정은 세상천지 어디에도 없었으니까.

'아……'

주심의 그 모습을 확인한 크리스 테일러의 눈빛이 흔들리기 시작했다. 이진용의 왼손에 대한 정보로 과부하에 걸렸던 머릿속에 치명적인 오류가 생겼음을 알리는 신호였다.

그 신호를 파악한 김진호가 한마디했다.

-악마 같은 새끼.

그 말에 이진용이 나지막이 대답했다.

"그게 김진호 스타일 아닙니까?"

대답하는 이진용의 눈빛은 여전히 크리스 테일러를 향하고 있었다.

그리고 그 눈빛은 이제 사냥감의 목덜미를 물어뜯은 맹수의 눈빛과 비슷했다. 사냥에 성공했음을 확신하는 눈빛.

실제로 이미 승기는 이진용에게 넘어온 상황이었다.

'이쯤 되면 점수를 낼 생각은 없지. 땅볼은 두려우니 낮은 공에는 배트가 안 나오고, 애매하게 먼 공에는 볼넷을 기대하며 스윙하지 않을 테니까.'

지금 이 순간 크리스 테일러가 할 수 있는 건 지극히 제한되며, 그 모든 걸 이진용은 꿰뚫어 보고 있었으니까.

'확실하게 죽여주지.'

남은 건 이제 확실하게 목숨을 끊는 것뿐!

"스트라이크, 아우우웃!"

이진용, 그가 메이저리그 역사에 유일무이하게 될 최다 무실점 이닝 기록의 달성을 알린 건 삼구삼진이었다.

"아……!"

다저스타디움은 깊은 탄식으로 새로운 기록의 탄생을 알려줬다.

[메이저리그 최다 무실점 이닝 신기록을 달성했습니다. 다이아몬드 룰렛 이용권이 지급됩니다.]

그리고 베이스볼 매니저는 달콤한 보상으로 신기록의 탄생을 알려줬다.

하지만 마운드에 있는 이진용은 조용했다.

-뭐야? 왜 호우 안 해?
-호우맨 무슨 일 생김?
-호우맨이 호우를 왜 안 함?

이진용이 이제까지 했던 그 어떤 환호성보다 큰 환호성을 내지르라 생각했던 이들은 그 사실에 의구심을 품었다.

개중 몇 명은 생각했다.

-호우맨이 그래도 예의가 있네. 신기록을 달성한 것에 대해 매너를 보여주는 거야.
-그렇지. 매너가 사람을 만드는 법이지.
-호우맨에게 이런 매너가 있을 줄이야?

이진용이 지금 신기록 달성에 대한 매너를 보이고 있다고.

물론 그 생각이 착각이라는 것 아는 데에는 오랜 시간이 필요하지 않았다.

-지랄하네, 애초에 매너가 있으면 호우를 안 했겠지.

-그래, 매너가 넘쳐서 그런지 아까 배트 플립 끝내주더라. 이미 유튜브 조회수가 1백만을 넘겼다!

-그때 던진 배트가 뉴욕까지 날아가는 중이라던데?

무엇보다 이미 몇몇 이들이 말해줬다.

-호우는 아까 했잖아.

-방송 카메라에 미리 호우했잖아.

-호우 예보 모름? 아, 메이저리그 촌놈들은 이래서 안 된다니까.

이진용이 이미 앞서서 환호성을 미리 내질렀다는 것을.

당연히 이진용은 제 말을 지키기 위해 이렇다 할 세리머니도, 감정 표현도 하지 않은 채 다음 타자를 잡기 위한 준비를 했다.

그 모습으로 다저스를 향해 분명하게 말했다.

악몽은 아직 진행 중이라고.

메이저리그 역사에 새로운 기록을 써낸 이진용의 피칭은 거칠 것이 없었다. 이미 신기록을 내주었다는 사실에 다저스의 전의는 바닥으로 떨어진 상황이었으니까.

반면 신기록을 세웠다는 사실에 만족하지 못한 이진용은 조금도 기세가 줄어들지 않았다.

"아웃!"

"스트라이크 아웃!

단숨에 2개의 아웃카운트를 잡아낸 이진용은 자신의 무실점 이닝을 60이닝으로 만든 후에 마운드를 내려왔다.

그리고 시작된 5회 초 오타니 쇼헤이는 다시 선두타자로 이진용을 만나게 됐다.

그야말로 운명의 장난.

물론 오타니 쇼헤이는 다시 만난 이진용을 향해 앞서서보다 훨씬 강렬한 눈빛을 보냈다.

-아주 이를 가는데?

이번에는 어떻게든 널 잡겠다는 의지를.

그저 단순히 힘으로 승부하는 것이 아니라 자신이 가진 모든 기술과 힘을 쓰겠다는 의지를.

그 사실에 이진용은 긴장감을 품는 대신 미소를 품었다.

그때 이진용의 귓속으로 베이스볼 매니저의 알림이 들렸다.

[멀티 히트 효과가 적용됩니다.]

[피지컬이 11상승합니다.]

[밸런스가 11상승합니다.]

[선구안이 11상승합니다.]

[배트 스피드가 15퍼센트 상승합니다.]

'오케이.'

자신감의 미소였고, 그 미소의 근거를 이진용은 곧바로 타석에서 보여줬다.

빠악!

이진용, 그가 5회 초 오타니 쇼헤이로부터 홈런을 때려냈다.

[연타석 홈런을 기록하셨습니다. 보너스 포인트가 지급됩니다.]
[최초로 연타석 홈런을 기록하셨습니다. 골드 룰렛 이용권이 지급됩니다.]
[메이저리그 최초로 연타석 홈런을 기록하셨습니다. 골드 룰렛 이용권이 지급됩니다.]

연타석 홈런이 나오는 순간이었다.

5회 초 나온 이진용의 선두타자 홈런은 죽어가는 짐승의 가슴에 쇠 말뚝을 박은 것과 같았다.

치명적인 상처.

그 상처의 여파는 곧바로 드러났다.

-연속 안타! 메츠가 다시 한번 도망가는 추가점을 냅니다!

5회 초 메츠가 이제 본격적으로 오타니 쇼헤이를 공략하기 시작했다.

한 번 기세가 오른 메츠는 이진용의 솔로 홈런 이후 오타니 쇼헤이로부터 2점을 더 뽑아냈다.

4 대 0! 팽팽하던 경기가 이제는 분명하게 한쪽으로 기울어지는 순간이었다.

당연히 다저스의 탑처럼 높게 솟아오른 의지와 각오도 기울어질 수밖에 없었다.

반면 메츠의 분위기는 뜨겁게 달아올랐다.

"이번에 확실하게 갚아주자고!"

"아주 박살을 내자고!"

다저스의 앞에 설 때마다 고양이 앞의 생쥐 꼴이었던 메츠의 분위기가 처음으로 제대로 달아오르기 시작했다.

메츠의 더그아웃 어디에도 다저스 공포증 따위는 보이지 않았다.

"메츠 놈들 아주 신이 났군."

"빌어먹을, 앞선 경기에서는 찍소리도 못 내던 것들이."

반면 다저스의 분위기는 착잡하게 가라앉아 있었다. 앞서 거둔 3연승이, 이번 시즌 메츠를 상대로 거둔 6연승이 무색할 정도로 착잡한 얼굴을 한 채, 그 얼굴을 보여주기 싫은 듯 모두가 고개를 푹 숙이고 있었다.

"젠장."

"퍼킹 호우맨."

다저스 선수단은 더 이상 잃을 게 없는 표정이었다.

실제로도 다저스는 오늘 경기에서 더 이상 잃을 게 없어 보였다. 팀의 전설이 남겼던 기록에 대한 도전자를 막지 못했고, 심지어 이제는 다저스의 새로운 에이스가 되어줄 투수가 그 도전자를 상대로 연타석 홈런을 맞았다.

지갑과 휴대폰, 그리고 중요한 서류가 담긴 가방을 통째로 강도에게 빼앗긴 듯한 심정.

'오늘 경기는 여기서 끝이군.'

그런 표정을 짓는 건 선수들만이 아니었다. 코칭스태프들 역시 마찬가지.

'오늘 이기긴 힘들겠어.'

다저스의 코칭스태프들 역시 오늘 경기에서 역전을 꾀하기란 불가능함을 직감했다.

그렇기에 그들은 준비했다.

"불펜에 준비된 투수가 누가 있지?"

"바로 알아보겠습니다."

"오타니는 6회까지 올리고, 7회부터 추격조를 올리도록."

보다 나은 패배를 맞이하기 위한 준비를.

"그리고 대타자들도 준비시키고."

"예."

그 준비를 위해 벤치 코치가 불펜과의 통화를 시작했고 타격코치가 타자들의 상태를 살피기 시작했으며, 감독이 이제 남은 교체 명단을 가늠하기 시작했다.

그런 다저스 벤치의 광경을 본 이진용과 김진호는 미소를

지었다. 물론 그것은 승리를 예감한 이의 미소 같은 건 절대
아니었다.

-진용아, 다저스 애들 표정이 모든 걸 잃을 표정이다. 어떻게
생각해?

"저런, 안됐네요."

-그렇지? 안됐지?

"예, 아직 잃을 게 더 있는데."

-그럼 어떻게 해야 할까?

"잃을 게 더 있다는 걸 알려줘야죠."

가방을 훔쳐간 것만으로도 모자라 신발과 옷, 심지어 금니
마저 강탈할 속셈인 악질적인 강도의 미소였다.

5회 말을 맞이한 다저스에게 반전의 기회는 없었다.

삼자범퇴, 이진용이 깔끔하게 이닝을 마무리했다.

그리고 시작된 6회 초 마운드 위에 올라온 오타니 쇼헤이는
역투를 펼쳤다.

-삼진!

-멋지군요.

여전히 최고 102마일까지 나오는 패스트볼을 뿌려대며 삼

자범퇴로 이닝을 마무리했다.

그러나 그건 반전의 불씨가 아니라 마지막 불씨였다.

8번 타자부터 타순이 시작되는 다저스의 6회 말, 대기 타석에는 오타니 쇼헤이 대신 대타자가 서 있었다.

-오타니 어디 감?

-오타니 나갔네.

-결국 타석에도 안 서네.

-호우맨 상대로 서봤자 아웃만 당할 테니까.

다저스는 오타니 쇼헤이가 물러났음을 가장 확실한 방법으로 선언했다. 동시에 그것은 다저스가 메츠를 향해…… 정확히는 이진용을 향해 보내는 항복 선언이기도 했다.

오늘 경기에서 더 이상 싸울 생각은 없다.

이진용, 네가 무슨 또라이 짓을 하든 알 바 없다.

물론 이진용은 그런 다저스를 향해 조금의 자비심도 보여주지 않았다.

"스윙, 스트라이크 아우우우웃!"

오히려 양손을 본격적으로 사용하며, 다저스로부터 아웃카운트를 더 빠르게 뜯어냈다.

6회 말, 이진용의 피칭에 거칠 것은 없었다.

-리! 그가 자신의 무실점 이닝 기록을 거듭 갱신합니다!

압도적인 경기 내용이었고, 그 사실에 만원 관중으로 가득 차 있었던 다저스타디움은 지독한 스트레스성 원형 탈모에 걸린 듯 듬성듬성 빈 좌석이 드러나기 시작했다.

그런 그들의 발목을 잡은 건 다름 아니라 7회 초였다.

이번에도 이진용, 그가 선두타자가 되어 타석에 섰다.

어느 리그든 똑같다.

보다 나은 패배를 준비하는 팀의 감독들은 이제는 패전처리 역할을 담당한 투수에게 똑같은 주문을 한다.

"점수를 내주는 건 상관없다. 볼넷만 피해라. 모든 공을 스트라이크존에만 집어넣어."

어차피 진 경기, 몇 점을 줘도 상관없으니 볼넷으로 경기가 늘어지는 것만큼은 피하라고.

사실 그건 모든 투수가 당연히 마운드에서 해야 할 일이었다. 전략적인 피칭에서 볼넷이 나오는 건 어쩔 수 없지만 도망가는 피칭을 하다가 볼넷이 거듭 나오며 주자가 쌓이는 건 투수가 무조건 피해야 하는 일이었으니까.

그럼에도 그런 주문을 거듭하는 이유는 간단했다. 그 주문이 굳이 필요하지 않을 만큼, 그런 주문 없이도 알아서 볼넷을 주지 않고 공격적인 피칭으로 아웃카운트를 잡을 줄 아는 투수였다면 패전처리 역할이 아니라 필승조 혹은 선발투수로 활약하고 있었을 테니까.

그러나 이진용의 경우에는 여기서 주문이 끝이 아니었다. 불펜 코치의 추가 주문이 있었다.

-홈런만은 줘서는 안 된다, 지금 저 녀석이 마운드 위에서 그렇게 말했어.

이진용에게 세 번째 홈런을, 3연타석 홈런을 주는 것만큼은 피해야 한다는 추가 주문이.

-분명하게 봤어. 저 개뽀록 허접쓰레기 투수한테 홈런을 줘서는 안 된다고 녀석이 부산 사투리로 말하는 걸 내가 봤어. 진짜 부산 사투리로 말했어. 내 목숨을 걸고 장담해.

당연히 이진용은 그 사실을 알고 있었다.

동시에 이진용은 다른 것도 알고 있었다.

'홈런을 치고 싶으면 투수로 하여금 홈런을 의식하게 만들어라.'

김진호가 말해준 홈런을 칠 수 있는 비결을.

알고 있기에 당연히 이진용은 준비했다.

'존은 적당하고.'

자신의 스트라이크존을 확인했고, 마운드 위에 있는 투수의 낌새를 확인했다.

그리고 곧바로 입을 열었다.

"홈런 맞기 싫어서 괜히 애매하게 코너워크 공략하다가 실투 나오는 일 없게 해. 오늘 난 최고의 슬러거이니까."

[슬러거 모드가 활성화됩니다.]

말과 함께 툭툭, 홈플레이트 위로 흙을 찼다.

그 도발에 포수의 눈매가 싸늘하게 식었다.

물론 이 순간 포수는 이진용의 도발에 넘어가는 대신 마운드 위 투수에게 합리적인 주문을 했다.

'볼넷이 나와도 좋아. 굳이 존에 넣을 필요 없어. 공 한 개 정도는 빠져도 된다.'

합리적인 주문.

그러나 마운드 위 투수에게는 달랐다.

'젠장.'

감독은 점수를 내줘도 좋지만, 볼넷만은 내주지 말고 스트라이크존에 넣으라는 주문을 했고, 불펜 코치는 안타가 나와도 좋으니 홈런만은 맞지 말라는 주문을 했다. 그런데 이제 포수가 스트라이크존에서 빠지는 공을 요구했다?

모순된 상황. 그 상황 속에서 투수가 던질 수 있는 공은 하나였다.

'오케이.'

스트라이크존 한가운데 몰리는 실투.

그 공에 이진용은 자신의 모든 힘을 담아 배트를 휘둘렀다.

빠악!

그 순간 듣는 모든 이가 홈런임을 직감할 수 있는 소리가 들렸다.

그것만으로도 부족했는지 이진용은 이것이 홈런이라는 사실을 모두에게 알렸다.

"호우!"

그 외침과 함께 이진용이 배트를 내던지며 머리 위로 양손을 번쩍 들었다.

[3연타석 홈런을 기록하셨습니다. 보너스 포인트가 지급됩니다.]

[최초로 3연타석 홈런을 기록하셨습니다. 플래티넘 룰렛 이용권이 지급됩니다.]

[메이저리그 최초로 3연타석 홈런을 기록하셨습니다. 플래티넘 룰렛 이용권이 지급됩니다.]

이진용, 그가 3연타석 홈런을 치는 순간이었다.

-넘어갑니다! 또 넘어갑니다! 리! 그가 선두타자로만 세 번째 홈런을 칩니다!

이진용의 세 번째 홈런이 나오는 순간 경기를 보던 이들은 실소를 지었다.

-투수가 3연타석 홈런 치네?

-저 새끼 투수 맞아?

-알투베가 분장한 거 아님? 저 몸에서 무슨 저런 타격이 나옴?

3연타석 홈런.

메이저리그를 대표하는 거포들조차 보여주기 힘든 기록을 투수가 기록했다는 사실에 대한 실소였다.

하지만 그 실소는 오래 가지 않았다.

-가만 이러다 다음에 호우맨이 또 호움런 치면 어떻게 됨?

-4연타석 홈런인가? 4연타석 홈런이면 메이저리그 타이기록 아님?

-지금 7회 초이니까 다저스가 남은 2이닝 제대로 못 막으면 호우맨 네 번째 타석 가능할 거 같은데?

-지금 호우맨 기세면 4연타석 홈런도 나오겠는데?

이대로 가다가는 다저스가 이진용에게 정말 말도 안 되는 기록을 또 하나 헌납할지도 몰랐으니까.

-이거 진짜 필승조 올려야 하는 거 아님?

-젠슨 몸 안 풀고 뭐하냐!

-씨발 오렐 허샤이저 기록도 깨졌는데 투수한테 4연타석 홈런까지 맞을 거면 그냥 야구하지 마!

그 사실에 더 이상 잃을 게 없다고 생각했던 다저스 팬들은 다급해지기 시작했다. 밑바닥인 줄 알았던 곳 아래에 지하실이 존재한다는 것을 깨달은 것처럼.

심지어 그 지하실은 한 층이 아니었다.

-그보다 호우맨 안타는 아예 치지도 않네. 안타는 쓰레기다, 이건가?

-노히트 피처인듯 ㅋㅋ

　└노히트 맞는데?

　└그건 아니지. 정확히 말하면 홈런도 안타이니까.

　└아니, 노히트게임 중이라고. 호우맨 오늘 안타 하나도 안 맞았어.

　└뭐?

바닥 아래 수십 층의 지하가 존재함을 알려줬다.

-진짜네? 호우맨 노히트게임 중이네?

-미친, 한 시즌에 노히트게임 두 번이 말이 됨?

그제야 다저스는 깨달았다.

"미친, 이거 상황이 어떻게 돌아가는 거야?"

"4연타석 홈런? 투수가?"

"노히트게임이라고?"

이진용, 그가 다저스에게 보다 나은 패배 따위를 용납할 생각이 추호도 없음을.

"안 돼. 그렇게 지면 끝장이야."

"젠장, 어떻게든 막아야 해."

자칫 잘못하면 이진용에게 가장 처참한 패배를 당할지도 모른다는 사실을.

그 상황 속에서 7회 초, 홈런을 치고 마운드에 들어온 이진용은 카메라를 보며 말했다.

"호우, 호우, 호우."

다시 한번 호우 예보가 나왔다.

너무나 당연한 말이지만 노히트게임의 희생양이 되고 싶은 타자는 세상 어디에도 존재하지 않는다.

그렇기에 노히트게임을 의식한 타자들은 어떻게든 안타를 치기 위한 타격을 시작한다. 홈플레이트에 가까이 붙고, 배트를 짧게 쥐고, 칠 수 있는 공에는 일단 배트를 휘두르기 시작하는 것이다.

이진용은 그런 타자들에게 기꺼이 그들의 스트라이크존 안으로 공을 넣어줬다.

"마구."

하지만 마구와도 같은 그 공 앞에서 제대로 된 정타가 나오는 일은 조금도 없었다.

-아웃! 아웃! 아웃! 리가 다시 한번 이닝을 삼자범퇴로 마무리합니다!

이진용은 다저스의 약점을 너무나도 집요하게 그리고 완벽하게 공략했다.

그렇게 7회 말이 안타 없이 끝났을 때 다저스타디움의 분위기는 도리어 뜨겁게 달구어져 있었다.

"젠장!"

"안타 하나만 치라고! 안타 하나만!"

"저 빌어먹을 호우맨에게 더 이상 기록을 헌납하지 말란 말이야!"

다저스 팬들이 다저스를 향해 그 어느 때보다 간절한 외침을 내지르는 것이 뜨거운 열기의 원인이었다.

물론 그 열기는 다저스 더그아웃의 분위기를 더 차갑게 만들었다.

그 차갑게 얼어붙은 분위기 속에서 다저스 선수들의 얼굴은 새하얗게 질려 있었다.

심지어 그런 다저스 더그아웃을 바라보는 메츠 선수단조차 지금 이 상황에 대해서 놀란 표정을 짓고 있었다.

'이런 상황이 나올 줄이야.'

'말이 안 나오는군.'

그 정도였다.

이진용이 다저스에게 행하는 폭력은 동료들조차도 기겁할 정도로 무자비했다.

'대체 다저스에 무슨 억하심정이 있어서 이러는 거지?'

'다저스 팬에게 애인이라도 빼앗긴 건가?'

몇몇은 이진용이 다저스 사이에 정말 지독한 원한 관계가 있는 건 아닐까, 그런 생각할 정도였다.

물론 그 궁금증을 풀기 위해 이진용에게 질문하는 이는 없었다. 최고의 피칭과 최고의 배팅을 보여주는 이진용에게 왜 그렇게 하느냐, 왜 그렇게 필사적으로 하느냐, 왜 그렇게 가차 없이 하느냐, 같은 질문을 할 정도로 뻔뻔한 인간은 메츠에 한 명밖에 없었으니까.

"리, 대체 무슨 이유로 다저스를 이렇게 무참하게 짓밟는 거야?"

조 존스.

그 유일한 한 명이 기어코 궁금증을 참지 못하고 이진용에게 질문을 건넸다.

"물론 대답을 꼭 해줄 필요는 없어. 어디까지나 내 개인적인 궁금증일 뿐이니까. 사적인 이유라면 내 질문을 무시해도 좋아. 내가 무례한 것이니 미리 사과하지."

그 질문에 이진용은 별다른 고민 없이 대답했다.

"우리 상대로 6승이나 가져간 놈들에게 고작 1승만 받아가는 건 짜증 나는 일이니까."

이진용은 무척 담담했다.

"짜증이 나?"

"그럼 고작 1승만 거두고 기뻐할 생각이었어? 조, 우리는 지금 3연패를 당한 상태라고. 그 앞에서 이미 3연패를 더 당했었고. 그리고 지금 1승도 확실하게 챙긴 게 아니잖아?"

담담하게 말을 이어갔다.

"하물며 우리가 잃은 6게임은 어떤 식으로든 돌려받을 수도 없지. 그런데 여기서 끝내자고? 내가 배운 야구는 그런 야구가 아니야."

그 대답에 조 존스는 별다른 표정 변화 없이 담담한 표정 그대로 고개를 끄덕였다.

하지만 메츠 선수단의 표정은 달랐다. 그들의 표정은 살짝 일그러져 있었다.

이진용의 말이 거슬러서 그런 게 아니었다.

'리가 맞아. 여기서 이겨봐야 결국 1승일 뿐이야.'

'리의 말대로 우리가 오늘 경기에서 무슨 짓을 해도 잃어버린 6게임은 돌아오지 않는다.'

그것은 자책의 표정이었다. 이진용과 달리 지금 이 상황에 만족하는 자신들을 향한 자책의 표정.

그런 동료들의 표정에 이진용이 쐐기를 박았다.

"무엇보다 다저스는 작년 월드시리즈 무대에 올라간 팀이야. 우리가 월드시리즈에 가기 위해서 포스트시즌에서 만날 가능성이 어느 때보다 높은 팀. 어쩌면 챔피언십 시리즈에서 만날지도 모르지. 그때 놈들이 오늘을 떠올릴 때 분노에 치를 떨기보다는 바지에 오줌을 지리게 만들려면 여기서 만족할 순 없지."

그 말에 메츠 선수단의 표정이 삽시간에 바뀌었다.

이제는 모두가 섬뜩한 표정을 짓고 있었다. 굶주린 끝에 피 맛을 본 맹수의 표정을.

반면 조 존스는 여전히 담담한 표정으로 이진용을 바라보며 이내 고개를 끄덕였다.

그러고는 나지막이 말했다.

"킴의 지론과 비슷하군."

"그래?"

"킴은 상대 팀이 처참할 정도로 짓밟은 후에도 언제나 이렇게 말했지."

"뭐라고?"

"나는 여전히 배가 고프다."

그 말에 이진용이 슬쩍 곁눈질로 자신의 옆에 있는 김진호를 바라봤다.

-후후.

이 순간 김진호는 만족감이 분명하게 어려 있는 미소와 함께 고개를 가볍게 끄덕이며 말했다.

-그래, 내가 그랬었지.

그 모습에 이진용도 미소를 지으며 말했다.

"조, 정말 킴이 그런 말을 했어?"

"입에 달고 살았지."

-아무렴. 그때 난 신이 내린 재능을 가지고 있으면서도 만족하지 않았고, 연습과 분석을 게을리하지 않았고, 완벽한 경기를 해도 만족하지 못하는 진짜 위대한 투수였으니까. 캬! 내가 생각해도 그때 난 정말 멋졌다니까. 내가 여자였으면 나 같은 남자한테 먼저 프러포즈를 무조건 했을 텐데 대체 왜 내가 고

백해도 다 싫다고…… 어, 음. 크흠! 말이 헛나왔네.

김진호가 추가 설명을 해줬다.

그 설명을 듣던 이진용이 조 존스를 향해 말했다.

"그런데 말이야, 킴이라면 그냥 정말 그냥 배가 고파서 그랬던 거 아닐까?"

"응?"

-응?

그 말에 조 존스와 김진호가 놀란 표정을 지었고, 그 둘에게 이진용이 제 의견을 말했다.

놀라는 둘.

"생각해 봐. 대개 그런 말을 하는 건 경기 후반이잖아? 하물며 킴의 성격을 생각하면 정말 배가 고파서 그런 말을 했을 수도 있어. 단지 조, 네가 상황을 잘못 이해했던 거지. 그때 너한테 초코바 하나를 달라고 사인을 보냈던 걸지도 몰라."

그 말에 조 존스가 잠시 과거 회상을 시작했고, 그 사이 김진호가 이진용을 향해 소리쳤다.

-야! 이진용! 어디서 약을 팔아!

"흠……."

그때 조 존스가 회상을 마치며 말했다.

"킴의 성격이라면 그럴 수도 있었겠군."

-뭐?

조 존스의 대답에 김진호가 기겁하며 소리쳤다.

-조, 이 또라이 새끼! 뭐가 그럴 수도 있어? 씨발, 야! 아임 스

틸 헝그리! 히딩크 명언이잖아, 명언! 내가 설마 그 순간 정말 배가 고파서 그런 말을 했겠어?

하지만 김진호의 말이 조 존스에게 닿을 리 만무.

반면 이진용은 잽싸게 조 존스의 말에 맞장구를 쳤다.

"그렇지? 킴이라면 그럴 수도 있겠지?"

그 모습에 김진호가 하늘을 보며 탄식했다.

-아, 씨발 이 또라이 새끼 때문에 내 전설적인 일화가…….

그런 분위기 속에서 시작된 8회 초, 당연한 말이지만 메츠는 전혀 다른 팀이 되어 있었다.

7회에 이진용이 3연타석 홈런을 친 이후 그리고 이진용이 노히트게임을 진행 중이라는 사실을 파악한 후로 다저스는 보다 나은 패배를 당하기 위해 절박해질 수밖에 없었다.

"어떻게든 쳐! 내야 안타라도 좋으니 어떻게든!"

타격코치들은 타자들에게 안타를 거듭 주문했다.

"절대 홈런을 줘서는 안 돼."

그리고 투수코치들은 이진용이 나오게 될 9회 초, 어떻게든 홈런을 주지 말라고 주문했다.

다저스 선수단에 혼란이 찾아왔다.

반면 그런 다저스를 바라보는 메츠 선수들의 눈빛은 오늘 경기 중 가장 날카롭게 빛나고 있었다.

그런 상황에서 시작된 8회의 경기 내용은 당연히 일방적이었다.

-안타! 연속 안타! 메츠 타선이 8회에 멈추지 않고 불을 뿜기 시작했습니다!

6번부터 시작된 타순은 연속 안타 그리고 볼넷을 얻어냈다. 삽시간에 이루어진 폭격이 지나간 후 펼쳐진 건 무사 만루라는 상황이었다.

-무사 만루 상황에서 메츠의 9번 타자, 그러나 오늘 최고의 타자인 리가 섭니다.

그리고 그 상황에 이진용이 타석에 섰다.

[득점권 상황입니다. 클러치 히터 효과가 발동합니다.]
[멀티 히트 효과가 발동 중입니다.]
[슬러거 효과가 발동 중입니다.]

타석에 선 이진용의 귓속으로 베이스볼 매니저의 쉴 새 없는 알림이 들려왔고, 그 알림에 이진용은 대답했다.
"라스트 찬스."

[라스트 찬스가 발동했습니다.]

퍼펙트게임 투수가 한 경기에서 기록할 수 있는 최고의 기록이라면, 타자가 한 경기에서 기록할 수 있는 최고의 기록은 4연타석 홈런이라고 할 수 있을 것이다.

실제로 한 경기에 한 타자가 4개의 홈런을 친 사례는 메이저리그의 역사에서 18번에 불과했으며, 개중에서 4연타석 홈런을 친 경우는 7번에 불과했다.

단순히 기록의 횟수만을 비교한다면 퍼펙트게임보다 더 보기 힘든 기록인 셈이다.

그야말로 환상의 기록.

-리, 그가 만약 여기서 홈런을 친다면 그는 메이저리그에서 4연타석 홈런을 친 유일한 투수로 기록되게 됩니다.

그런데 지금 다른 누구도 아닌 이진용이 그 4연타석 홈런이란 대기록을 달성할 기회를 앞에 두고 있었다.

물론 그 상황을 앞에 둔 다저스에게는 선택지가 있었다.

-다저스가 그냥 볼넷으로 거르면 안 됨?
-투수한테 4연타석 홈런 맞을 바에는 볼넷이 낫지 않을까?

고의사구.

홈런을 피할 수 있는 가장 확실한 선택지가.

그러나 다저스의 코치 그리고 선수 중 그 누구도 이진용을 앞에 두고 고의사구라는 단어를 꺼내지 않았다.

꺼낼 수 없었다.

-만루 상황에서 고의사구 던지라고? 미쳤어?

-차라리 맞는 게 낫지, 그게 무슨 쪽팔리는 짓이야!

-그게 더 굴욕이지.

3연타석 홈런을 친 이가 타석에 섰는데 고의사구로 내보내는 건 패배 이상의 굴욕이었으니까.

-이기고 있으면 몰라, 심지어 지고 있잖아?

-그냥 처맞아도 좋으니 승부 봐야지.

더군다나 다저스가 이기는 상황도 아니었다.

1점 차 박빙, 정말 홈런이 패배로 연결되는 상황이라면 그것을 명분 삼아 고의사구를 던지겠지만, 지금은 메츠가 분명 유리한 수준의 리드를 하고 있는 상황.

-작년 시즌 월드시리즈 준우승팀의 자존심이 있다면 여기서 개쁘록 허접쓰레기 투수를 상대로 고의사구는 못 던지지. 아무렴.

결정적으로 이진용은 투수였다.

리그를 대표하는 거포, 지안카를로 스탠튼이나 마이크 트라웃, 브라이스 하퍼 같은 선수도 아니고 미겔 카브레라나, 알버트 푸홀스 같은 전설도 아닌 투수, 이번 시즌이 메이저리그 첫 시즌인 애송이 투수!

그런 투수에게 4연타석 홈런을 주기 싫어서 고의사구로 도망친다?

할 수는 있다. 도망치고자 한다면야 도망칠 수 있다.

-뭐, 도망쳐 주면 그것도 나름 고마운 일이고. 이번 시즌 월드시리즈 경쟁자 하나가 알아서 도망쳐주는 거니까.

하지만 여기서 도망치는 건 사실상 이번 시즌 월드시리즈 무대를 포기하는 것과 같았다.

2017시즌, 단 1승이 모자라서 고배를 마셨던 다저스 선수단은 그것만큼은 받아들일 수 없었다.

그렇기에 오히려 이 순간 다저스는 꺼내 들었다.

-아! 다저스가 투수를 교체합니다. 페드로 디아즈! 그가 마운드에 올라옵니다.

다저스의 셋업맨 페드로 디아즈.

이번 시즌 다저스가 리그 최정상급 마무리투수인 켄리 잰슨을 떠받치기 위해 3년 2,600만 달러를 들여 데려온 불펜투수라는 선택지를.

그런 다저스의 선택에 김진호는 이진용을 보며 말했다.

-거봐 내가 맞았지? 내 말대로 경기 전에 디아즈 스카우팅 리포트 복기하라고 해서 얼마나 다행이야, 안 그래?

그 말에 이진용이 대답 대신 진한 미소를 지었다.

페드로 디아즈.

이번 시즌 다저스의 유니폼을 입게 된 그는 훌륭한 투수였다. 최고 95마일짜리 투심 패스트볼을 낮게 던질 수 있는 오른손을 활용해 무수히 많은 타자들을 1루로 헛걸음치게 만들었던 투수!

더불어 그는 피홈런이 적은 투수이기도 했다. 아무리 요즘 타자들의 타격 기술이 발달했다고 해도 타자의 허벅지 근처에서 뱀처럼 꿈틀거리며 들어오는 95마일짜리 투심 패스트볼을 쳐서 홈런을 만들기란 쉬운 일이 아니니까.

때문에 페드로 디아즈가 마운드에 섰을 때 다저스 팬들은 불만족스러운 표정 속에서 안도의 한숨을 내쉬었다.

'여기서 디아즈가 나온 건 좆같지만, 그래도 디아즈라면 홈런을 맞진 않겠지.'

'그래, 차라리 이게 낫다. 디아즈를 한 경기 아끼는 것보단 여기서 굴욕을 피하는 게 훨씬 나아.'

지고 있는 경기에서 팀의 셋업맨이 올라왔다는 사실은 불만족, 그 자체였지만 페드로 디아즈가 이진용을 상대로 땅볼을 잡아주리란 사실을 부정하는 이는 없었다.

또한 만루 상황인 지금 가장 어울리는 투수였다.

그 누구도 페드로 디아즈를 마운드에 올린 데이브 로버츠 감독의 선택을 나무랄 수 없을 정도.

실제로 선택 자체는 나쁠 게 없었다. 문제는 다름 아닌 이 순간 페드로 디아즈가 처한 상황.

'볼넷은 안 된다.'

이진용은 상대하는 페드로 디아즈는 이진용을 상대로 볼넷만큼은 피하고자 했다.

'차라리 맞으면 맞았지, 놈에게 절대 볼넷은 못 줘.'

자존심 때문이었다.

여기서 어떤 식으로든 볼넷이 나온다면, 그건 누가 보더라도 페드로 디아즈가 이진용을 피하는 것처럼 보일 테니까.

그게 페드로 디아즈가 초구를 평소보다 좀 더 높게, 스트라이크존에 가깝게 던진 이유였다.

펑!

그 공을 이진용은 지켜만 봤다.

"스트라이크!"

그렇게 들어온 공이 스트라이크 판정을 받는 순간 이진용이 지은 미소가 더 진해졌다.

1구였지만 그 공에 담긴 페드로 디아즈의 의지를 너무나도 잘 알 수 있었으니까.

'볼넷은 죽어도 주기 싫다.'

동시에 그것이 투수에게 얼마나 괴로운 것인지도 알고 있었다.

-독을 먹었군. 낮은 공에 땅볼 유도가 장기인 투수라면 볼넷이 나오더라도 제 스타일을 밀고 나가야지. 낮게 던져야지.

쯧쯧.

더 나아가 이진용은 그 괴로운 투수를 더 괴롭게 만드는 방법 역시 잘 알고 있었다.

그 방법을 행하기 위해 이진용이 그대로 주심을 향해 말했다.

"타임! 타임!"

이진용, 그가 정말 제대로 투수를 괴롭히기 위한 움직임을 시작했다.

투수는 공을 던질 때 타자에게 공을 던진다는 것을 알려줄 의무가 있다.

투수가 마운드 위에서 멀뚱히 서 있다가 갑자기 공을 던지면 타자들의 타율은 2할을 넘기가 힘들 테니까. 투수들이 공을 던지기 전 자세를 잡는 이유가 바로 그것이다.

이 과정에서 뜸을 오래 들이는 투수도 있는데, 주심은 보다 빠른 게임 진행을 위해 그런 투수에게 공을 빨리 던지라는 신호를 주곤 한다.

하지만 그렇다고 해서 투수가 투구 자세를 취한 이후 몇 초 내에 공을 던져야 한다, 같은 확실한 규정은 없다.

상황에 따라 다르니까.

예를 들어 주자가 만루인 상황이라면, 투수와 주자 사이의 싸움 때문에 공을 던지는 타이밍이 좀 더 길어지거나 혹은 견제구가 나올 수도 있기에 주심은 투수에게 좀 더 긴 시간을 준다.

좀 더 들어가면 무사 만루, 역사적인 홈런이 나올 수 있는 경기라면 경기가 좀 늘어지는 건 아무래도 좋다.

영화로 따지면 하이라이트 부분 아닌가?

모두가 그저 숨죽인 채 기다릴 뿐.

그러나 이진용은 달랐다.

"타임!"

이진용의 타임 요청에 주심이 그대로 손을 흔들었고, 공을 던지려던 페드로 디아즈가 자세를 풀며 눈살을 찌푸렸다.

이진용 때문에 다시 한번 경기가 멈춘 셈이니까.

하지만 오히려 이진용이 성을 냈다.

그가 모두가 들을 수 있는 혼잣말을 뱉었다.

"아니, 공을 던질 거면 바로 던져야지, 이게 뭐하자는 거야? 한도 끝도 없이 버티면 타자는 어떻게 하라고?"

말과 함께 이진용이 다시 타석에서 타격 자세를 잡았다. 일단 타석의 경계면을 짓밟으며 배터 박스 뒤로 더 가까이 이동했고, 그 사이 흙을 툭툭 차며 홈플레이트를 더럽혔다. 그 후에는 갈대처럼 몸을 앞뒤로 크게 휘청거리면서 천천히 자신의 타격 자세를 취했다.

마지막으로 숨을 고르는 것도 잊지 않았다.

"호우, 호우, 호우."

더불어 이것이 세 번째였다.

페드로 디아즈가 5구를 던지는 동안 이진용은 이런 식으로 투수의 페이스를 망쳤다.

"퍼킹 호우맨."

결국 다저스의 현재 포수안 케빈 파머의 입에서 욕지거리가 흘러나왔다.

그 말에 이진용이 이죽거리며 대답했다.

"호우?"

케빈 파머의 바닥을 드러낸 인내심을 삽으로 긁어내는 대답이었다.

'빌어먹을 새끼!'

당연한 말이지만 이 순간 케빈 파머는 이진용과 1초도 더 같이 있고 싶지 않았다.

그렇기에 케빈 파머는 페드로 디아즈에게 주문했다.

'볼카운트는 2볼 2스트라이크. 볼카운트 여유는 있다. 낮게 깔리는 투심 패스트볼 하나 던져서 땅볼을 유도하든 헛스윙을 유도해 보자.'

스트라이크존에서 빠지는 공을, 유인구로 승부를 보고자 했다.

그러나 그 주문에 페드로 디아즈는 고개를 저었다.

'놈의 선구안은 훌륭해. 아까도 낮은 공에 전부 볼을 걸러냈어. 이번에도 볼을 걸러낼 거야.'

오늘 이진용의 선구안과 컨디션을 보면 유인구에 속지 않을 가능성이 컸으니까.

'볼넷은 안 돼.'

결정적으로 페드로 디아즈는 3볼 상황에 몰리는 것만큼은 피하고 싶었다.

만약 평소의 케빈 파머였다면 재차, 필요하다면 마운드에 올라가는 한이 있더라도 페드로 디아즈에게 볼이 되어도 좋으니 낮은 공을 던지라고 요구했을 것이다.

그러나 지금 케빈 파머의 심정은 평소와 달랐다.

'디아즈가 맞아. 이 또라이 새끼를 상대로 어렵게 가면 오히려 꼬인다.'

1분 1초라도 빨리 이진용과 헤어지고 싶은 심정.

당연히 포수는 그런 페드로 디아즈가 원하는 공을 요구했다.

'몸쪽 낮게 존에 들어가는 투심 패스트볼. 그래, 홈런만 안 맞으면 돼. 까짓것 안타 하나 주자고.'

승부수를 요구했고, 페드로 디아즈는 그 요구에 기꺼이 자신의 머리를 끄덕였다.

이윽고 페드로 디아즈가 이진용을 상대로 6구째를 던졌다.

스트라이크존에 들어오는, 이진용의 몸쪽을 향하는 공. 그러나 낮지도 않고, 변화도 밋밋한 그 93마일짜리 공에 이진용의 배트는 소리쳤다.

역사적인 순간이 탄생했음을 알리는 소리였다.

빠악!

배트가 공에 닿는 순간 이진용은 확신할 수 있었다.

'넘어갔다.'

앞서 세 번의 타석에서 느낀 바처럼, 이번에도 자신의 타구가 펜스를 넘으리란 사실을.

때문에 이진용은 공을 때려내는 순간 여유 넘치는 모습으로 날아가는 타구를 바라볼 수 있었다.

-큽니다, 쭉쭉 뻗습니다. 타구가 계속 뻗습니다!

그렇게 타구를 바라보는 이진용은 이번에는 앞선 세 번의 타석 때와는 다르게 배트를 집어 던지는 세리머니를 하지 않았다.

자연스럽게 배트를 오른손에 쥔 채 날아가는 타구를 그저 물끄러미 바라만 봤다. 마치 지휘봉을 든 지휘자처럼.

이윽고 공이 우측 담장을 넘어갔다.

[그랜드 슬램을 달성하셨습니다. 골드 룰렛 이용권이 지급됩니다.]
[최초로 그랜드 슬램을 달성하셨습니다. 플래티넘 룰렛 이용권이 지급됩니다.]
[메이저리그 최초로 그랜드 슬램을 달성하셨습니다. 플래티넘 룰렛 이용권이 지급됩니다.]
[최초로 4연타석 홈런을 기록하셨습니다. 다이아몬드 룰렛 이용권이 지급됩니다.]
[메이저리그 최초로 4연타석 홈런을 기록하셨습니다. 다이아몬드 룰렛 이용권이 지급됩니다.]

그러자 베이스볼 매니저가 홈런임을 분명하게 말해주었다.
"음!"
그제야 이진용이 오른손에 들고 있던 배트를 무덤덤하게 옆으로 휘리릭 던진 후에 1루 베이스를 향해 뛰어가기 시작했다.

-넘어갔습니다! 리! 그가 자신의 대기록을 그랜드 슬램으로 기록했습니다.

그 순간 다저스타디움은 소리 없는 탄식으로 가득 찼다.
침묵을 머금은 채 베이스 러닝을 마친 채 홈으로 들어오는 이진용을 바라만 봤다.
더불어 다저스타디움에 있는 모든 카메라 역시 이진용만을 오롯하게 찍었다.
덕분에 세상 모든 이들 역시 그 광경을 실시간으로 볼 수 있었다.

-와, 기어코 해내네.
-투수가 4연타석 홈런이라니……
-저게 무슨 투수야?
-진짜 이도류가 여기 있었네.
└삼도류 아님?

그렇게 세상 모든 이들의 주목 속에서 이진용이 기다리던 주자들과 하이파이브를 마치고 더그아웃으로 들어왔다.
그러고는 쓰고 있는 헬멧을 벗은 이진용이 곧바로 자신의 자리에서 글러브를 집음으로써 분명하게 말해줬다.

-아! 노히트!

아직 게임은 끝나지 않았음을.

8회 초 이진용의 만루 홈런을 앞세운 메츠의 공격은 기어코 10 대 0이라는 점수 차를 만든 후에야 멈추었다.

그리고 시작된 8회 말, 이제는 이진용의 노히트게임이 걸린 그 무대에서 다저스의 목표는 오로지 하나였다.

"안타, 무조건 안타만 쳐!"

"무조건 쳐!"

어떻게든 공을 치는 것.

-진용아, 쟤네들은 무슨 공이든 일단 치려고 할 것 같은데 어떻게 할래? 적당히 투심이나 커터 던져서 땅볼로 잡을래?

그런 다저스 타자들을 앞에 두고 이진용이 내린 선택은 하나였다.

"김진호 선수 스타일로 해야죠."

-내 스타일이 뭔데?

"죽일 땐 확실하게."

삼진으로 모두를 잡는 것.

그 각오를 위한 무기로 이진용이 택한 것은 다름 아니라 스플리터였다.

　-그래, 전부 춤추게 만들어 버려.

　그런 이진용의 스플리터 앞에서 다저스의 타자들은 김진호의 말대로 춤을 추기 시작했다.

　"스윙, 스트라이크 아웃!"

　"스윙, 스트라이크 아웃!"

　배트와 함께 춤을.

　"스윙 스트라이크, 아우우우웃!"

　그 애처로운 춤과 함께 다저스타디움의 악몽이 끝났다.

To Be Continued